이향아의 작품 연구
집과 그리움의 변증법

이향아 엮음

국학자료원

국립중앙도서관 출판시도서목록(CIP)

이향아의 작품 연구 : 집과 그리움의 변증법 / 이향아 엮음. -- 서울
: 국학자료원, 2003
    p. ;   cm

ISBN 89-541-0094-5 93810 : ₩17000

811.609-KDC4
895.7109-DDC21   CIP2003000861

책 머리에

그동안 이향아의 문학작품에 대하여 여러 형태의 글로 언급해 주신 분들께 감사한다.

존경하는 스승과 선배, 같은 길을 걷는 문우들과 후배들이 혹은 애정 혹은 우정으로 나를 부축하고 격려하려고 하였다. 이 책 말미의 긴 논문 두 편은 대학원 학생들의 학위논문이다. 두 후학들에게 과히 실망을 주지 않았다면 좋겠다. 그리고 만일 그들에게 연구의 기쁨이나 보람을 느끼게 해 주었다면, 나는 연구대상 인물로서 큰 자랑과 행복감을 오래 음미하게 될 것 같다.

정리하면서 보니 잘 간수하지 못하여 분실한 글들도 더러 있다. 이렇게 모아서 엮어 내게 되리라는 것을 전혀 예상하지 못했기 때문이다. 특히 단편적 언급으로 분량이 적은 것은 소홀히 취급하였던 것이다.

분량이 많지 않다고 허술히 대했던 것은 큰 실수였다. 안타까움이 크다.

책의 제목을 『이향아의 작품연구』라고 정하면서 이렇게 해도 좋을까 오래 망설였다.

당사자인 이향아 본인으로서는 ‘작품연구’라는 말이 외람되게 들리고 너무 거창하다는 생각이 들었기 때문이다.

그러나 애써 언급해 주신 분들의 입장에서 볼 때는 성심과 열의에 가득 찬 엄연한 연구인 것이다. 연구 내용 가운데는 물론 칭찬의 말도 있지만 이향아 문학작품의 허술함을 지적한 것도 있고, 결함을 부드럽게 충고한 내용도 있다.

그것이 찬사이건 비판이건 본인인 이향아에겐 귀중한 약이 될 것이다.

지금까지 살아오면서 가장 열정을 바쳐온 일은 시(수필을 포함하여)를 쓰는 일이었다. 그리고 앞으로도 변함없이 지속해 나갈 일 역시 시를 쓰는 일이다. 그 장르가 무엇이건 쓰는 일에 평생을 기울인다는 것은 그 작품의 문학적 가치에 못지않게 의미있는 일이라고 스스로 평가해 본다.

이 책의 부제를 ‘집과 그리움의 변증법’이라고 붙여 보았다. ‘집’과 ‘그리움’이 이향아 시의 주요한 성분으로 자주 언급되고 있기 때문이다. 집은 몸에 걸친 옷처럼 가까운 것이고, 그리움은 멀어서 닿지 않는 곳을 향하는 마음이다. '집'과 '그리움'은 현실과 이상의 다른 이름이라고도 할 수 있다.

이 연구서가 앞으로 이향아의 작품세계에 대한 이해나 현대시의 연구에 좋은 길잡이가 될 수 있기를 간절히 바란다.

2003년 7월 硯池堂에서 이향아

차 례

이향아 첫 시집 **황제여** · 서문

　시인 李鄕莪 여사가 그 십여 년의 詩業의 결과들을 모아 비로소 이 첫 시집 『황제여』를 내는 것은 여사의 점진적이고도 착실하고 실수 없는 사람됨을 다시 내게 느끼게 하여 마음 든든하고 재미가 있다.

　여사는 일찌기 내 문하에 처음 들어온 이래 『현대문학』지에 내 세 번의 추천을 마치도록까지 꽤 긴 세월을 나와는 아주 가까이 상종해서 나는 여사를 잘 알지만, 여사는 소위, 가볍게 날리는 재주로 팔팔 날뛰는 기분의 사람이 아니라, 말하자면 '大智閑閑'의 무게와 깊이와 성실로써 그 정신을 이끌어 오고 있는 시인이다.

　여사는 지금 교육가와 주부와 시인 노릇의 세 가지 일을 겸해 하고 있지만 그 세 가지가 다 언제나 알차니 찬양할 만한 것이다.

　흔히 詩精神에서 知性的이고자 하는 사람들은 情에 메마르기가 일쑤고, 또 情에 충실하려는 사람들은 지혜에 깡깜하기 쉽지만, 우리 이향아 여사에게는 그런 일방적인 애로가 없고, 늘 그득하고 생생한 情과 밋밋한 슬기가 함께 하고 있어 든든한 한 그루 느티나무를 대하는 것처럼 반가웁고 시원스럽고 마음 든든한 것이다.

　이 첫 시집 『황제여』의 출간을 충심으로 축하하고 찬양하며, 여사의 시업의 전정이 계속해서 양양하기만을 바란다.

　　　　　　　　　　　　　　　　1970. 10　　未堂 徐廷柱 識

소시민적 삶의 애환을 형상화한 서정시
李鄕莪의 詩世界 – 시집 <물새에게>를 중심으로

신경림 시인

이향아 시인의 시는 그의 한 '소망'을 출발점으로 하고 있다고 말할 수 있을 것이다. 따라서 이향아 시인의 시가 출발점으로 하고 있는 '소망'의 내용을 따지는 일이 그의 시를 이해하는 가장 빠른 길이 된다. 이런 점에서 이 시집 머리에 실려 있는 가장 뛰어난 서정시의 하나인 <물새에게>는 중요한 몫을 차지한다. 장황한 대로 여기 그 전문을 옮겨 본다.

갈매의 바다
멀고도 깊은 눈
사랑을 지키던 천신들도 죽으면
나도 죽어서 그리로 가서
소금 눈물 몇 방울 그 바다에
섞으리

물새야, 물새야
너는 좋겠다.
내 평생 멍든 속 병
눈빛을 겨냥하는 일

나를 보는 은총 앞에 마주 서는 일
눈부셔라, 눈부셔라
수평선 골목길로 스며드는 일
물새야, 제 신명에 춤이라도 추는 것아,
나를 데려다가 파도 위에 띄워 다오

그 사람이 돌아오는 날갯소리 바람소리
기다림의 귀밝은 그물은 그만 걷고
허허로운 바다 그 과녁에
취하여 아득한 검불 하나,
검불같이 가벼운
물새나 되어 뜨게
흐느적거리게 나도,
끼룩거리게

　　이 시는 제목이 가리키는 그대로 물새를 향하여 독백하는 꼴을 취하고 있
다. 이 시인은 물새를 향하여 '너는 좋겠다'라고 찬탄하고 있는데, 그것은 물
새가 그의 소망 또는 꿈의 현재화 내지 상징으로 간주되는 까닭이다. 이러한
방법은 동서고금을 통하여 시인들이 가장 손쉬운 방법이라 하여 애용하고
있는 터로서 조금도 놀라울 것도 새로울 것도 없다. 해·달·별 또는 바다·
하늘·강 등에 자신의 꿈을 실어 노래한 예를 우리는 얼마든지 볼 수 있는
까닭이다. 이 시에서 핵을 이루고 있으며 이 시에 빛을 더해 주고 있는 것은
셋째 연의, 그의 소망의 내용을 진술한 대목이다. 그에게 있어 '소망'이란
'내 평생 멍든 속 병'으로 결과되었으며, 그것은 또한 '눈빛을 겨냥하는 일'
이요, '나를 보는 은총 앞에 마주서는 일'이요, '수평선 골목길로 스며드는
일'이다. 그렇다면 '내 평생 멍든 속 병'이란 무엇을 뜻하는 것일까. 이를 단
순하게 소망이 있음으로 해서 병이 되었다 쯤으로 해석해서는 충분하다고

할 수 없을는지 모르겠지만, 이 소망이 있음으로 해서 그의 시가 비롯되었다는 고백은 이 시 외의 시에서도 찾을 수 있다.

가령 <鳶>에서는 이 소망이

'세월도 헝클어져 / 내 연은 수백개나 길을 잃었다. / 시집은 땅끝 멀리 가고 싶었다./ 소망을 하늘 끝에 매어달듯이' 그의 시에서 차지하는 소망의 몫이 강조되고 있으며,

<戀戀>에서는 '내 소망은 새가 되는 일 / 내가 믿는 것은/ 당신과의 약속 / 어느날 홀연히 날 불러도 / 그 소리 듣지 못한 채 / 귀먹어 잊으면 어쩌나 / 어쩌나'로 표현되고 있다. 그러나 이 구절에서 지은이는 '내 평생 멍든 속 병'과 '눈빛'을 '겨냥하는 일'의 목적어로서 배치함으로써 '내 평생 멍든 속 병'의 정서적 순화를 노렸는지도 모른다. 지은이의 의도는 여하간에 이 구절은 두 해석이 모두 가능하다는 데서 그 시적 재미가 찾아지기도 한다.

'눈빛을 겨냥하는 일'이나 '나를 보는 은총 앞에 마주서는 일'이란 구절은 자구의 축조적 해석에 구애될 것 없이 진실을 추구하는 이 시인의 자세로 읽히면 족할 것이다. 문제는 '수평선 골목길로 스며드는 일'이다.

수평선과 골목길은 서로 동떨어진 이미지를 가지고 있다. 수평선에서 느껴지는 것이 멀고 아득하고 이상적인 것이라면 골목길에서 느껴지는 것은 가깝고 바로 우리 발이 딛고 선 곳이요, 현실적인 것이다. 이 두 이질적인 이미지의 결합, 이것이 바로 이향아 시의 본질을 이루고 있는, 혹은 그 시적 출발점이 되고 있는 소망의 내용을 상징적으로 말해주고 있다고 해도 지나친 비약은 아닐 것이다. 현실과 이상과의 연결, 거기서 오는 갈등의 시적 표현을 우리는 이향아의 여러 시편에서 찾아낼 수 있다. 그리고 '물새'에게서 그 조화와 연결을 찾아낸 것이 이 <물새에게>이다.

그렇다면 이 시인은 이상과 현실의 조화, 소망의 성취가 실제로 가능하다

고 믿고 있는 것일까. 역시 단순하게 그렇게만은 볼 수 없다.

> 내 손이 움킨 것은 진실이 아니다
> 이미 낡은 허욕이다
> 뜬 소문이다
>
>   - <대추나무 아래>에서

> 오늘까지 살고 내일 죽어도
> 목숨 외엔 별 큰 것도 못될
> 허망한 먹이를 힘겹게 옮긴다
>
>   - <파장>에서

> 이렇다 할
> 내릴만한 곳이
> 평생을 두고두고 없는 사람을
> 새새끼알처럼 서너 명 품고
>
>   - <비 오는 날>에서

> 불면의 새벽,
> 나는 아침이 오리라고 믿지 못한다
>
>   - <戀戀(2)>에서

이러한 표현들은 이향아 시가 결코 맹목적인 낙관주의의 토대 위에 서 있지 않다는 사실을 암시해 주고 있다. 그렇다면 그의 시는 이상과 현실은 영원히 일치하지 못한다는 비관론 위에 서 있는 것일까. 실제로 그런 면도 없지 않다. 그러나 보다 중요한 것은 결코 이루어질 수 없는 꿈만 이룩되기를 바라지는 않는, 현실을 현실로 받아들일 줄 아는 지혜, 체념이 아닌 지혜를

그의 시에서 읽을 수 있다는 사실이다. 그런 뜻에서 <식탁>은 매우 중요한
작품이다.

내 자란 항구 서해 바닷물 퍼서
내가 만든 요리는
조금씩 짜다
잊은 듯 행여 행여 더 끓다가
피도 눈물도 남들보다 더 짤 것이다

애 가뭄에 독오른 고추
내가 만든 요리는
조금씩 맵다
쏘아 붙이는 내 외마디 소리
밋밋한 숨결 중에
솟구치는 기운,
속의 열기다

솥 뚜껑을 열 때면
알라딘의 요술 램프,
번번이 밥은 질고 숭늉은 쓰다

어른 아이할 것 없이 자리에 앉아
먼 산을 우러르듯 그립게 둘러 앉아
땀흘려 이 질긴 요리를 씹자
나는 그대들 산호 보석 같은 입을 벌리어
오늘도 겨우
아프고 질긴 맛이나 저며 먹인다

- <식탁> 전문

평범한 일상생활에서 소재를 얻은 것으로 보이는 이 시는, 적어도 각기 다른 세 측면에서 읽을 수가 있을 것이다.

첫째로, 이상에만 치우치지 않고 현실을 현실로 받아들여 삭힐 줄 아는 이 시인의 삶의 지혜, 그것을 감지할 수가 있다. 한도 슬픔도 남들보다 크니까 그가 이룩하는 삶은 남들의 그것보다 더 짜고, 열기도 더하니까 더 매워야 마땅하다. 그러나 '솥뚜껑을 열 때면' '번번이 밥은 질고 숭늉은 쓴 것'이 현실이다. 그러나 이 현실을 그는 외면하지 않는다. '먼 산을 우러르듯 그립게 둘러앉아 / 땀 흘려 이 질긴 요리를 씹'을 줄 아는 지혜, 이 시에서 이것을 찾아내는 일은 어렵지 않다.

둘째로 이 시는 시인의 자화상으로도 읽힌다. 첫 연과 둘째 연에서 우리는 자기의 삶에 온 힘을 다하는 한 성실한 인간의 모습을 대하게 된다. 그러나 세째 연에서 그 이룩된 성과가 별로 보잘것 없음이 고백된다. 첫 연과 둘째 연의 짜고 매운 가락과 세째 연의 허망한 가락도 재미있게 대비된다. 그러나 넷째 연은 세째 연의 허망한 가락이 바뀌어 다시 맵고 짠 가락이 되면서, 끈질기고 강인한 삶에의 의지를 드러낸다. 그러나 이때 이 시는 한 사람의 개인적 자화상에 머무르지 않고 전체 인간의 자화상으로 보편화된다는 데 이 시의 뛰어남이 있다.

셋째로, 이 시는 이 시인의 시론이라는 일면까지도 가지고 있다. 온갖 노력을 다하는 데도(첫연, 둘째 연) 이루어진 결과는 매번 만족할 만한 것이 못된다.(세째 연). 그러나, '아프고 질긴 맛'을 결코 버리지 않겠다는 진술(네째 연)에는 자신의 시에 대한 녹녹치 않은 자신감과 의지가 깃들여 있다고 볼 수 있겠다.

시를 지니치게 분석하고 뜯어발기고 하다 보면 정작 시의 맛은 보지 못하고 만다. 사실 그것이 시 감상의 올바른 길이 될 수 없다. 시의 분석은 어디까지나 시 이해를 위하여 도움이 되는 정도에서 그쳐야 한다. 시는 역시 정서적으로 받아들여져야 한다는 의견을 일단 나는 옳다고 생각한다. 읽어서 좋은 시, 읽으면 기쁨을 주는 시, 이것이야말로 가장 좋은 시가 아니겠냐는 의견에 반대할 근거가 전혀 없다.

사실, 이향아 시인의 시들은 모두 읽으면 기쁨을 주는 시들이다. 단아하게 다듬어진 말, 자연스럽고 조금도 억지가 없는 가락, 질긴 듯 하면서도 부드러운 호흡, 과연 서정시가 가진 멋과 맛을 한없이 보여 주는 것이어서, 오히려 다른 뜻을 부여한다는 일이 부질없는 일로 느껴지기도 한다.

이향아 시인을 한 마디로 소시민적 삶의 애환을 노래한 서정시인이라 규정한대도 결코 무리가 없을 것이다. 소시민적 삶의 애환, 거기서 터득되는 지혜가 더 없이 잘 드러난 몇 구절을 더 예로 들어보기로 하자.

아, 이 세상 일 대강은 알고 사는
지금,
비로소 철이 드는 지금
내 어금니는
칫과 병원 저 못 믿을 오물통에서
날 버린 일을
두고두고 후회할 것이다

<칫과>에서

억을해요.
백년 생애라니요,
내 살기는 여름 땡볕 목마른 사흘

목이 쉬게 살래요, 살래요

- <發願>에서

소식이나 들을까
팔짱끼고 어정어정
바람쐬러 나온 저녁

- <여름 저녁>에서

내 마당엔 귀향하는 바람 놓고
종생토록
귀향하는 바람 폭 붙잡아 놓고
해저 만리 수정궁에
날 가둬야지

나도
옷 한 벌 장만해야지

- <옷 한 벌>에서

그러나 이 시집에서 내 기호에 따라 가장 마음에 드는 시 한 편을 골르라면 나는 서슴없이 <돌개바람>을 고를 것이다

오동지 섣달 돌개바람은
버리고 못 갈 것 돌아다보며
이를 갈고 떨쳐 일어나는 시늉을 한다
장돌뱅이처럼 떠돌아 다니다가
저승길도 저물고
춥고 속은 비어
아무집 대문이나 흔들어댄다

- <돌개바람>둘째 연

이 의인화 된 돌개바람에는 장돌뱅이의 이미지가 있다. 춥고 바람찬 고갯길을 넘다가 양지에 앉아 얼어 죽은 늙은 엿장수의 이미지가 있다. 이른봄 새벽차를 타고 쫓기듯 고향을 떠나는 젊은 과부의 한 같은 것이 서려 있다. 특히 토속적 시어의 적절한 활용, 꾸밈이 드러나지 않는 전개, 장황하지 않은 수식 등이 이 시를 크게 성공적인 것으로 만들고 있다.

그러나 이 시집을 교정쇄로 통독하면서 내게는 눈에 거슬리는 것이 하나 있었다. 많지는 않은데도 왠지 한자어들이 걸리는 것이었다.

물론 나는 반드시 한자를 써야만 그 의미가 완전히 전달될 경우에라도 한글을 고집하는 쇼비니스트는 아니다. 그러나 이향아 시인의 경우, 한자어는 의미 전달을 위해서가 아니라 격식을 갖추기 위해서 동원된 측면이 더 강하다. 한 예를 들면 「鳶」같은 것이 그렇다. 지금 우리의 머릿속에 있는 연은 결코 한문자 「鳶」으로만 표기되어야 할 성질의 것은 아니다. 연에 해당하는 한자가 있고 또 설흑 그것이 중국에서 건너온 것이라 해도 연날리기는 이미 우리 문화로 굳어진, 우리의 것이다. 뿐만 아니라 독자 가운데는 鳶보다 연으로 해야만 알아 듣는 이가 훨씬 많을 것이다. 연으로 하지 않고 굳이 鳶으로 하는 것은 무슨 이유일까?

스타일을 중시하다 보니까 아무래도 한자가 더 멋있어 보여서라는 구실은 다른 시인들로부터도 자주 듣는 귀에 익은 소리이다. 물론 스타일을 중시한다는 일은 전혀 나무랄 것이 못된다. 문제는 한자어가 우리말보다 더 자연스럽고 어울린다고 생각하는 시인의 의식에 있다. 지나친 형식에의 집착이나 조심성은 구속감을 준다. 이향아 시인의 시가 전체적으로 단아하고 섬세함에도 불구하고, 그리하여 서정시로서 결함을 찾을 수 없음에도 불구하고, 무엇인가 구속감 같은 것을 완전히 벗어 던지지 못하고 있는 듯한 까닭이 바로 이와 같은 격식에 대한 집착과 관련이 있는 일이 아닐까.

이향아 시인의 시가 좀더 격식을 무시하고 자유분방해 질 때 그의 시는 더욱 훌륭한 이 시대의 서정시로 될 수 있을 것이라고 생각한다.

- 시집 『물새에게』, 1983

고통과 사랑과 화해의 의미

이향아론

유시욱 문학평론가

한 시인의 작품 세계는 전작 아니면 전작에 가까운 많은 작품을 놓고 고찰할 때 그 성격의 윤곽이 제대로 드러난다고 할 때, 본고는 이향아 시인의 전 작품 중, 반도 못되는 두 권의 시집 『눈을 뜨는 연습』(세번째 시집), 『껍데기 한 칸』(다섯번째 시집)에 수록된 작품만을 상대로 했기 때문에 시인론으로 처리하기에는 자료의 양적인 면으로 보아 미흡함을 인정하지 않을 수 없다.

그러나 이 두 시집의 간행이 8년 가량의 연도 차이를 둠으로써 발견되는 시상이나 서정적 추이 같은 것을 근거로 한다면 어느 정도는 일반적인 특성을 밝혀 볼 수 있을 것으로 생각된다.

시적 대화가 본질적으로 인간의 의미를 보여준다고 한다면 이 의미는 추상적인 개념으로 나타나는 것이 아니고 살아 있는 현실에 대한 생생한 체험으로 나타난다. 이 체험의 성격은 순수한 정관일 수도 있고 필요와 성취와 좌절까지를 포함한 복잡한 망상 조직일 수도 있다. 시의 해석은 다름 아닌 이러한 고도화된 경험 세계가 안고 있는 복잡한 의미와 감정과 이미지의 성격을 해석하는 데 초점을 둔다.

이향아 시인의 작품 세계는 대체로 다음과 같은 삼 단계의 의식층을 가지고 있는 것이 특징이다. 즉 상실의 아픔과 지속적인 사랑과 초월적 해방감이 그것이다.

먼저 상실의 아픔은 자신에 대한 실존적 자각과 거기에 따른 긴장에서 온다.

> (아, 아닙니다. 그게 아니고...........)
> 내 이유 조바심은 미쳐 말이 못되고
> 누명만 나날이 살쪄간다
> 시간은 망설임도 없이 늪으로 빠져 도망치고
> 나는 뒤쳐져 남아 찢어진 기폭을 꿰맬 것이다

- <풍경 3>

언제나 있었던 것, 당연히 있어야 할 것의 부재에서 오는 허탈과 초조감 같은 것이 시간 의식의 불협화현상을 초래할 수 있었다.

> 일주일이 멀다고 감기에 든다
> 겉으로는 끓는 불덩이지만
> 사실 나는 속으로 춥다
> 온몸으로 기어오르는
> 침침한 어둠
> 어둠 대문이다, 감기는

- <감기>

이러한 내적 한기와 어둠은 공허에서 온다.

> 삼월엔 온갖 바람 죄다 불었다

이 한 달을 살아 남기가
삼동을 넘기기보다 힘이 들었다

                         - <삼월 한 달>

  '바람'의 상징을 통한 압축된 고뇌의 절규는 자기 구제의 신호의 의미일
수도 있다고 하면 이 구제의 길은 무엇이겠는가 하는 것이 궁금해진다. 그것
은 한 마디로 말해서 내면적 충만 작업이다. 없는 것을 보충하고 흩어진 것
은 모으고 높은 데 것은 내리고 헤벌어진 것은 감싸고 불안정한 것은 앉히
거나 눕히는 작업은 위기적 상황에서 전개되는 본능적인 균형감각의 소산으
로 볼 수 있다.

  낯선 길 노점에서 항아리를 샀습니다
  굴러가는 땅의 허기진 항아리 속
  떠돌다가 쉬러 든 두어 뼘 햇살
  길잃은 노래랑 같이 얹어서
  헐값에 샀습니다
  쭈그린 그 목청을 윤기나게 갈아서
  도망쳤던 말들을 포기포기 붙들어서

                         - <낯선길 노점에서>

  허기진 항아리로 유추되는 공허 의식과 여기에 '도망쳤던 말들'을 충당하
려고 하는 존재 의식의 통합은 결손된 심상에서 균형과 안정을 회복하는 현
상을 보여 준다.

  세상을 몰아다가 감쪽같이 묻어요
  승천하는 이름들을 끌어내려서

손톱 밑에 훔쳐다가
수틀 밑에 매어요

- <수를 놓으며>

겸허하고 소박한 소망으로 빈 마음을 채우려고 하는 데서 자기 보존의 티
없는 진실성을 발견한다.

아직 살아보지 못한 여생을 담을 자리
아, 어느 날 무엇인가가 되어서
당신이 다시 돌아올 자리
어둠의 개울을 견뎌 새벽에 고인
속 깊은 눈물 몇 방울도 함께 섞을 자리
반짝이는 유리 술잔의 벌거벗은 고통
그대로 비워두세요
열 가운데 서너 칸 쯤은

- <반쯤 빈 잔>

그러나 이와 같이 빈 여생을 담을 자리에 향내든 독이든 눈물이든 노래든
무엇으로든지 채우게 될 것을 희망하는 것도 자기 삶의 실상을 실존적으로
파악하려고 하는 의도에서 나왔다고 보여진다. 이러한 실상을 통한 내면적
긍정적 자세는 시간 관념의 처리에서도 나타난다.

아직 내 눈이 밝고
귀도 가깝지만
명주 실꾸리 만지듯 사려사려
세월을 감을란다

- <패랭이꽃>

섬세하고 정교하면서도 옹골찬 내실의 안간힘은 삶의 가쁜 숨소리를 내면화하는 데 성공하고 있다. 이러한 자아성찰의 내시안(內視眼은) 아픈 감각을 통하여 서정적 불균형을 균형화하는 데 그치지 않는다. 궁극적으로 어둠과 죽음까지도 수용하는 데 이름으로써 자기실현의 단계까지 미치게 된다.

어둠을 밀어내지 않고 끌어당기는 연습
죽음을 이기는 연습
기를 쓰고 사는 연습

어둠 속에 눈을 뜨고 있으면
대소롭지 않게 알게 되어요
구차한 사슬이 하나씩 무너지고
끝내는 나도
지긋한 어둠 하나로 놓여날 것임을

- <눈을 뜨는 연습>

죽음을 향해 열려 있는 삶을 포착하는 일은 시가 도달할 수 있는 정신적 가치의 최고 이상일 수 있다. 죽음을 현존재로 감지하는 일은 삶과 죽음 사이에서 일어나는 명백하고 준엄한 갈등을 화해하는 길이 될 수 있다. '죽음을 이기는 연습', '어둠 속에 눈을 뜨는 연습'은 이러한 길의 관문이 될 수 있다.

이와 같이 상실이나 단절의 고통을 거쳐 균형과 안정을 추구한 것이 제1단계의 작품 현상이라고 한다면 제2단계의 작품 현상은 이웃에 대한 지속적인 사랑으로 발전한다. 자신에 대한 욕구가 소박했던 만큼 인생을 보는 시야도 항상 가까운데 머물고 있으면서 순박한 이웃이나 삶의 소도구 같은 것을 대상으로 한다. 그리고 시적 자아와 소재와의 거리가 근접하면 근접할수록 리얼리티는 더욱 생생할 수 있다. 대개 관념에 흐른 시가 과거리(過距離)를 유지하고 있다는 것은 위의 사실을 역으로 증명해 준다.

유순한 짐승처럼 엎드린 용마루 끝
굴뚝마다 나무가 큰다
말라붙는 애간장 비집고 큰다
지아비 걱정에 다리 오그리고 큰다

- <저녁>

가난 속에 허덕이는 지어미의 지아비에 대한 지순한 충정이 나무를 통해 적의한 아날로지를 이룩함으로써 서정적 효과를 충격적으로 발휘하고 있다.

담이란 담은 죄다 가라앉고
해풍에 시먹은 그때 그애들
나보다도 되레 겉늙어 버리고
쇠가죽 장구처럼 질이 나 있었다
(중략)
굵은 북덕베 치마, 판맥이 적삼 입고
만삭의 여선생님, 악을 악을 지르던 운동장까지 따라온다

- <군산 다녀오는 길>

시에는 두 가지 표현 요소가 있다. 그것은 이미지의 복합체와 그 이미지에 활기를 부여하는 감정이다. 이 두 요소는 서로 상이한 맥락을 가지고 있는 것이 아니다. 서로가 얽혀 있으면서 감정은 이미지의 복합체 속에 응결되고 용해된다. 따라서 시는 감정만도 이미지만도 또는 이 둘의 통합만도 아니다. 그것은 이미지가 감정적인 것 외에 감각적이면서 지적인 동위적인 요소

를 지니고 있기 때문이다. 가난에 찌들린 아이들의 모습을 쇠가죽 장구에 비유한 것이나 삶의 먼지를 뒤집어쓰고 아이들 틈에 부대끼며 살아가는 시골 여선생을 의상이나 행동으로 묘사함으로써 발생하는 이미지에는 연민과 사랑의 감정이 강한 열도로 발산되고 있음을 본다. 이러한 예는 효과적인 시적 표현의 한 진상이라 할 수 있다.

외롭다고 부르짖는 저 남편의
오만가지 한기를 맡아 앓는 여자
움키면 땀이 사금처럼 반짝이는
손금뿐이다

- <풍경. 5>

이 시인의 말대로 '사랑에는 헌신과 희생이 필수적'이라고 한다면 이 희생적 사랑을 통해서 맛보는 고통은 '화려한 희열을 내부로 은폐하고 있는 상처'인지도 모른다. 고통의 결정체인 땀이 사금으로 비유된 것은 내면적 역설을 통한 비극적 미학이다.

저녁상 머리에는
그 하루 외상값도 걷힌다
밀어 올린 식구들의 땀방울같이
울적하고 간간한 국국물이 오른다

무심한 척 무심한 척
먼 산빛이나 보자
콧날 얼큰한 울음 빛
노을을 보자
눈 맞추고 싶은

모처럼 눈 맞추고 싶은
저녁 상머리

- <저녁 상머리>

　단지 소재의 선택이 이웃에서 가족으로 횡적인 이동을 했을 뿐, 사랑의 밀도는 마찬가지이다. 가난 앞에 모인 서러운 인정으로 가족 감정의 생생한 공감대를 형성하고 있다.

　이미지의 배면에서 발산하는 감정이 격앙되면 시는 센치맨탈리즘에 빠질 위험성을 내포한다. 감정의 절제와 통제는 그래서 필요하다. 지금까지 보아 온 내면적 성찰과 충족의 운동, 그리고 이웃에 대한 사랑의 실천은 모두가 시상의 진행 과정상에서 보면 갈등적 상황에 머물어 있다고 할 수 있다. 이 갈등의 처리는 어떠한 방법으로든지 치루어지기 마련이다. 이향아 시인의 경우 이 갈등의 처리 단계가 시상의 삼단계 전개 과정에서 볼 때 최종 단계가 된다. 그는 갈등의 처리를 두 가지 방법에 의존한다. 그 하나는 제일차적 단계에서 구축한 내면적 자아에 회귀하는 일이다. 말하자면 내향적 정관으로 갈등을 내면적으로 흡수하게 된다.

살아서 걸어가는 햇살 아래
사위어 드는 말 하나씩
품고 살다가
때 되면 스며들자
죽은 듯이 가라앉자

<하산하면서>

이대로 다시는 아침이 오지 않을지라도
나는 꽃과 같이 잠길 것이다

찬란한 시력
살아 남을 것이다

- <소등하면서>

돌아갈까
방은 아직 비옥한 어둠
전설에 발을 묻고 쭉지는 접어
하염없는 몽유의 강을 건너는
방은 아직 비옥한 어둠
어두운 방은 안식

- <여가>

같은 내면적 의식 활동이라 하더라도 제 1차적 의식 단계는 내적 공허를 충당해 가는 작위적 자기 형성이라고 한다면 이 제3차적 의식 단계는 초월적 자기 해체라고 할 수 있다. 따라서 의식의 진행 과정은 환상식(環狀式) 순환구조를 형성한다고 할 수 있다.

갈등 처리의 또 한 방법은 이러한 구심적 침잠과는 달리 원심적 발산으로 자기해체를 시도하는 일이다. 이는 전개식 나선 구조라 할 수 있다.

떠나고 싶다. 나도
케이프케너벨라의 위성처럼
무한 속에 몸 던지는 황홀한 현기증
(중략)
영원 가운데 티끌 한 점
눈 딱 감고 떠나고 싶다

- <풍경. 6>

열기와 취기로
나는 침몰하고
훠이훠이 날아가는
저 물새들 부럽다

나는 구정물로 구정물로
바다에 떠내려 간다
그래도 바다는 소원이었다
바다는 죽어도 소원이었다

- <도강.1>

　시가 삶의 목적과 인간의 가치에 대한 경험적 지식이라고 한다면 또한 영혼의 격앙이 아니고 고양이라고 한다면 처절한 갈등의 과정을 거쳐 영혼의 베일을 통하여 숭고한 의미에 도달하려고 하는 인간적 노력은 필수적으로 요구된다고 본다. 이향아시인의 시작 연륜으로 보아 마지막 단계의 마무리 작업을 하는 데는 아직 많은 시간적 여유를 가지고 있다.

　그래서 초월적 해체의 원동력이 되는 이념적 모랄이 다소 유동적인 징후로 나타나고 있어서 향후의 추이에 큰 관심과 기대를 걸어본다.

- 월간 『詩文學』, 1987. 6

정감에 뿌리내린 삶의 인식

이향아의 시세계

김선학 문학평론가

시인이 쓴 시를 갈래 매김해 본다면 시인 자신의 내면을 시 속에 고스란히 드러내어 언어로 진술하는 시, 시인이 소속한 현실의 상황과 밀접하게 관계하여 그 정황과 끈질기에 맞물려 있는 시로 대별할 수 있을 것이다.

매우 자의적인 이러한 분류는 많은 논란을 몰고 올 수 있는 성질의 것이다.

그러나 시를 읽는 독자의 시에 대한 소박한 접근을 전재할 때, 이같은 갈래 매김은 때로 시 이해에 능동적으로 작용할 수 있으리란 생각이다. 왜냐하면 시인이 무엇을 시에서 말하려 하는가를 간파하는 것은 시 이해의 기본적인 덕목이기 때문이다.

이향아의 시에서 시인이 현실과 끈질기게 맞물려 길항(拮抗)하고 있는 모습을 찾는다는 것은 경우에 따라서 어려운 일로 남을 수도 있다. 그러나 시인의 마음 안쪽인 그 내면을 여실히 드러내고 있는 모습은 얼마든지 목격할 수 있게 된다. 따라서 우리는 이향아의 시가 앞서 분류한 갈래의 앞 부분에 해당하고 있음을 알게 된다. 그런데 단순하지 않은 것은 그의 시가 우리의 분류 앞부분에 접근하고는 있지만 그것과 합치되고 있지는 않다는 점이다. 여기에 이향아 시 세계의 특징적 모습이 있다고 생각한다.

나는 지금 다시
잠들려고 합니다
일몰의 그늘에서 깃발을 내리듯
순순한 육신을
꽃가지처럼 드리우고
활개쳐선 갈 수 없는
요요한 꿈 속으로
새털같이 즐겁게
떠나려고 합니다.

사실, 지금 다시 잠들지 않아도
나는 사철 잠들어 있었습니다.
눈 뜬 자의 지혜에
불을 켜지 못하고
산 자의 고요가
독약보다 슬프게 퍼지는 것을
장승처럼 그냥 서서
보았습니다.

　　<나는 지금 다시>의 첫 연과 둘째 연이다. 시인 자신의 사색의 추이를
아주 명료하게 떠올려 주고 있다. 그것은 이 시인의 내면을 언어를 통해 표
출하고 있는 좋은 보기가 될 것이다. 또한 이 시는 우리가 분류한 갈래의
앞 부분에 이향아의 시가 속하고 있다는 것을 분명히 알게 해 준다.
　　그런데 다음에 인용하는 <반쪽 차표>의 전문을 조심스럽게 살펴 보면
꼭 그렇지만은 않다는 것을 확인할 수 있게 된다.

안전벨트를 매었다
차장은 내 차표를 찢어서

반쪽만을 신표처럼 내밀었다
하나를 둘로 나누어 가진
우리들의 관계

온 강산 똘물처럼 굴러다녀도
반쪽씩의 약속을 품고 살다가
해지는 포구나, 어느
주막가게 앞에서
다시 만나 반쪽씩을 맞추어 볼까

차는 산천을 가로질러
멀고 먼 시간 속으로 빨리어 가고
살아야지,
허리를 띠로 동이고 함께 달리는
슬프고도 아득한 우리들의 관계,
불을 켜듯 그립게
나는 그녀를 쳐다본다

하나를 둘로 갈라 놓은 시적 모티브는 '허리를 띠로 동이고'에서 보는 바
대로 그것은 분단의 현실을 시적으로 표상화하려는 시인의 의지로 읽을 수
있는 부분이다. 물론 그것은 둘째연에서 알 수 있듯이 아름답고 그리운 정서
적인 항목들과 함께 자리하고 있기 때문에 분단의 아픔과 그 통한이 현실적
인 사항으로 강하게 전달되어 오지 않는 면을 갖고 있다. 하지만 그것은 분
명 시인 자신의 내면을 드러내는 데만 시종하고 있지 않음을 알 수 있는 부
분이 된다.

　여기서 우리는 이향이의 시가 자신의 내면만을 온전하게 드러내고자 하
는 일에 시종하고 있지만은 않다는 것을 확인하게 된다. 그의 시가 자신의
내면을 드러내되 현실적인 사항과 불가분의 관계 속에 묶여져 있음을 말해

주는 것이 된다.

사실 어떠한 경우에 있어서도 시인이 삶을 살아가는 한에 있어서 현실적인 것과 내면적인 것은 맞물리고 있음을 간과할 수는 없다.

그러나 그것이 어떠한 양태로 시 속에 자리하는가에 따라 논의의 갈래는 분화하게 된다.

따라서 '슬프고도 아득한 우리들의 관계'라는 구절에서 역사적이고 현실적인 분단의 비극적 사항을 찢어진 차표에서 확인하고, 그것을 차장과 퍼스나의 관계로 바꾸면서 '반쪽씩의 약속을 품고 살'아가는 보편적인 삶의 사항으로 전이시키는 것은 지나칠 수 없는 이향아 시의 특성이다.

따라서 그곳에서 우리는 현실적인 질곡의 정황이 서정적인 시인의 마음밭에 뿌리를 내리고 있음을 목격하게 된다. 우렁차고 힘있는 메시지의 전달보다는 촉촉히 젖어오는 그리움의 대상으로 분단의 상황을 감응할 수 있는 이유가 여기에 있다.

> 하나님,
> 나를 좀더 어리석게 해 주세요
> 맨낮 쳐들고
> 먼 산 바라 누워도
> 부끄러움 모르는
> 허허로운 강물
> 끄덕이며 흘러가는
> 순순한 강물이게

<하나님, 나를 좀더>의 첫연에서 볼 수 있는 것처럼 어리석게 현실의 정황 속에 자신을 두고 싶어하는 것은 갈등하고 소용돌이치는 현실을 서정적으로 대응하려는 시인의 모습을 확실하게 읽게 해 준다. '순순한 강물'처

럼 세상을 살아가는 일이 사실상 불가능하고, 그같은 희구는 결국 삶의 현장인 현실에 대한 서정적이며 정감적인 대응임은 확실하다.

이향아의 시들에는 강물의 심상이 지배적이다. <강을 건널 때 나는>, <강물 소리는>, <강물은 기슭을 적신다>, <바람이 강물을>, <강물을 그린다>, <강물을 따라 나선다>, <강물을 보고 있으면>, <강물에 기대어>, <저녁 강가에 서서>, <강물이 되려고 그랬었구나>, <강물은 혼자 출발하였다>, <강물 때문에 흔들리는 것은>, <강 건너기 위하여>, <강 둑길>, <새벽강>, <큰비와 강물>, <속의 강물>, <동행의 강> 등의 시 제목이 이 점을 밝히 설명해 주고 있다.

강은 무엇이고 물은 또 시인에게 있어 무엇인가.

신화비평적인 입장에 서는 사람들은 물을 생명의 근원과 연결시킨다. 원초적인 생명의 근원이 물에서 비롯되어 있음을 이 논의는 분명히 해주고 있다. 그러므로 물의 심상은 생명의 탄생과 연관되는 것이다. 이향아는 그것이 의식적이든 무의적적이든 시 속에 물의 심상을 지배적이게 함으로 하여 원초적인 생명의 탄생과 그의 시를 관계 시키고 있다. 이 때 탄생은 현실에 대한 그의 인식과 상관한다. 물의 심상을 통하여 자신이 발 딛고 있는 현실에 대하여 시로서 새롭게 태어나려는 의지를 보여주고 있다고 말할 수 있을 것이다.

물이 모여서 흐름을 이루고 유연한 모습으로 대지에 놓여져 있는 것이 강이 아닌가. 따라서 강은 물이 탄생의 심상임을 시간과 공간적으로 확인시켜 주는 것이라 할 수 있을 것이다. 강물의 심상은 시인이 탄생과 새로운 모습으로 그곳에 확실하게 있음을 시적 심상으로 말해준다고 할 수 있게 된다.

흘러가는 강물을
들여다보고 있으면

내 속에 고여드는
낮은 물소리

알 수 없는 시간의
멀고 먼 끝에서
내게로까지 뻗쳐오는
확실한 기별

명령이여,
지금 듣고 있노니
나, 살아가리

흘러가는 강물을
들여다보고 있으면
남남으로 지내는 슬픈 연줄이
소리죽여 달래는
가녀린 울음

뙤약볕 불이 붙는
돌자갈 아래서도
정맥처럼 일어서는
물줄기가 보이고

내 가슴 모래밭에
패이는 웅덩이
웅덩이에 돋아나는
시퍼런 이끼

<속의 강물>의 전문이다. 시인의 마음 속에 고여드는 낮은 목소리는 무엇인가. 그것은 다음 연에서 확실한 기별로 이어진다. 3연에서는 그것을 명

령으로 살아가리라고 말하고 있다. 명령으로 살아가는 것은 현실에 대한 새로운 인식의 탄생을 말함이다. 그래서 마지막 연의 웅덩이에 돋아나는 시퍼런 이끼는 바로 시인의 새로운 인식의 탄생을 분명한 객관적 상관물로 심상화하고 있게 된다.

이향아의 시에는 우리는 현실과 사람에 대한 시인의 인식이 내면적인 서정적 사항과 밀접하게 연관한다는 점을 확인하게 된다. 그리고 강물의 심상을 통하여 그러한 인식의 탄생과 그 속에서 확연한 시인의 모습과 시적 의지를 보게 된다. 이 모든 것보다 더욱 분명하게 확인해야 할 것은 이향아가 갖고 있는 조사력(措辭力)의 탁월함이다. 이말은 이 향아가 누구보다 한국어의 말결을 시의 구조 속에서 성공적으로 살려내고 있다는 의미가 된다. <산수유>, <목백일홍>, <쓸쓸한 오후>, 등의 시에서 보여주는 소박한 일상어의 시적 변용은 이향아에 대한 이러한 평가의 타당성을 입증시켜 줄 수 있을 것이다.

시에서 그의 시에 삶의 모든 것을 다 형상화하라고 말할 수는 없다. 그러나 시에서 시인은 자신이 대응하는 삶과 현실의 양태를 가능한 한 치열하게 언어로 응집시킬 필요는 있다. 그것은 읽는 사람이 시 속에서 보다 많은 공감의 영역을 확보하고 그 속에서 감동의 폭과 깊이를 보다 넓히고 깊게 할 수 있기 때문이다.

이향아의 시들은 앞에서 헤아려 보았듯이 그가 속해 있는 상황에 치열하게 대립하여 응전의 태세를 취하고 있지는 않다. 그러나 내면적인 정서의 깊은 자락을 분명 현실적인 것과 관계시켜 주고 있다. 그의 시가 지극히 주관적인 대상을 선택하고 있음에도 자기 독백에서 훌륭하게 벗어나 독자를 감동시키고 있는 것은 많은 부분이 이점에 기인한다.

그럼에도 불구하고 우리의 욕심은 그의 시가 정황을 내면화 시키는 데 그치지 말고 나아가 현실과 상황을 직접적인 심상으로 언어에 인각하면서 탁월한 그의 조사 능력이 또 다른 모습의 시를 보여줄 수 있기를 바란다.

이 시집의 시들은 분명 하나의 경지를 이루고 있다. 이향아의 시가 여기서 끝나지 않을 것을 아는 우리는, 새로운 지평으로 자신의 시세계를 이끌어가는 견인의 역할과 가능성을 이 시집의 시들이 수행하리라고 확신한다.

- 시집 『강물연가』, 1989

충만된 시와 실존적 그리움
이향아 문학의 한부분을 읽는 일

김 종 시인

시의 변화와 굽이 만들기 35년

이향아(李鄕莪)는 1991년에 발간한 시집「하늘로 오르면 별이 되고 어느 땅에 떨어져도 꽃이될 이야기」의 서문에서 자신을 향한 다음과 같은 다짐을 들려준다.

> "좋은 시 7편만 쓰자. 내 홀로 썼으되 1만 사람의 가슴을 적실 수 있
> 는 시, 내가 가본 적 없는 낯선 골목에서 나도 모르게 읊어질 수 있는
> 나의 시, 그런 시를 7편쯤만 남길 수 있다면 나는 비로소 안심하고 죽을
> 수 있을 것이다."

7번째의 시집을 세상에 내놓으면서 그가 시적 기도처럼 들려준 이 음성 속에는 7편쯤의 욕망을 앞세운 안심입명의 경지가 읽힌다. 일생을 두고 7편 쯤의 좋은 시를 되뇌인 것은 적어도 한 권의 시집을 내고 그 한 권마다 1편 씩의 좋은 시를 요량한 것이리라. 좋은 시를 쓰겠다는 시인은 많지만 아름답 고 간절하고 울림이 큰 시에 대한 백서적 다짐을 이향아처럼 솔직하게 들려

준 시인을 나는 아직 보지 못했다.

또다시 3년후 이향아 시인은 자신을 행복하게도 하고 불행하게도 하는 일이 '사람 사이의 일'이었음을 반추하면서 '지나간 일은 씨앗을 틔우는 자양분이 될 뿐이고, 시로 옮겨지는 것은 언제나 현재진행형의 정서라는 것을 깨닫고' 시에 바치고 싶은 열정과 사랑과 어눌하기만 한 고백 사이의 산천과 골짜기를 헤집고 다녔다.

'이향아'가 시적 주제로 집착한 인간의 일이란 사람과 사람 사이의 기억이거나 체험에 연유한다. 그리고 그는 문학의 중심에 인간이 있으며 인간을 비상한 관심 앞에 올려 세운다. 그로부터 또 3년이 지나 열번째의 시집에서 그의 다짐은 이같이 이어진다.

> "완전하고 충만한 시, 내가 줄곧 꿈꾸어 온 이상적 시의 봉우리, 거기
> 도달하게 되는 날은 언제인가."

그가 도달한 '열번째'라는 말은 두 주먹을 활짝 펴야만 솟아오르는 광대무변한 수량이라고 하였다. 그러면서 이어서 백도 천도 만도 바로 이 '열'이라는 숫자라야 도달할 수 있음을 생각해 내고 그는 완전하고 충만함에 대한 자문자답을 한다. 그리고 그는 마치나 고3 시절을 벗어버리고 넓고 아득한 대평원의 대학에나 진학한듯(열한번째 시집에서) 다음과 같이 말한다.

> "바람이 분다. 바람에 나뭇잎이 반짝인다. 반짝이는 나뭇잎의 빛살이
> 음악같다. 나는 이대로 '몽롱'과 '환상'속에 빠져들 것 같다. 문득 휘파
> 람이라도 불고 싶다. 이렇게 마음이 편한 게 얼마만인지도 모르겠다…"

이향아 시인이 '98년 가을의 초입에서 들려준 위의 음성 속에는 여든이 넘은 어머님의 일을 회상하면서 너무도 허무한 여러 세상 일에 대하여 견딜

수 없다고 하였다. 그는 어제라고 생각했던 것이 작년이거나 재작년이었고, 대전에서 일어났던 일을 서울의 일로, 서울에서 있었던 일을 광주의 일'이기나 하듯 혼돈의 쳇바퀴를 돌리는 일이 많아졌다고 하였다.

그가 여기에 오기까지에는 35년의 깊고 치열한 시력(詩歷)이 놓여 있다. 실지 이향아의 언어에는 그가 열정적이면서도 지속적으로 추진시켜온 개성과 직관의 세월이 자신만의 시적 흐름을 만들면서 족히 장강 하나쯤은 연상되는 시의 대평원에 접어든 것이다. 그리고 이향아의 이같은 대평원에는 그의 정신에서 빚어진 갖가지의 표정과 미감들이 한판의 오케스트라처럼 나름의 변화와 굽이를 만들었고 실로 유장한 시의 장도를 계속해 온 것이다.

필자가 이향아의 문학의 한 부분을 재는 자리에서 굳이 `90년대 이후만을 정신적 편린으로 짚어서 인용한 것은 그가 보여준 연대로서의 `90년대는 이미 지천명의 그 순후하고 차분한 언어적 기후가 체질처럼 스며 있고 한국 근대문학사에서 대다수의 여류시인들이 보여준 한계적 정서가 부지불식간에 극복되고 있다는 점이다. 이향아는 분명 자신이 언명한 '좋은 시 7편'의 약속을 위해 그의 장거리 경주는 계속된 터이고 이같은 추진력이 안심입명의 프로펠라를 돌려온 것이다. 겸하여 그의 언어가 갖는 능동성 내지는 활달함, 그러면서도 언어적 숙성과 발효가 그 자신의 기질에 맞물리면서 언어 세계의 풍속을 조타해온 것으로 보인다.

'완전하고 충만한 시'에의 소망

조금 비약했다는 생각이 들지만 한국근대문학사에서 읽어온 여류시인들의 시정신과 그 표출은 얼마간의 선입견을 불어 넣기에 충분했다. 그만큼 심약하고 섬세하지 못한 피동성의 언어가 생각보다 많이 검출되었기 때문이다. 여기에 일일이 거론하는 것은 줄이거니와 이향아 문학이 갖는 언어적 표현의 다양함과 기질적 인상은 여느 여류에게서도 벗어난 나름의 절실함에 나아가 있다. 그러면서도 그의 시는 어느 한편에서 능숙하면서도 발랄한 언어적 포폄을 유감없이 보여준다. 그런가하면 시적 명상성에 터잡은 생의 본래적 의미가 염려와 연민에 기댄 인간애의 한 표정임을 읽게 한다. 그것은 이향아가 갖는 언어의 본질이 그리움과 사랑을 근간으로 하면서도 실로 포착하기 어려운 여러 개의 사물에 대한 반사적 정감을 드러낸 때문이다.

그런 의미에서 이향아가 열번째 시집에서 밝힌 '완전하고 충만한 시'에의 소망은 그의 시적 역정과 시정신을 밝히는데 중요한 의미를 지니는 듯 하다. 그가 줄곧 꿈꾸어 온 시의 봉우리를 바로 완전하고도 충만한 시로 보았음이니 시력 35년에 걸쳐 있는 언어적 미만감은 인간 세상의 사소한 정감에서부터 신산고초에의 여러 굽이까지를 두루 아우르는 것이다.

그래서 이향아의 시적 일상성은 주제적으로나 방법적으로 협소한 데에 머물지 않고 자신이 애착한 것이면 고저, 장단, 광협의 구간을 적절히 구사해 가고 있다. 이향아의 시는 사물에 대한 구체적인 감응으로부터 시작된다. 잔잔한 듯 하면서도 드높은 파고를 염두에 둔, 시인 자신만의 주변 근황에서 풀어내고 있다. 그것의 한 부분을 읽을 수 있는 작품이 <눈을 뜨는 연습>이다.

> 어둠 속에서 눈을 뜨고 있어 보았겠지요
> 내 젊은 날의 시력 속으로 일 천 근량의
> 유혹과 각오와 해탈
> 날 흔들어요, 눈부셔요

어둠 속에서 눈을 뜨고 있으려면
밝음 속에 눈이 멀어 있는 것보담
아파요, 슬퍼요.
내 공복은 어둠에 뚫려 허공에 떠요
마른 생선처럼 엮이어 창천을 가요
눈을 뜨는 연습

어둠을 밀어내지 않고 끌어 당기는 연습,
죽음을 이기는 연습
기를 쓰고 사는 연습

어둠 속에 눈을 뜨고 있으면
대수롭지 않게 알게 되어요
구차한 사슬이 하나씩 무너지고
끝내는 나도
지긋한 어둠 하나로 놓여날 것임을

- <눈을 뜨는 연습> 전문

이 작품에서 화자는 시인 자신이며 눈을 뜨는 연습을 통해 지나온 생의 체험적 사실을 의미적 자각으로 몰아가고 있다. 그가 제목으로 정한 '눈을 뜨는 연습'은 심봉사의 눈뜨기와는 다른 포괄된 세계에의 인식이다. 이 시에서 화자가 눈을 뜨고 본 것은 '어둠 속'이다. 이 말은 다르게는 눈을 감고 세상을 보았다는 역설적인 표현에만 머물러 있는 것은 아니다. 화자는 인간 세상의 여러 미망들을 유혹과 각오와 해탈이라는 단계적 점진성 위에 올려 놓고 그것들의 파장에 흔들리거나 눈이 부셨다고 말하고 있다. 그러면서 그가 눈을 뜨고 있는 어둠과 눈이 멀어 있는 밝음을 대비적으로 제시한, 실로 아프고 슬프다는 언어적 울림은 간절하면서도 그 여운이 길다.

그리고 이향아의 시가 단순한 묘사 위주가 아니라는 것과 그가 제시한 눈을 뜨는 연습의 실체가 '어둠을 밀어내지 않고 끌어당기는' 달관한 자의 모습임도 이내 드러난다.

또한 죽음을 이기면서까지 기를 쓰고 살아가는 연습 또한 눈뜨는 일의 또 다른 의미항이다. 이향아 시가 갖는 표현의 탁월함이 읽히는 대목이다.

<눈을…>은 이향아의 정서적인 내면 풍경이 형상화된 것이면서 내면 의식을 여러 장면으로 전화(轉化)시키는 시적 완결성을 보여 준다. 이에 대한 대체적인 경과는 '어둠'이 엄위한 곳에서의 눈뜨기이다. 그는 젊은 날에 떨쳐내기 힘들었던 갖가지의 유혹 뒤에 각오와 해탈을 체험했고 자신이 감당하기 힘들었던 흔들림과 눈부심 또한 체험했었다. 그러면서 시인은 어둠 속의 눈뜨기가 밝음 속의 눈 멀어 있음보다 아프고 슬펐다고 했다. 이유는 무엇일까. 그것은 채울 길 없는 시인의 공복 체험에 기인한 것이다. 시인은 이 대목에서 간단없는 공복과 어둠과 허공을 제시한다. 그러면서 한 차례 긴장이라도 풀어내듯 마른 생선처럼 엮이어 푸른 하늘 어딘가를 떠가고 있다는 행위가 '눈을 뜨는 연습'에 이어져 있다. 그리고 이향아는 이 시에 하나의 절정을 마련한다.

요컨대 죽음을 이기는 일은 기를 쓰고 사는 일이었다. 그리고 죽음을 이기는 일은 어둠을 밀어내지 않고 그것을 끌어 당겨 이불처럼 덮고 사는 일이라는 사실에 도달한다. 이 부분이 이향아 시인이 <눈을…>에 갈무리해 둔 이 시의 주제이고 정신이고 평가의 측면에서 본 화룡점정이다.

이향아의 '눈뜨기'는 하나의 시적 절정

이제 이 시는 한 고비의 상승을 끝내고 대평원 같은 내면화에 가담한다. 어둠이 익숙해진 뒤이니 마찬가지로 아프고 슬픈 것도 거쳐온 뒤이다. 그리고 그에게 '구차한' 그 모든 사슬들이 무너지고 자신마저 '지긋한 어둠 하나'로 놓여난다는 대목에 오면 시인 이향아가 <눈을…>에서 얼마나 완전하고 충만한 한 편의 시에 도달했는가를 전율처럼 감지하게 된다. 또한 이 시에서의 '연습'은 바로 시인 이향아의 '사는 일' 자체임도 분명해진다.

<편지를 쓴다>에서도 첫줄부터 맹세하듯 눌러서 쓴 편지가 '천리밖 그대 발을 적시던 물'처럼 '앞바다에 와서 몸을 풀었다'고 했다. 그리고는 다시금 그는 한 차원의 시적 상승을 시도한다. 바로 그 부분이 '전에 없이' 박아 썼던 사연이 하늘로 오르면 별이 되고 어느 땅에 떨어져도 꽃이 될 말씀으로 시인 자신을 지키다가 말갛게 피흘리며 서쪽으로 간다는 것, 이향아의 시적 상상력이 가까운 주변적 사실에서 시작하여 천상과 지상과 지하를 두루 통괄하는 완전하고도 충만한 형식에 담겨진 것이다.

<내게도 잠 못 드는 밤은 있어라> 또한 이향아의 시적 특장인 완전하고 충만한 시의 한 모습을 담아내고 있다. 그에게 잠 못드는 밤은 여느 사람들처럼 몸을 뒤척이며 지내야 하는 고통스러운 시간이었을 것이다. 그럼에도 그는 잠 못드는 시간에 '대숲마을 질러가는 수수한 바람'이나 '몇 천만리 쫓아오는 넉넉한 달'을 '내 몸의 핏줄'처럼 퍼져 있게 한다는 발상은 따뜻하고 정겹다. <내게도…>에서 화자는 잠 못드는 일로 하여 화려하면서도 찬란한 시간에 잠겨 있었던 것이다.

이향아의 언어적 구조는 우리가 읽어온 이들 작품 외에도 완전하고 충만한 구조를 제시한 작품들이 의외로 많다. 이들은 일면 외향화된 것들까지도

간절한 내면적 페이소스를 지향함으로써 그것들은 궁극적으로 자기극복의
물꼬를 열어간다. 대체로 이향아의 시가 갖는, 완전하면서도 충만함의 시는
시작과 전개와 절정과 마무리의 구조에 나아가기 때문에 편편마다 무지개의
색판을 보듯 단계적 정서를 긴장하며 음미하게 된다.

이별은
시월의 과원을 떠나던
바람,

한뼘 가슴 속이
열 두 번 더 보채던
키 높은 밀물이데
돌아오던 길초에
이별은 조금 춥데

쉬임 없이 떠난 자리
삭막한 억새풀 돋아
미풍에도 소스라쳐
풍금 소리내데

심심하데,
사시철 낮설게 지내는
이웃과도 같이
이별은
무겁데

추억을 내리고
일지를 쓰는 시간
비로소 내 자리에

훈김이 서리데

필경 이별도 하찮은 것이데
복상꽃 진 자리
복상 열리듯
별 것 아니데

- <이별> 전문

제목도 <이별>이고 주제도 어김없이 '이별'을 담았다. 시작에서 이별이 '시월의 과원을 떠나던 바람'이니 얼마나 쓸쓸하고 을씨년스러운 일인가. 그러나 이별은 한뼘 가슴 속에서 열 두 번도 더 보채던 '키 높은 밀물'이라는 표현은 예사롭지 않은 조짐을 머금고 다음 굽이를 지켜보게 한다. 계절로 쳐서 이별이 시월이니 그것만으로도 춥게 느껴지며 한편으로 미풍에도 소스라치듯 투명한 풍금소리를 낸다. 그리고 이별은 사시사철 낯설게 지내온 이웃과도 같이 심심하고 무거운 것이므로 이향아 시인은 이별의 시간에 산그늘 같은 추억을 내리고 밤잠 줄이며 일지를 쓰는 것이다.

사물적 감응마저 내 죄라 여기는 시인

이향아는 어둠 속에서 눈을 떠 보았느냐는 질문에서부터 젊은 날의 시력 속으로 밀려온 온갖 유혹과 각오와 해탈을 체험하며 그것들로 흔들리고 눈부셨다고 하였다. 또한 밝음 가운데서 청맹과니처럼 눈 멀어 있는 것보다는 어둠 속에서 눈을 뜨고 있는 편이 훨씬 더 아프고 슬프다고 하였다. 그만큼 절실하고 사무쳤다는 말이다. 어둠도 이부자리처럼 끌어당기며 죽음을 이기고 살아난 현실 뒤에는 시인 자신도 지긋한 어둠 하나로 놓여날 것이라는 정신적 해탈을 그의 언어적 작심(作心) 가운데서 읽어내게 된다. 그리하여 그가 <이별>에 오기까지 얼마간의 과정은 <눈을 뜨는 - >과 너무도 흡사한 전개구조를 보인다. 그것이 바로 <이별>에서 '시월의 과원을 떠나던 바람'과 '열두번도 더 보채던 키 높은 밀물'로 돌아오는 길초가 춥게 느껴진 것이었다면 그 다음 단계에서 보여준 이별의 풍경은 미풍에도 풍금소리를 내고 낯선 이웃 같은 무료한 단계를 거쳐 그는 드디어 복원된 시간의 훈김 서린 자리를 갖는다. 그러면서 그가 이별에 대해 내린 중량감은 짐짓 태연하게도 '별 것 아니'라고 하였다. 이때 '별 것 아니데'가 만든 여운은 그 표현처럼 편안한 심정으로 음미할 일이 아니다.

> 삼월엔 온갖 바람 죄다 불었다
> 이 한 달을 살아 남기가
> 삼동을 넘기기보다 힘이 들었다
>
> 일 년 두고 늙을 것,
> 요 며칠 몸살에 다 끝장 내고,
> 무섭다
> 들끓는 수십 년 내 속의 삼월이 다 무섭다
> 그 눈물겨운 불망, 아픈 변절을
> 주눅이 들어 지켜서 본다
>
> 나는 이대로
> 봄을 못 만나고 말 것이다
> 보내기만 할 것이다
> 떠나는 사람, 잦아드는 오열도

내 죄라 여기면서 참고 들을 것이다

- <삼월 한 달> 전문

아침 풀밭을 걷다가
달팽이를 밟았습니다

크레카 부서지는 소리
흙발로 밟아
죄짓는 소리

우주의 천장이
내려 앉았습니다

벗겨진 하늘
드러난 맨몸뚱이
쏟아지는 빛이며 아우성이며
나는 춥고 어지러워
몸을 움츠리었습니다

동서남북 어디로 갈까
그 자리에 눈감고
주저앉았습니다

- <달팽이> 전문

이향아 시인의 시에는 여러 자리에서 생명외경의 정신이 시의 한 방향으로 읽힌다. 적어도 이향아는 위의 두 편에서처럼 자책에서 빚어진 표현의 파장을 읽게 한다. <삼월 한 달>에서는 '삼동을 넘기기보다 힘이 들었'던 삼월의 꽃샘 추위를 무슨 시련처럼 견디면서 '눈물 겨운 불망'과 '아픈 변절'

을 조심스런 심정으로 노래하고 있다. 그의 이같은 조심스런 노래 뒤에는 계절의 변덕으로 혹시 '봄을 못 만나는 것'은 아닌가 하는 염려가 깔려 있고 잦아드는 사물적 '감응마저 내 죄라 여기면서 참고 들을 것'이라고 한 시인의 다짐은 결단코 애절하다.

여기에 비해 <달팽이>는 앞에서 환기한 생명외경 정신을 유감없이 담고 있다. 시인은 이 시에서 읽은 것처럼 아침 풀밭을 걷다가 달팽이를 밟았던 것이다. 시인은 이내 달팽이의 입장으로 돌아간다. 그는 느닷없이 닥친 환란처럼 달팽이 껍질을 흙발로 밟아서 부숴버린 일을 두고 '우주의 천장이 내려 앉았다' 하였고 가감없이 죄짓는 일이라 하였다. 껍질이 깨져 맨몸만 남은 달팽이는 '쏟아지는 빛이며 아우성'을 어찌 감당하며 살아갈 것인가. 아예 달팽이로 돌아간 시인은 그 자리에서 춥고 어지러워 몸을 움츠릴 정도라고 하였다. 이제 달팽이는 몸을 숨기던 껍질마저 깨뜨려져 동서남북의 은신처를 온통 잃어버린 것이다. 이것을 두고 대책없이 '그 자리에서 눈감고 주저 앉았다'는 시인의 인식은 확실히 삼라만상 그 모든 것들에게 자신의 그 핍진한 연민을 투사한 것이리라. 그러면 시인의 이같은 자기 연민과 생명외경의 사상은 어디에서 오는가. 그것은 그가 평소 겪었거나 눈여겨보며 살았던, 궁금증에서 비롯된 사소한 것들에의 감응이 빚어낸 것이다.

　　　금강물은 그동안 별탈 없는지
　　　갈매의 파도 색깔 제대로 빛이 나고
　　　물갈기 피었다가 싸리꽃처럼 날리는지
　　　벌겋게 끓어오르는 흙탕물도 식어서
　　　개펄 반죽 되직하게 가라앉아 있는지

　　　물새들 알을 낳아 새끼 품는 기슭
　　　서해로 질러가는 짠 바람 위로

군산 사람 소식 실려 가고 오는지

안녕들 하신지
살기가 전보다 훨씬 나아서
일찍 죽은 귀신들만 불쌍하구나
옛말 내이르며 가슴 훑어내리는지

가봐야겠다
남으로 흘러가는 뒤숭숭한 구름
큰 점 찍듯 하루 날짜를 잡아
소문처럼 실려서
가봐야겠다

- <안녕들 하신지> 전문

이제 이향아 시인의 시적 표정은 그리운 것들과 궁금한 것들이 많은 세상에 접어들어 손을 내밀면 닿을 것 같은 실감된 시간과 장소에 위치한다. 위 작품의 전체적인 배경은 '서해'이며 그가 궁금해 하는 것은 '금강물'에서 시작하여 '갈매의 파도' '벌겋게 끓어오르는 흙탕물' 물새가 알을 낳아 새끼 품는 기슭, '군산사람 소식', '남으로 흘러가는 뒤숭숭한 구름' 등등이 어떠한가이며 이것들 모두에는 화자가 다다르고자한 그리움의 열선이 배치되어 있다.

눈물의 이별과 약속에 박힌 그리움

G, 상드같은 이는 그리움을 두고 가장 순수한 부분의 사랑이라고 했다. 우리가 살아가는 일에 상드의 말을 대입하면 생을 긍정하거나 애착하지 않

고 '사랑'이나 '그리움'이 생성될 수 없다는 것이며 이같이 생이 긍정되거나
애착되는 자리에는 늘상 시의 혈맥이 실핏줄까지 굽이쳐 흐르고 있다는 점
이다.

이향아의 시에서 특히 그리운 것들에 대해 펼쳐낸 회상은 사시사철 같은
자리에서 흐름을 이어서 흐름을 보내는 '금강물'까지도 별탈이 없었는가를
살피는 염려와 연민의 눈길이 잔잔한 여운처럼 번져온다.

그러던 그는 이 작품의 끝에 가서는 고향땅에 흐르는 강물처럼 구름 한
장 가볍게 올라타고 소문처럼 실려서 가봐야겠다는 생각 앞에 선다.

마늘씨 묻어둔
양지밭께로
우수절 가까이
술렁대는 하늘이
아랫목 이불처럼
깔려 있어서

요술피리 흉내내는
바람 소리에
알 듯한 옛노래도
따라한다고

-<소식 몇 자> 부분

봄에는 멍들어 엎드렸었고
여름에는 마파람에 헤매었고
서리맞은 감같이
삭는 내 속을
피처럼 찍어 내는
지금은

　　　가을

　　　주소를 씁니다

- <가을 안부> 일부

　인용된 두편도 앞의 <안녕들…>와 그 정조와 빛깔이 비슷한 작품이다. 시가 저절로 읽히는 것만큼 그가 갈무리한 시적 정서도 곰삭아 있다. 이 작품은 앞부분에서 '겨울은 장황한 적막'이며 그래서 새끼짐승처럼 그럭저럭 살아가는 시인은 먼 들판 쫓아가며 묵념도 하고 스텐레스 칼날같은 꿈도 꾸면서 '장황한 적막'을 이기고 있는 것이다. 그 적막 가운데 떠오르는 우수절 가까이에 하늘이나 요술피리 흉내내는 옛노래도 기실 시인에게는 궁금한 것들일 뿐이다.

　<가을 안부>도 머리에서 궁금한 것들의 안부부터 묻는다. 그가 묻는 안부는 봄에서 가을까지이다.

　마치나 <국화 옆에서>처럼 봄에는 소쩍새가 울고 여름에는 먹구름 속에서 천둥번개가 울고 가을에는 무서리가 그리 내린 뒤 서정주의 노오란 국화가 피어났듯 봄, 여름, 가을이 멍들어 엎드렸고, 마파람에 헤매었고, 서리맞은 감같이 삭아내린 시인 자신의 가슴 속을 피처럼 찍어내는 '지금'의 가을에 이향아는 백마디 말씀을 침 삼켜 넘기면서 안부를 묻는 편지에 주소를 쓰는 것이다.

　<찻물을 얹어 놓고>에서 보여준 이향아 시인의 시적 통찰이 눈여겨진다. 이를테면 '물보다 가슴이 끓는다'든지 '내 몸에 독이 된다면 목숨의 한 귀퉁이 떼어서'준다든지 두어 컵 순수의 물이 주전자에서 끓고 있을 때 시인은 껍질채 그대로 가라앉고 싶다는 것 등이다.

　<당신의 뒷 모습>에서 '그리운 이를 돌아다 볼 얼굴이 없어/ 나는 부끄

충만된 시와 실존적 그리움　53

럽다/ 그것이 부끄럽다'고 한 그의 3자적 자리에는 관조 뒤에 남는 성찰의 에너지가 멀리까지 울리는 메아리를 만든다.

<소등하면서>에서도 이향아는 '함께 소리내어 기도문을 외우고, 안녕히 주무세요. 잘 자거라, 안녕, 안녕' 이런 등등의 인사말을 하고 전등을 껐다. 그리고 그는 어두워진 시간에 '낮에 사랑하던 온갖 것들'에게 '눈물의 이별과 약속'을 하고 입맛 돋구는 콩알처럼 '그리움'에의 알갱이를 박아 두었다.

헛간 한 채 지으며 부활을 꿈꾸다

그러니까 이향아는 자신의 시를 추진시키는 가장 유력한 질료로써 '그리움'을 담아내고 전등을 껐던 것이다. 그가 <눈을 뜨는…>에서 보여준 어둠에의 친화감은 '어둠' 자체가 그리움에 나아가는 매우 요긴한 장치이기 때문이며 그것이 <소등하면서>에서도 똑같은 모습으로 읽히고 있다.

> 버리기 싫은 추억
> 인연이 아니라며 돌아간 사람, 품고 죽을 비밀을 위해,
> 밀려나는 古典을 위해 부활을 꿈꾸는 집을 짓는다
> 마른 심지 끝에 입김만 불면 불이 붙을 것 같은 아직은
> 멀쩡한 정신을 위해서, 결국은 우리들 은둔을 위해서 잠복을
> 위해서,
> 헛간이라고 불리우고야 말 허무의 궁전을 짓는다
> 껍데기 한 칸을 더 늘린다
>
> － <헛간을 지으며> 일부

‘헛간 하나를 더 지어야지’를 혼잣말처럼 중얼거리는 시인은 결국은 그것이 ‘껍데기 한 칸을 더 늘리는 일’이며 ‘허무의 궁전을 짓는 일’에 다름 아니라고 생각한다. 그러면 이향아 시인에게 ‘헛간’은 무엇인가. 그것은 ‘절망을 위로할 은근한 놀이터’이며 ‘초호활자의 안식’이나 ‘유행에 뒤처진 노래의 잊혀져 가는 영광’을 돌이키는 집이라는 것이다. 그러던 것은 이내 ‘버리기 싫은 추억’이 되었고 헛간을 짓는 일은 ‘부활을 꿈꾸는 집을 짓는 일’이 된 셈이다. 이향아가 이같이 헛간을 지어두고 ‘부활’을 꿈꾼 것은 다다를 수 없는 세계적 그리움의 심지에다 불을 켜는 일인지 모른다. 그리하여 그리움은 이내 씨앗이 되었고 씨앗을 통해 들여다 본 세계는 ‘떡잎’을 틔우는 일에서 그 물길을 열어가고 있다.

> 내 잡고 서 있는 아흔 아홉 현금
> 어느 것을 울려도 나는 아픕니다
>
> 버린 돌멩이 하나,
> 흐르는 세월 속에 놓친 바람 한 조각도
> 풍랑이 되어, 반란이 되어 날 풀어 헤칩니다
> 씨앗이 움켜 쥔 정절은
> 내 기후에 떨어져 뿌리를 내립니다
> 날개가 됩니다, 기폭이 됩니다, 믿음이 됩니다
> 독한 삶이 되어 다시
> 씨앗을 낳습니다
>
> <씨앗속에는> 일부

이향아의 시가 우리의 의식 속에 그리움의 씨알로 열매 맺는 시간이 되었다. 이향아의 그리움은 낭만주의자들의 그것처럼 다다를 수 없는 세계가 지어낸 신기루 같은 환상이 아니다. 실제 손때 묻히고 거기에서 싹을 키우고 꽃을 피운 뒤 씨앗의 자리에 와서 우리가 음미하는 이향아의 '그리움'은 이제 '한 생애가 다리 뻗을 햇살'이 된 것이다. 그리고 그 햇살 속에는 무심의 강물처럼 흘러온 기나긴 이야기가 담겨 있다. 또한 그 이야기 속에는 슬프고 고운 색깔이 있고 색깔 속에선 더디고 질긴 꿈이 피어난다. 이어서 그 꿈이 흘린 눈물 속에는 소금이 있고 마지막 소금 속에는 '저린 삶'이 있다. 이것은 마치 우리가 어린 시절 단어를 이어가며 연상법 놀이를 하던 때와 흡사하다. 원숭이 똥구멍 빨갛더라에서 시작하여 빨가면 사과, 사과는 달더라 달면 엿, 엿은 길더라 길면 기차, 기차는 빠르더라 빠르면 비행기, 비행기는 높더라 높으면 백두산, 백두산 뻗어내려 반도 삼천리…… 이같이 노래하면서 신나는 단어게임을 벌였던 것이다.

견결한 미감에 물결쳐간 '씨앗'의 의미

　그러나 여기에서 조금 더 관심 갖고 들여다 볼 것은 이향아의 '그리움' 속에는 리얼리즘이 흘려보낸 인간 세상의 땀과 눈물과 한숨이 배어 있다. 시간적으로도 공간적으로도 다다를 수 없는, 미지의 세계만을 막연히 그리워했던 낭만주의자들의 그것과는 현격한 대조를 이루는 살아 있는 실존적 그리움이 그것이다. 이는 다르게는 이향아가 꿈꾸고 요량한 언어적 질감 속에 그만의 체험이 투입된 현실 개입의 그것임이 확실하게 읽힌다.

　이향아는 <씨앗…>에서 자신이 손잡고 서 있는 (인연이라 해도 좋고 사랑이라 해도 좋고 현실에 존재하는 어느 사건이라해도 좋을) 아흔 아홉 현금 어느 것을 울려도 아프다고 했다. 그만큼 시인의 심정에 투영된 사물적 감응은 '흐르는 세월 속에 놓친 바람 한 조각'까지도 예사롭지 않는 풍랑이나 반란이 되어 돌아온다는 것이다. 씨앗은 반전된 국면에 진입하고 그것이 바로 날개가 되고 기폭이 되고 믿음이 되어 또다시 씨앗을 낳는 순환성 속에 이향아의 그리움이 피돌기하고 있는 것이다.

우리가 완전하고 충만한 시를 목표한 이향아의 문학을 음미하면서 풍성하면서도 다양한, 그만의 절실한 그리움의 변환을 부분적으로나마 거쳐왔다. 그러나 이것들은 워드워스가 노래한 저산 너머에 뿌리내린 '무지개'가 아니다. 직접적으로 이향아 시인의 체험에서 빚어진 정직한 자기 고백과 심적 리얼리티인 것이다.

확실히 이향아는 자신만의 음성과 눈빛으로 그리움의 줄기와 이파리를 키웠고 꽃봉오리도 피워냈으며 여기에서 얻어진 견결한 씨앗의 세계를 시의 궁극적인 미감에 물결쳐 가게 했다.

씨앗은 열매와 동일한 의미로 이해되지만 한 편으로는 또다른 출발을 위해 떡잎을 키우는 시작의 의미 또한 갖고 있다. 이향아 시인에게 독한 삶이 되어 또다른 씨앗을 만든다는 인간세상의 순환성은 물리학자들이 말하는 질량 불변의 법칙을 들추지 않더라도 소멸된 것에 대한 또다른 생성이고 소망이다. 노자는 '미혹의 종자는 어둠 속에서 큰다'고 했다. 우리가 이향아의 씨앗을 이같은 교조적 의미로 이해하는 것은 아니다. 요컨대 이향아는 씨앗의 시적 의미를 자신의 '기후'에 뿌리 내리게 하고 또다른 수목이 될 때까지 그리움의 기류 위에 실체적 감동을 띄워내게 될 것이다.

- 월간 『詩文學』, 2000. 11

진실을 향한 강한 탐구

진순애 문학평론가

서정시의 본질적 자세는 삶에 대하여, 시적 대상에 대하여, 궁극적으로는 이 세상에 대하여 진실을 위한, 그리고, 진실을 향한 반성적 태도에 있을 것이다. 시적 화자를 빌은 시인의 희로애락의 정서가 서정시의 서정적 깊이를 가늠하고 있기는 하지만, 그 희로애락에 준한 서정적 깊이는 산다는 일에 대한 시인의 진실탐구에서 비롯된다는 말이다.

바로 여기에 서정시가 지닌 시적 울림의 진폭이 가늠될 수 있는데, 이향아 시인의 시선집 『그대라는 이름의 꽃말』은 진실된 삶을 향한 시인의 강렬한 탐구의식 및 탐구의 자세로 점철된다. 그 탐구의 자세가 단지 서정적 감수성에서 멈춰 있는 것이 아니라, 강렬한 탐구의 깊이에 의해 척도되어 있다는 점에서 이향아의 삶에 대한 진실의 깊이를 읽을 수 있다.

세월의 두께에 묻힌 채 지나온 만큼의 삶을 단지 홧김의 정서에 젖어서 관조하고만 있는 것이 아니라, 그 세월의 두께쯤은 멀리 밀어둔 채 지금도 여전히 생의 한 가운데에서 진실을 탐구하고 있는 그의 강렬한 자세가 한층 감동의 진폭을 넓게 한다. 생의 한 가운데에 있다는 세부사항 중 하나는 갈고 닦고 닦아도 빛나지 않는 매일매일 되풀이되는 우리의 일상일 것이다. 때

문에 일상의 지난함을 탁월한 시적 형상화로 일군다는 일 역시 지난한 일일
것이다.

  그러나 이향아의 시적 깊이는 이러한 일상의 지난함을 진부함에서 멈추
게 하지 않고 삶의 진실성을 향한 탐구의 대상으로 삼고 있어서 의미 있다
하겠다. 더욱이 일상적 생활의 소재에 대한 성찰의 자세에서 멈춰 있는 것이
아니라, 사물, 특히 일상적 사물에 대한 새로운 인식의 천착을 보이고 있어
서 끊임없이 탐구하는 시인의 시적 자세에 값하고 있기도 하다. 이처럼 일상
의 생활과 일상적 사물, 그리고, 시인의 상념의 세계에 의해서 이향아 시선
집 『그대라는 이름의 꽃말』은 주로 새겨져 있다.

  흰색은 미뤄 둔 사랑이다
  백에 하나라도 혹시 몰라서 밑바닥에 깔아 둔 명주 짜투리이다
  흰 말 타고 오려나 오늘쯤 그대는
  멀쩡한 하늘 아래 칼빛처럼 번득이는 흰색은 예감이다
  이젠 끝났다, 다시 시작
  흰색은 낯선 출발이다.
  찬 서리 낮게 깔린 새벽의 고요
  뿌연 길 걸어서 가출하는 마음이다

  흰색은 가난이다
  이른 봄 엎드려서 쑥을 캐는, 엎드려 밭두렁에 쑥을 캐는
  온 들판에 너부러진 우리들의 입성이다
  흰색을 절망이다

                              - <흰 색에 대하여> 일부

  흰색에 대한 이향아의 시적 상상력이 남다르다. 우선 흰색은 '미뤄 둔 사
랑'이란다. 그리고 '명주 짜투리'이고, '예감'이며, 또 '낯선 출발'이다. 흰색

은 '새벽의 고요'며 '가출하는 마음'이고, '가난'이며, '엎드려 밭두렁에 쑥을 캐는 우리들의 입성'이기도 하다. 또한 흰색은 '절망'이며, '거절'이고, '순종'이란다. 나아가 흰색은 '어지럼증'이며, '무심'이고 '무지'이며 '순결'로 이어진다. 더욱이 '불을 켜고 기다리는 어머니의 깃발'이며, '초월', '초월하는 슬픔', 또는 '적막'에 닿아 있다.

이향아의 내면에 각인된 흰색에 대한 이미지는 밝은 쪽이 아니라, 어둠 쪽이다. 그 까닭은 흰색에 대한 이향아의 개인적 사유에서 비롯된 것이 아니라, 민족적 이미지로 연결되기 때문에 빚어진 결과로 보인다. 흰색은 '엎드려 밭두렁에 쑥을 캐는 우리들의 입성'이기 때문에 절망이며, 거절이고, 순종이며, 슬픔이고, 적막하기까지 한 것이다.

백의민족이란 의미는 순결이라는 깨끗함의 이미지만 담고 있는 것이 아니라, 무지하기 때문에 밑바탕으로 주어진 흰색의 처지에서 달리 변화의 용을 쓸 수 없다는 슬픈 이미지가 보다 더 지배적이다. 그래서 순종적일 수밖에 없다는, 순종이라는 아름다운 덕목이 아름다움이 아니라, 무지의 영역에 속하게 되는 아이러니인 것이다. 그럼에도 불구하고 흰색은 질긴 이미지로도 작용한다. 그것은 민중적 속성에 닿아 있는 이미지이기 때문이며, 또 쉽게 변화해버리지 않는 색깔의 본원적 바탕이기 때문이다. 그래서 고향의 이미지와 어머니의 이미지를 동시에 함유하고 있기도 하다. 여기까지가 흰색에 대한 일반적인 속성이라면, 흰색에 대한 개인적 이미지 투여 또한 내재되어 있으니, 그것은 곧 '하얗게 목을 늘여 투항하고 싶은 오후 세시 바닷가/ 미칠 듯한 적막이다.'에서 찾을 수 있다.

황금색의 태양빛이 지구상에, 그것도 바닷물에 투여될 때는 찬란한 흰빛으로 반사되듯이, 흰 '색'으로서가 아니라, 흰 '빛'으로서 흰색은 인간에게 초월의 욕망을 부채질하는 힘으로 작용한다. 까뮈의 『이방인』이 이방인이

될 수 있었던 조건 중 하나가 바로 바닷물에 되쏘인 햇빛 때문이 아니었던
가. 나를 죽이든, 남을 죽이든 죽음의 행위로서 생의 극명함을 촉진시키는
바닷가의 흰빛은 그 극명함이 우리를 죽음의식 속으로 몰아가기도 한다는
사실이다. 결국 위 시에서 흰색 이미지는 흰색의 이미지, 또는 의미군에서
출발하지만, 마침내는 흰빛의 이미지에까지 그 인식망이 닿아 있음을 만날
수 있다. 어쨌거나 어두움 의식에서 출발한 흰색의 삶이지만 빛과 어두움 양
쪽을 아우르고 있음을 이향아 시는 말하고 있어서 단조로움의 단계를 벗어
난다.

> 웅갯돌 빨래터 방망이 소리는 사육제 마당의 북소리 같았다
> 그 소리에 바위들은 몸을 더 웅크러서 굳은 살 힘줄을 퍼렇게 떠 올
> 렸다
> 어머니는 해를 향해 빨래를 펼쳤다
> 빨래를 펼칠 때 어머니의 키는 옛 얘기의 거인처럼 솟아오르고
> 나는 어머니가 남처럼 낯설었다
> 웅갯돌 빨래터 널브러진 바위에 어머니는 빨래를 제상처럼 널었다
> 해보다 눈부시던 어머니의 빨래
>
> 어머니는 빨래에 순결을 걸었다
> 어머니는 빨래에 승부를 걸었다
> 어머니는 빨래에 지조를 걸었다
> 아, 빨래는 어머니의 과업

- <풍경에 기대어> 일부

> 빨래를 널었다
> 사지를 늘어뜨린
> 나의
> 육신을

창천에 표백하듯
내다 걸었다

　-중략 -

그리움을 알리는
하얀 깃발 하나는
마지막 별처럼 떠 있게
하고 싶다

- <빨래를 널고서> 일부

시, <흰색에 대하여>를 비롯한 이향아의 시적 탄생의 배경을 <풍경에 기대어>에서 만나게 되는데, 특히 흰색 이미지에 대하여 <풍경에 기대어>는 보다 세밀히 암시하고 있다. 흰색으로 대변되는 빨래된 빨래, 빨랫감의 색깔들이 비록 각기 다를지라도 빨래된 빨래가 지닌 깨끗함은 순결이라는 흰색의 이미지로 채색된다. 빨래터에서 빨래하는 어머니의 모습, 방망이 소리, 그리고, 바위에 해를 향하여 널려지는 '해보다 눈부시던 빨래' 등에서 시인은 흰색과 어머니의 애닲은 삶을 함께 각인시킨다. 그래서 시인은 '지금은 없어진 응갯돌 빨래터'이지만, 그래도 '어머니의 빨랫방망이 소리 아직도 들려오고/ 내 맥은 전에 없이 빠르게 뛴다'고 여전히 유년의 그날과 일치되는 현재가 유지됨을 말한다. 그 날의 어머니의 빨래하던 모습은 단지 시인과 객관적 거리에 위치했던 '풍경'이 아니었음이다.

이제 그는 어머니의 빨래하던 모습의 영상처럼 자신도 빨래를 널고 있는 동일한 상황에 이르고 있음을 <빨래를 널고서>에서 말하고 있다. '사지를 늘어뜨린/ 나의/ 육신을/ 창천에 표백하듯/ 내다 걸었다'라고 빨래와 나를 동일시시킨 점에서 '빨래는 나의 과업'이라고 빨래와 어머니를 동일시켰던 인

진실을 향한 강한 탐구　63

식과 일치함을 보이기도 한다. 어머니와의 다른 점이라면, '어머니는 빨래에 순결을 걸었고, 어머니는 빨래에 승부를, 그리고 지조를 걸었지만', 그래서 어머니의 빨래는 어머니의 존재와 자존의 이유였지만, 그러나 이향아는 '별로 큰 소원도 없고, 그렇다고 흐느끼게 설운 일도 없지만, 그리움을 알리는 하얀 깃발 하나는 마지막 별처럼 떠 있게 하고 싶다'하여 빨래하는 행위는 그의 존재의 이유가 아니라, 현실초월을 위한 토대적 조건으로 지탱되는 차이임을 보여준다. 노동을 통한 자기 승화의 삶을 살았던 어머니와는 달리 이향아의 삶은, 또는 우리들의 초상은 과거 어머니 시대의 초상과 달리 '나' 모두를 헌납해야 하는 노동의 조건에 놓여 있지 않다는 말이다. 때문에 과업으로서의 빨래가 아니라, 마지막 별로 떠 있고 싶은, 나부끼는 빨래인 것이리라.

　　이상에서처럼 일상을 담아내는 이향아의 시적 자세는 단지 현재적인 자신의 일상만을 얘기하는 것이 아니라, 과거와 연계된 회감의 정서를 구축하고 있기 때문에 그의 시가 일그러진 현대인의 초상으로 색인되는 것이 아니라, 과거와 현재를 융합하는, 그래서 나와 타자 및 대상을 융합하는 서정적 정서를 울려내게 한다. 과거란, 그리고 타자란 현재의 나를 비춰보는 거울의 기능으로 작용하기 때문에 과거와 타자를 통해서 우리는 현재 우리의 초상을 보다 확연히 파악하게 된다. 이와 같이 진실을 향한 이향아의 시적 탐구의 한 자락이 과거에 닿아 있음으로서 그의 시는 보다 넓은 공감대를 형성하게 된다.

　　　　그의 고백이 까닭 없이 슬퍼서
　　　　두 무릎 사이에 얼굴을 묻었다
　　　　지는 꽃잎이 파르르
　　　　내 어깨 위에서 진저리를 쳤다

사랑이란 슬픔 외에 아무 것도 아니구나
그런 말은 끝끝내 품고 있다가
죽어서나 무덤에 묻는 거라고
있는 다 힘 모아 울먹이었다
무릎 사이 두 손으로 얼굴 가리고
그가 망설이며 내 손을 잡았다

- <손을 잡았다> 전문

  사랑할 수 있는 능력이야말로 삶에 대하여 능동적으로, 그리고, 진실을 향한 강렬한 자세가 가능할 수 있는 토대일 것이다. 또 다양한 관계를 설정케 하는 사랑의 관계 중에서도 에로스적인 사랑의 관계야말로 우리를 언제나 청춘의 상태에 머물게 하는 힘일 것이다. 그것은 인간의 원초적 순수를 일깨우는 힘이며, 현실의 허례의식에서 우리를 벗어나게 하는 힘이고, 유치한 단계, 즉 동심의 세계로 우리를 이끌어 화석화 되어 있는 성인의 탈을 벗게 해주는 강력한 힘이다. 때문에 문학의 본령은 바로 사랑얘기, 사랑노래에 있음을 외면할 수 없다. 원초적 힘이 가장 건강한 힘일 것이기 때문에 사랑노래는 시간이 주는 억압의 외피를 벗게 해 주는 건강성으로 기여한다는 말이다.

  '손을 잡는다'라는 어휘만큼 사랑하는 행위의 직접성을 전달하는 어휘도 없을 것이란 생각이다. 손을 잡는 행위부터 에로스적 사랑의 행위는 출발하기 때문이다. 사랑이란 무엇인가고 사랑을 정의 내릴 수 있는 말을 찾아보면, 사랑이란 바로 'touch', 즉 손을 잡는 행위에 있음을 알 수 있다. 그러나 위 시에서 이향아는 이러한 사랑의 원초적 힘만을 얘기하는 것이 아니라, 그와 같은 행위를 위하여 감내해야 하는 내면의 자리를 보다 심도 깊게 말하고 있다. 그래서 '사랑이란 슬픔 외에 아무 것도 아니구나'라고 자조적인 태도로 사랑을 정의하게 된다. 이향아의 사랑 의미란 에로스적인 감정의 교류에서 멈추는 것이 아니라, 삶의 원심으로 그 원주를 넓히고 있기 때문에 가능한 정의인 것이다. 그래서 손을 잡는 행위는 산다는 행위의 근원적 태도라는 의미를 함유하면서, 생명성이요 동시에 아픔이라는 삶의 이원성을 함축하게 된다.

나의 시간은 겨울 숲길
자작나무 두 팔 뻗어 하늘 받쳐든 곳으로 트여 있었다
나는 오래 된 길손이어서
해 저물 무렵의 된바람 소리가 들짐승의 울음처럼 복받칠 때에도
머언 북소리처럼 다가오는 그의 발자국
갈매빛 개선과도 같은 그와의 악수,
우러러 그리운 그와의 동행
나는 외롭지 않다. 그대, 지순한 시간이여

- 중략 -

나의 시간은 아직도 달빛처럼 누워 있는가?
나의 시간은 아직도 수수께끼의 넝쿨처럼 엎드려 있는가?
나의 젖은 발을 기다리면서 열사의 사막처럼 뻗어 있는가?
나는 아직 싱그러워 지칠 줄을 모르고
나의 시간 그 정수리에는
지금도 새떼들이 날개를 털고
지금 막, 지금 막 떠오르고 있는가?

- <나의 시간은> 일부

'나의 시간'이란 내 인생에 대한 다른 말이다. '나의 시간은 겨울 숲길'이었고, 또 '나의 시간은 내 가슴에 검푸른 문신을 새겨 칼처럼 나를 휘몰던

해일'이었다고 한다. 이러한 은유는 낯설지는 않지만, 겨울 숲길이니, 해일이니 하는 내 인생에 대한 험난한 의미의 비유어에서 시인의 지나온 삶의 자국들이, 또는 그가 인식했던, 그리고 대응했던 가볍고 쉽지 않았던 생에 대한 자세를 읽을 수 있다. 진실을 향한 탐구의 자세가 가볍고 쉬울 수 없음은 너무나 자명하지만 말이다.

지난한 시간을 지나온 시인은 이제 '지금은 그날의 어디쯤인가?'고 현재의 자화상을 위하여 성찰적 자세로서 자문한다. '나의 시간은 아직도 달빛처럼, 혹은 수수께끼의 넝쿨처럼, 그리고 열사의 사막처럼 뻗어있는가?'라고 달빛에, 미로에, 사막에 인생을 비유한다.

그러나 이처럼 고난의 세계에만 자신의 현존성을 비유하는 것이 아니라, '지금도 새떼들이 날개를 털고/ 지금 막, 지금 막 떠오르고 있는가?'라고 끊임없이 비상을 꿈꾸는 현실 초월자로서의 자아를 일구기도 한다. 그래서 이향아의 시는 지난한 일상의 얘기라는 차원에서 멈추지 않고, 현실 탈출을 꿈꾸며 미래 지향적 탐구의 자세를 견지하는 서정의 반향을 울리고 있는 것이다. 물론 때로는 진부한 내용이며, 일상이라는 산만한 삶의 자락들이 시 역시 산만성에 떨어지게도 하지만, 그 진부성과 산만성을 끝까지 시적 승화로 끌어올리는 힘은 시인의 강렬한 탈출의식 및 진실 찾기에서 비롯된 것으로 보인다.

이외에도 그의 시선집 『그대라는 이름의 꽃말』에는 <바람에게>, <꽃>, <산 위에 서면>, <머언 산>, <강물을 보고 있으면>, <해바라기>, <여름산을 바라보고 있으면>, <꽃이 질 때> 등 자연물을 시적 대상화하여 철학적 인식이 투영된 자연의 서정성을 담고 있기도 하다.

동백꽃이 지고 있을 때

'뚝'하고 떨어져 누울 때
운명하셨습니다. 동백꽃이여
나는 그를 기어이 궁지로 몰아 넣고
꽃이 진다는 것은 손을 든다는 말
벼랑의 끝이라는 말
자유의 선언 아니면 옭아 묶는 포승
바랄 것도 기다릴 것도 없는
막판의 거절이란 뜻
꽃이 질 땐 나도 입을 다물리

- <꽃이 질 때> 전문

동백꽃이 지는 순간에 운명해 버린 그에 대한 연상작용으로 쓰여진 위 시는 꽃이, 동백꽃이 떨어짐을 얘기하면서, 동시에 닫힘과 열림의 이원적 인식망을 함유하고 있다. '모란이 떨어지고 나면, 그 뿐 나는 하냥 섭섭해 우옵내다'라고 했던 김영랑의 모란예찬을 연상케 하는 <꽃이 질 때>는 꽃이 진다는 것을 손을 든다는 말로, 또는 벼랑의 끝이라는 말로, 그리고 바랄 것도 기다릴 것도 없는 거절이란 말로서 소멸적으로 의미화하면서도, 자유의 선언 아니면 옭아 묶는 포승이라는 생과 사의 이원성을 아우르고 있어서 단순히 떨어지는 꽃에 대한 소멸의 의미만을 말하고 있지는 않다.

그래서 자연현상에 비유된 생명적인, 또는 인간적인 생과 사의 순환원리가 투영되어 있기 때문에 시인은 '꽃이 질 땐 나도 입을 다물리'라고 낙하의 순간을 침묵의 겸허함으로 맞는다는 자세를 보인다. 자연의 일부라는 인간에 대한 인식구도를 만나면서, 동시에 자연의 위력에 미칠 수 없는 인간에 대한 한계성을 만나기도 한다.

산다는 일에 대한, 단순히 살아가는 것이 아니라, 진실을 향하여 산다는 일에 대한 이향아의 내면세계는 그의 시선이 머무는 모든 대상들에 인식적

깊이가 점철됨으로써, 일상을 비롯한 지난한 대상들에 대한 그의 시적 깊이
를 새롭게 한다. 이는 곧 '나의 시간'을 가볍게 지나오지 않는 시인의 내면
적 무게에서 비롯되는 시 세계임을 재삼 확인하는 바이다.

- 시선집 『그대라는 이름의 꽃말』, 1998

그리움으로 농축된 삶의 성찰
이향아 시집 『종이등 켜진 문간』

진순애 문학평론가

삶의 여울목에서 지난 날을 회상하며, 추억하며, 성찰하는 이향아 시인의 시심은 만추를 장식하는 들판의 풍성함 같은 넉넉한 서정에 토대되어 있다. 그 넉넉한 서정은 이제 삶을 관조하기도 하는 힘에서, 즉 삶이라는 궤도를 꿰뚫는 통찰력에서 비롯된다. 지나온 삶의 자취를 꿰뚫는 통찰력은 힘겹고 고통스러운 것조차도 아름다움으로 미화시켜, 그 모든 것이 그리운 흔적으로 시인에게 자리하고 있다.

때문에 이향아의 그리움은 단순한 과거 회상 차원이 아니라, 삶의 성찰에서 농축된 관조의 그리움, 또는 통찰적 그리움인 것이다. 그래서, 그의 시에는 고통의 삶이지만 삶을 살 만한 것이라고 말하는 에너지가 넘쳐난다.

해저문 빨랫줄에
아직 걷어들이지 않은
누구의 속옷인가?
이슬에 젖는다
한뎃잠을 자기에는 서늘한 가을 저녁
빨랫줄에 걷지 않은 다 마른 빨래
혼자서 천천히 흔들리고 있다

그 때문에 누군가 무릎이 시리고
어깨뼈가 신경통에 결릴 것이다
어스름에 나뭇잎은 시나브로 지고
빨랫줄에 걷지 않은
다 마른 빨래처럼
나는 한켠에 비켜 서 있다
이슬을 맞고 있는 알지 못하는 사람
그리워라
이슬에 젖고 있는 심란한 사람

- <그리워라> 전문

　　해저문 가을날, 빨랫줄에 널려 아직 걷어 들여지지 않은 마른 속옷을 보고 '그 때문에 누군가 무릎이 시리고/ 어깨뼈가 신경통에 결릴 것'이라고 하는 의인화의 상상력이 돋보인다. 나아가 '빨랫줄에 걷지 않은 다 마른 빨래처럼/ 나는 한켠에 비켜 서 있다.'하여 무릎이 시리고 어깨뼈가 신경통에 결릴 주체는 곧 시인이기도 함을 드러내며, 또 '나'뿐만 아니라 어딘가에서 이슬에 젖고 있을 그리운 사람을 연상하는 서정을 노래한다. 그 그리움은 슬픈 삶을 살고 있을 사람에 대한 아픔인 것이다.

　　저물어가는 계절로서 가을, 하루가 저무는 시각으로서 저녁 나절, 황혼기로서 무릎이나 어깨뼈가 신경통에 걸려 있어 노쇠해 가는 인간 등, 이들은 모두 소멸 이미지로 묶여 있다. 그리움의 정서 역시 삶의 여정을 가을만큼 살아온 이후에 강화되는 것이라면, 그리움은 소멸해 가는 대상에 대한 마지막 부여잡기이기도 할 것이다. 물론 소멸 이미지들은 가을처럼 쇠락해 가는 이미지이긴 하지만, 그러나 그 소멸 이미지를 통한 시인의 심저에는 지난 날에 대한 반추의 성찰이 내재되어 있다.

이렇게 쉬이 뒤돌아다볼 줄 알았더라면
슬퍼하지 않아도 될 걸 그랬다
가라앉은 가을 강 수정 같은 마음으로
'추억이야'
말할 수 있는 날이
이토록 쉬이 올 줄 알았더라면
바장이지 않아도 되었을 것을
지금 이름 높이 부를
빛나는 눈물 있어
나 가난하지 않고
지금 내려 놓을 무거운 멍에 있어
나는 얼마나 그림 같은지
나는 얼마나 아름다운지
이렇게 달빛 우러러 살 줄 알았더라면
눈앞 캄캄하지 않았을 것을
강물에 무심히 잎새 하나 띄우듯
추억하나 노래처럼 띄워 보낸다

- <나는 얼마나 그림 같은지> 전문

삶의 연륜에 의해 농축된 위 시는 '추억'의 심상을 통해서 삶의 대한 성찰의 깊이를 보인다. '이렇게 쉬이 뒤돌아다볼 줄 알았더라면', 즉 세월이 이렇게 빨리 간다는 것을 알았더라면, '슬퍼하지 않아도 될 걸 그랬으며', '바장이지 않아도 되었을 것'이라고 하여, 종종걸음으로 줄달음치며 사는 인간 모습에 대한 반성적 경종을 보인다.

삶의 중심에서 우리는 시야를 멀리하는 여유를 지니지 못하기 때문에, 늘 '눈앞 캄캄하게' 지낸다. 그렇게 살아온 지난날에 대하여 시인은 '강물에 무심히 잎새 하나 띄우듯/ 추억하나 노래처럼 띄워 보내듯' 한 폭의 그림같이 지내왔다 한다. 지내고 보면 몇십 년의 세월도 일장춘몽 같은 것이 인생이란 의미이기도 할 것이다. 그렇다고 삶의 현장마다가 강물에 잎새를 띄워 보내는 행위처럼 쉽지는 않은 것이기에, 인생이란 아이러니이며, 모순의 덩어리일 것이라는 통찰이다.

- <목백일홍 시들 거야 지나갈 거야> 전문

　자연의 변화를 통해 인간은 인생의 변화를 보며, 인생무상을 만난다. 인간 역시 자연의 한 부분이기 때문에 자연의 순리에서 멀어질 수 없는 것이다. 때문에 시인은 매미소리에서, 꽃이 이운 목백일홍에서, 또 속삭이는 개천 물소리에서, 그리고 바람결에 실려오는 향내들을 통해서 그 자연의 변화만을 보는 것이 아니라, 인간의 모습을 만난다.

　자연의 순환과 같은 삶의 순환 과정에서 이제 추억의 향내로 삶을 반추하는 이향아 시인은 여름에는 여름대로, 또 가을에는 가을대로 그 나름의 향내에 취하여 지난 날을 그리워하거나, 오늘과 내일 역시 모두 그리움의 대상으로 변하여 추억에 잠길 것이라 한다. 연륜이 쌓인 후에야 비로소 가능한 통찰의 자세이다.

> 못을 박는다
> 정수리를 쳐들고 푸른 눈 치며
> 펀펀 대낮 내 얼굴을 노려보는 눈
> 못을 박는다, 눈을 박는다.
> 문밖은 와르르 꽃이 지는 봄날
> 이 세상 흙벽들은 소문없이 무너지고
> 남모르게 피멍드는 가슴도 있어
> 발목은 땅에 묻고 허리까지 잠기거라
> 기를 죽이듯 못질을 한다
> 그 가슴 미로 속에 헤매던 혼을
> 이제 그만 좌정하라 주저앉힌다
>
> 오그렸던 연연두 손가락 펴서
> 창밖에선 눈물나는 새잎이 돋고
> 땀흘려 씨름하듯 못질하는 봄
> 박힌 못은 긴긴 날 후회하겠지
> 핏물 같은 회상의 녹을 뿜어서
> 궂은 날 몸살을 증언하겠지
>
> 전신의 뼈마디 휘청거리며
> 이것만이 길이다
> 못질하는 오후

- <봄날 오후> 전문

문밖에는 와르르 꽃이 피는 봄날의 오후에 '못질'이라는 행위 속에 인내하며 사는 인간의 자태를 은유하고 있다. '남모르게 피멍드는 가슴도 있어/ 발목은 땅에 묻고 허리까지 잠기거라/ 기를 죽이듯 못질을 한다.'에서처럼 피멍드는 가슴은 곧 못질한 가슴인 것이다. '창밖에선 눈물나는 새잎이 돋고' 있지만 시적 주제는 '땀흘려 씨름하듯 못질하는 봄'을 맞고 있을 뿐이다.

봄이라는 환희의 계절과는 대조적이게도 그 화려한 봄은 맞는 시인의 가슴에는 피멍 같은 아픔이 커가고 있다. 삶이란 인내해도 인내해도 끝이 없는 것으로서, 특히 여성에게 주어진 삶의 굴레는 인내란 어휘 그 자체로 대변된다고 할 수 있다. 시인은 인내의 과정을 핏물같이 살아온 삶의 여정, 또는 '녹'이라 칭하면서 인내의 깊이를 대변한다.

우리는 손을 잡고 안부를 물었다.
남편과 자식들과 지난 세월을
'나는 집에서 썩어'
친구는 말했고 나는 갑자기 추웠다
우리반 반장이었고 일류대학을 수석으로 졸업한
친구가 '썩는다'고 말하는 동안
그날사 저녁노을은 미치게 타올라
그녀의 둥근 이마 위로 미끄러지고
나는 갑자기
썩는 냄새로 진동하는 세상을 보았다
김치는 냉장고 안에서 시시각각 익어가고
아침에 먹은 밥은 창자 속에서 으깨어지고
어두운 극지 이름 모를 곳에서 물고기들이 떼죽음하는
진실한 생명 중 썩지 않는 것이 있으랴
썩는다는 것은 숨는다는 것일 뿐
아, 썩는다는 것은 흐른다는 것일 뿐

흘러서 잊힌다는 것일 뿐
몸 구석구석 피가 잘 돌아서
나도 탈없이 썩고 있는 중
나도 시시각각 잘 삭고 있는 중

　한 알의 밀알은 썩어야만 비로소 제 몫을 다한다고 하듯이 이는 밀알에만 해당되는 것이 아니다. 인간의 삶 역시 썩음으로서 그 몫을 다 한다고 할 때, 특히 여성의 삶에 있어서는 얼마나 썩어야, 또 어떻게 섞어야 하는가에 대하여 시인은 깊은 우물물을 길어올리듯이 깊이 있게 반추하고 있다.

　'썩는다는 것=숨는다는 것, 흐른다는 것, 잊힌다는 것, 익어간다는 것, 으깨어지는 것, 떼죽음하는 것' 등으로 일컫는다. 이는 곧 '썩은 냄새로 진동하는 세상을 보았다./ 진실한 생명 중 썩지 않는 것이 있으랴.'에 그 의미가 모두어지는데, 즉 인간에게 있어서 썩는다는 행위가 곧 살아가는 행위라는 의미다. 그것은 단순히 살아가기 위해서 썩는 것이 아니라, 나를 버리고 나 아닌 타자를 위해서 썩었을 때에만이 비로소 나의 삶은 그 의미가 농축될 수 있다. 그러기에 시인은 '나도 탈없이 썩고 있는 중'이라거나, '나도 시시각각 잘 삭고 있는 중'이라고 하여, 썩음을 통한 반성적 주체가 곧 시인 자신으로 귀결된다. <썩음에 대하여>에 와서 이향아의 삶에 대한 농축된 통찰력은 그 깊이를 한결 더하고 있어서, 그의 시심이 빛난다.

낮은 목소리, 오랜 향기로
이향아의 신앙시 『당신의 피리를 삼으소서』를 말함

최미정 문학평론가

1. 들어가는 말

이향아 시인은 시와 삶을 구별하지 않는 시인이다. 그래서 이향아의 시를 보면 그의 삶을 볼 수가 있다. 시인치고 그의 시 속에 자신의 삶의 진실을 담아내지 않는 시인이 없겠지만, 오로지 시를 쓰기 위해 살아왔고 시와 삶을 일치시키면서 살아가고 있다는 점에서 이향아 시인은 구별되는 점이 있다 하겠다. 시인은 세상을 향하여 스스로 목소리를 크게 내려하지 않는다. 다만 시를 통해서 자신의 목소리를 낼 뿐이다. 그래서 시인은 세상에 크게 드러나지는 않지만 있어야 할 곳에서 스스로 자신의 자리를 지키며 소리없이 내리는 보슬비처럼 많은 사람들에게 잔잔한 감동과 기쁨을 전해 준다. 시인은 시와 생활은 서로를 북돋아 주는 관계에 있다고 말한다.

시인은 허공 중에 떠다니는 기류도 아니며 정령도 아니다. 시인은 먼 산을 보고 있지만 그의 발바닥은 여전히 땅에 접하고 있으며 그 땅에 사랑의 뿌리를 내리고 있다. 거기서 수분을 흡수하고 양분을 섭취해 올리고 있는 것이다. 시인이 딛고 사는 눈물의 땅 메마른 땅. 우리의 현실은 시인뿐 아니라 모든 생명을 가진 것들의 모태요 태반이다. 우리는 현실을 떠나서 잠시도 살 수가 없다. 그러므로 시와 생활은 먼 거리에 떨어져 있지 않다. 더구나 대치하고 있다는 것은 말이 안 된다. 시는 생활과 현실을 윤택하게 해주며, 생활과 현실은 시를 건강하게 북돋운다. 시와 생활은 서로가 서로를 돕는다

- <두엄자리에 피는 꽃> 중에서

‘시와 생활은 서로가 서로를 돕는다’라고 한 시인의 말은 평소 시인의 시와 생활에 대한 관계에 대한 생각을 가장 잘 드러내주고 있다. 이러한 시와 생활과의 관계를 시인은 ‘두엄과 꽃’에 비유하고 있다. 즉 그것은 아무리 아름다운 꽃도 땅에 뿌리를 내리고 검은 흙을 먹고 사는 것처럼, 인간정신의 가장 승화된 예술인 시도 현실에 뿌리를 박고 꽃을 피워낸다는 의미일 것이다.

이러한 시인의 생각이 가장 잘 드러나고 있는 시편들은 아마도 신앙시로 분류되는 시편들일 것이다. 시인은 본지와의 인터뷰에서 "시가 열렬하고 간절한 마음의 표현이며, 증류된 영혼의 순결을 표현한 것이라고 생각할 때, 모든 시는 ‘그 사람의 신앙시’라고 해도 과언이 아닐 것이다"라고 말하고 있다. 시인은 시를 쓰는 것은 가장 간절한 마음을 담아내는 일이므로 그 행위 자체가 신앙의 마음과 다를 바 없다는 것이다. 이것은 시적 체험과 종교적 체험이 다르지 않다는 의미이다.

프레데릭 로버트슨은 "종교는 시요, 시는 종교에 이르는 도중의 집이다"라고 했고, 신학자 포사이드는 "무릇 참다운 시는 그 가운데 기독교적인 것을 지니며, 또 모든 참된 기독교는 일종의 시적인 것을 지니고 있다"라고 했다. 현대 신학자이며 문학비평가인 에이모스 와일더는 "동질의 것은 아니더라도 시적 체험과 종교적 체험은 깊고도 밀접히 서로 연관되어 있다. 종교는 그 표현의 과정에서 시를 필요로 한다"고 말했다.1)

이러한 맥락에서 이향아의 모든 시는 신앙시라고 해도 틀린 말은 아닐 것이다. 아직도 우리 시의 많은 부분에서 신앙시라고 하면 간증문이나 신앙적인 신념을 구호처럼 주장하는 것을 생각하기 쉽다. 이때문에 신앙시는 뻔한 것이 되고 감동의 여지를 주지 않는다. 그러나 이향아의 신앙시는 이러한 상투적이고 도식적인 경향에서 벗어나 있다. 그의 신앙시가 독자에게 잔잔한 감동으로 다가오는 것은 여기서부터 출발하고 있다.

2. 일상의 공간에서 드려지는 구도(求道)와 구속(救贖)의 찬가

1) 구도자(求道者)의 노래

절대자를 붙잡고 자신이 지향해야 할 세계를 아는 사람은 행복한 사람일 것이다. 그런 점에서 이향아 시인은 행복한 사람이라고 할 수 있다. 그러나 기독교적 관점에서 인간은 늘 '죄인'이고, 죄의 유혹에 빠지기 쉬운 연약한 존재이다. 그래서 시인은 순간순간 늘 자신을 돌아보고 반성한다.

시인의 인생관, 시인의 철학이 바로 그 시인의 시를 낳는다. 그러므로 좋은 시는 좋은 삶에 기초를 둔다. 시인이 영위하는 삶이 시를 발아시키는 토양이 된다는 말이다. 나는 내 시가 성실한 삶의 노래이기를 원하며 가능한 한 향일성의 찬가이기를 희망한다. 작고 사소한 데서 기쁨을 찾고 어두움이란 새벽을 기다리는 한 순간이라고 생각하고 싶다.

- <일상적 생활, 일상적 언어> 중에서

자신의 시가 '성실한 삶의 노래이기를 원하는' 시인에게 어떻게 살아야

할 것인가, 무엇을 지향해야 할 것인가에 대한 숙고는 삶의 근원적인 성찰을
가져온다. 시인의 많은 시편들에서 이러한 고뇌의 흔적이 보이는 것은 성실
한 삶과 더불어 아름다운 시를 낳는 바탕이 되고 있다.

짓밟히는 것이
짓밟는 것보다 아름답다면
망설이지 않고 그렇게 하겠습니다
피 흐르는 상처를 들여다보며
흐르는 내 피를 허락하겠습니다
상처 속 흔들리는 가느다란 그림자
그 사람의 깃발을 사랑하겠습니다
천년 후에 그것이 꽃으로 핀다면
나는 하겠습니다
날마다 사는 일이 후회
날마다 사는 일이 허물
날마다 사는 일이 연습입니다
이렇게 구겨지고 벌집 쑤신 가슴으로
당신에게 돌아갈 수 있을는지 몰라
나는 그것이 제일 걱정입니다

- <그것이 걱정입니다> 전문

이 세상은 '짓밟히'거나 '짓밟는' 곳이다. 여기에는 이 세상이 그렇게 평
화롭지도 정의롭지도 못한 곳이라는 인식이 담겨 있다. 세상의 가치 척도로
본다면 '짓밟히는 자가 되지 않기 위해 '짓밟는'자가 되어야 할 것이며 그것
이 성공하는 자의 모습이다. 그런데 시인은 '짓밟히는 것이 짓밟는 것보다
아름답다면 망설이지 않고 그렇게 하겠습니다'라고 결연한 어조로 말하고
있다. 시인에게 있어 중요한 것은 '짓밟히는 것'과 '짓밟는 것'이 아니라 바

로 '아름다움'이다. 여기서 우리는 시인이 보는 가치의 척도가 세상의 그것과 다르다는 것을 알 수 있다. 시인은 그것이 어떤 희생이나 고통을 치르는 것이라 할지라도 '아름답다면' 망설이지 않고 기꺼이 하겠노라고 한다. 그것은 '피 흐르는 상처를 들여다보며 흐르는 내 피를 허락하'는 행위로 표현된다. 이 진술 속에는 세상의 죄를 대신 짊어지고 피흘려 십자가에 매달리신 예수의 희생정신을 시인 자신의 것으로 닮고자 하는 순교자적인 삶의 의식이 담겨 있다. '피'는 생명이다. 시인은 자신의 생명을 희생하면서 예수의 가신 길을 본받아 살아가겠노라고 다짐하고 있는 것이다. 이러한 의식은 '상처 속 흔들리는 가느다란 그림자 그 사람의 깃발을 사랑'하는 인간에의 사랑, 그리고 '그 사람의 깃발'로 상징되는 인간 내면에 자리하고 있는 숭고한 의식을 향한 믿음이다. 시인은 '천년 후에 그것이 꽃으로 핀다면 나는 하겠습니다'라고 다시 한번 다짐한다.

2행에서의 '아름다움'이 8행에서는 아름다움의 구체적인 이미지인 '천년 후에 피는 꽃'으로 치환되어 나타나고 있다. 여기서 시인은 '아름답다면', '꽃으로 핀다면'이라고 '~면'이라는 가정적 조건을 나타내는 종속적 연결어미를 사용하고 있는데, 이것은 시인이 확신이 없기 때문에 이러한 가정적 조건의 의미를 사용하여 진술하고 있는 것은 아니다. 오히려 이것은 '짓밟는 것보다 짓밟히는 것이 아름다운 것'이고, '천년 후에 그것이 꽃으로 필 것'에 대한 믿음을 갖고 있지만 스스로가 죄의 속성을 지니고 있는 유한자인 인간이기 때문에 자신의 믿음도 자신의 마음대로 할 수 없고 다만, 신의 도움을 필요로 하고 있다는 인식에서 오는 겸손한 표현이다.

'날마다 사는 일이 후회'이고 '허물'이고 '연습'이라는 진술에서 인간이 얼마나 죄의 속성에 빠지기 쉬운 나약한 존재인가에 대한 성찰과 반성이 담겨 있다. 정신은 신을 향해 열려 있고 예수의 희생정신을 닮아 희생적인 아

름다운 삶을 갈망하면서도 삶 속에서는 온갖 인간적인 욕망과 죄 속에서 갈
등하고 있는 것이다. 이러한 세상에의 욕망과 집착으로 시인은 늘 '구겨지고
벌집 쑤신 가슴'이 된다. 그러면서 시인은 이러한 자신을 돌아보며 이렇게
세상적이고 허물 많은 자신이 '당신에게 돌아갈 수 있을지 몰라 나는 그것
이 제일 걱정입니다'라고 고백하고 있다. 시인은 이렇듯 매일매일 고백성사
를 하듯 자신을 돌아보며 '당신'에게로 돌아갈 수 있기를 소망하고 있다.

      내 비록 하루 세 끼
      밥은 먹고 살아도
      내 소망은 새가 되는 일
      내가 믿는 것은 당신과의 약속
      어느 날 홀연히 날 불러도
      그 소리 듣지 못한 채 귀먹어 있으면 어쩌나
      어쩌나

      그외 딴 걱정은 없습니다
      걱정 없습니다

- <연연> 전문

   시인이 '연연'하는 것은 '하루 세 끼 밥'으로 비유되는 현실적인 삶의 안
락함이 아니다. 시인의 소망은 '새'가 되는 일이다. '새'는 자유롭게 하늘을
훨훨 날아다닌다는 의미에서 천상으로 날아오르는 존재를 상징한다. 시인은
스스로가 땅에 발을 딛고 살 수밖에 없는 존재이기는 하지만 영혼은 지상을
벗어나 천상을 지향하는 존재라고 의식한다. 그리고 이 세계는 '내가 믿는
것은 당신과의 약속'이라는 진술을 통해 알 수 있듯 삶에 속하는 이쪽의 세
계가 아니라 신의 세계인 저쪽의 세계이다. 기독교인에게 있어서 지상에서

의 삶은 잠시 머물렀다 가는 곳이며, 궁극적으로 지향해야 할 곳은 영원한 생명이 보장되어 있는 죽음 너머의 천상의 세계이다. '당신과의 약속'이란 영원한 생명에의 약속이며 천국에의 약속이다. 시인은 이것을 믿으면서도 지상의 삶에 연연하다가 '당신'이 부르는 소리를 못들을까 걱정한다. 왜냐하면 '당신'이 부르는 때는 정확하게 약속된 날짜가 정해져 있는 것이 아니고 언제든 갑자기 부를 수 있기 때문이다. 따라서 그 부름에 준비하고 있지 않으면 부르는 소리를 듣지 못할지도 모르기 때문이다. 이러한 걱정을 시인은 '어쩌나 어쩌나'라고 반복 강조하는 진술로 담아내고 있다.

산 자와 죽은 자를 구분하소서
나그네와 주인을 가려 주소서

이긴 자와 진 자
참말과 거짓
잠시와 영원을 깨우쳐 주소서

더러는 뜨고 더러는 가라앉는
앙금과 검불 사이
소요와 침묵 사이
파종과 결실 사이
죽정이와 알곡 사이

지금 떠나 당신께 도착하기까지
캄캄하여라
굳어서 돌이 되는 나의 침묵을
죽음보다 깊은 잠을 흔들어 주소서

- <앙금과 검불> 전문

'산자와 죽은 자', '나그네와 주인', '이긴 자와 진 자', '참말과 거짓', '잠시와 영원'처럼 세상의 존재의미와 가치를 구분하는 이분법적인 사고는 기독교적 사고의 전형적인 모습이다. 시인은 이 세상에 존재하는 것들 속에서 진리인 것과 진리가 아닌 것을 구분할 수 있는 지혜를 달라고 기도한다. 진리와 비진리는 세상적인 가치 기준으로는 구별하기 힘들다. 그것은 오히려 세상적인 가치에 반하는 가치를 지닌 것이기 때문이다. 보기에 좋고, 듣기에 좋고, 누리기에 좋은 것은 진리와 먼 것이기 쉽다. 그러나 세상을 사는 인간들은 그것이 '산자'요 '주인'이요 '이긴 자'요 '참말'이요 '영원'한 것인 줄 착각하며, 헛되고 덧없는 욕망을 좇아 사망의 길에 이른다. 진리와 비진리를 구분하게 해달라는 기도는 진정한 가치를 좇아 살아가고자 하는 소망과 비진리를 진리인 줄 알고 헛된 것을 좇아가다 귀한 삶을 허비하게 될까 염려하는 마음이 담겨 있다.

신앙인으로서, 시인으로서 살아가는 시인에게 있어서 순간순간 자신이 서 있는 위치와 자신이 추구해야 할 바를 되묻고 참된 것만을 좇아가려는 것은 당연한 일이다. 그러나 이 당연함이 예사롭지 않게 느껴지는 것은, 어쩌면 지극히 당연한 것일수록 그것에 천착하여 숙고하기 어려운 것이며, 반성의 대상이 되기 힘들기 때문이다.

'앙금과 검불', '소용와 침묵', '파종과 결실', '죽정이와 알곡'의 '사이'는 '지금 떠나 당신께 도착하기까지'의 '떠남'과 '도착'의 사이로 연결시킬 수 있다. '지금' 당신을 향하여 '떠나'지만 중간에는 수많은 유혹과 시험이 기다리고 있어서 이 난관을 잘 헤치고 지나가지 못한다면 '당신께 도착'할 수가 없게 된다. '당신께 도착하기까지'의 어려움은 '캄캄하여라'로 진술되고 있다. 진리와 비진리의 길을 분간하기 위해서는 항상 깨어 있어야 하고 빛의 길을 따라서 걸어야 하는데 시인의 의식은 자꾸 경화되어 딱딱한 '돌'이 되려고 한다. 이것은 너무나 깊은 '침묵', 곧 '죽음보다 깊은 잠'에 비유되고 있는데, 시인은 '당신'을 향하여 굳어져 가는 영혼, '잠'든 영혼을 깨워주기를 간절하게 기도하고 있다.

간절한 영혼 하나 지키게 하소서
오른팔로
흰 손으로
그 정직함
순결함으로
해가 뜨고 지는 세상
단 하나 소원을 택하여
이를 위해 죽겠노라
맹세하게 하소서
나로 하여 선홍의 피를 다스려
불길 같은 사랑을 품게 하소서

가다가 더러는 슬플지라도,
슬픔으로 불행하진 않게 하시고
식으면 삭정이로 부서질 몸이지만
생명이 있으므로 꽃이 될 수 있음을
나로 하여 끝끝내 꽃이 피게 하소서

내게는 당신과의 비밀한 약속
우러르는 맘으로
간절하게만
떨리는 이 숨결을 지키게 하소서

- <간절하게 하소서> 전문

‘간절한 영혼 하나’를 지키는 것은 자기 자신을 지키고 또 세상을 지키는 일과 다르지 않다. ‘오른 팔’은 ‘정직함’이고, ‘흰 손’은 ‘순결함’을 각각 표상한다. 시인은 이 세상을 정직하고 순결하게 살아가고자 한다. 이 정직함과 순결함은 기독교인으로서 살아가는 시인에게 있어서 가장 큰 덕목이라고 할 수 있다. 그러면서 한편으로는 가장 실천하기 어려운 일 중의 하나이기도 하다. 이것을 지켜가기 위해서는 ‘선홍의 피를 다스리는’ 고통과 인내를 감수해야만 한다. 그리고 이것은 인간의 힘만으로는 지켜가기 어려운 것이기에 시인은 간절하게 신의 도움을 요청하고 있는 것이다. ‘선홍의 피’는 잘못 다스려지면 세상의 욕망 쪽으로 흘러가기 쉽다. 그러나 그것이 아름답게 다스려져 승화될 때는 ‘불길 같은 사랑’으로 타올라 ‘간절한 영혼을 지키는’ 힘이 될 수가 있는 것이다.

2연에서는 세상에서의 고난과 시험에 좌절하지 않고 끝내 승리하는 삶, 신앙인으로서 지향하는 바의 삶을 살아가기를 간구하고 있다. ‘가다가 더러는 슬플지라도’, ‘삭정이로 부서질 몸이지만’은 세상에서 당할 고통과 좌절을, 그리고 유한한 인간으로서의 자각을 보여준다. 그럼에도 불구하고 시인은 ‘생명이 있으므로 꽃이 될 수 있음을’이라는 진술을 통해 인간 존재의 가치와 긍정을 표출하고 있다. 이러한 긍정의 정신이 ‘나로 하여 끝끝내 꽃이 피게 하소서’라는 간절한 염원과 믿음을 가능하게 해 주는 힘이다. 그리고 이 힘의 가장 큰 근원은 세상 사람들은 알지 못하는 ‘당신과의 비밀한 약속’에 있음을 알 수 있다.

2) 일상의 공간에서 드려지는 참회의 노래

기독교인의 삶은 천상을 지향하면서도 지상에서의 생활을 벗어날 수 없다는 것에서 내적인 갈등과 고민을 가지게 된다. 비록 예수 그리스도를 믿고 죄사함을 받아 구원을 얻은 존재라 하더라도 다시 삶 속에서 죄를 짓고 갈등할 수밖에 없다. 그것이 인간의 모습이고 한계인 것이다. 그런 의미에서 기독교인은 구원받은 자로서 한 점의 티도 없이 깨끗하고 성스러운 삶을 사는 자가 아니라 세상 속에 부대끼면서 때로는 시험에 들기도 하고, 유혹에 빠져 죄를 짓기도 하지만 그때마다 돌이켜서 회개하고 거듭나려고 노력하면서 조금씩 예수 그리스도에게로 가까이 다가가려고 노력하며 사는 자일 것이다.

이향아의 시에도 자신이 세상 속에서 세상을 사랑하며 사는 지극히 어리석고 작은 존재라는 인식이 곳곳에 담겨 있다. 시인은『당신의 피리를 삼으소서』서문에서 "신앙시집은 발효하는 향기를 간증하는 것이어야 할 것입니다. 표현하지 않고는 견딜 수 없는, 표현이 드디어 이상적 경지에 다다른, 순결하고 아름다운 영혼의 노래여야 할 것입니다. 너는 과연 그러한가? 시를 정리하면서 나는 여러 번 자신을 돌아보았습니다. '예, 그렇습니다!'라고 또렷이 말할 자신이 아직 없습니다"라고 고백한다. '여러 번 자신을 돌아보는' 행위, 즉 자기성찰은 시인으로 하여금 아픈 자기 고백을 하게 한다.

> 나는 하릴없는 소돔의 여자
> 물길어 밥하고
> 아이 품어 기른다
>
> 나는 어리석은 소돔의 여자
> 허울뿐인 사랑에도
> 가슴 헐어 바치고
> 마른 땅 흙바람에
> 가랑잎처럼 운다

젖은 신발 끌고 가는
눈에 익은 골목
목숨아,
목숨아,
물구나무선다

- <소돔의 여자> 전문

　시인은 자신의 어리석음을 '소돔의 여자'에 비유하고 있다. '물 길어 밥하고 아이 품어 기르'면서 '허울뿐인 사랑에도 가슴 헐어 바치'는 지극히 지상적이고 육적인 존재라는 것이다. 사실 이향아 시인은 지극히 작고 일상적인 것에서 감격을 하고 그 사소한 것들 속에서 가치를 발견하는 섬세한 감각의 여인의 모습을 가지고 있는 시인이다.

　　빨랫줄에 나부끼는 하얀 빨래, 설겆이통의 비누방울, 아침밥을 먹고 대문을 나서는 아이들의 뒷모습, 아름다운 색깔들, 문득 잡은 친구의 따뜻한 손, 이러한 사소하고도 시시한 것들이 나를 감격시킨다. 나는 시를 감격으로부터 출발시키기 때문에 내 시는 그 소재들이 모두 사소한 가상다반(家常茶飯)일 수밖에 없다. 그러나 가장 절실하고 진실한 삶의 모습은 우리 주변의 대수롭지 않은 사건들 속에 잠복해 있다고 나는 늘 생각한다. 그리고 사실 주변에서 그러한 일상사를 제외한다면 내게는 아무 것도 남는 게 없다.

- <일상적 생활, 일상적 언어> 중에서

　인간적인 면에서 밥하고 아이를 기르는 일은 당연한 일이며, 때로는 가장 중요하고 숭고한 의무로 말해지기도 한다. 또한 영원하지 못한 것인 줄 알면서도 '사랑'에 모든 것을 걸기도 하며 이러한 것들이 찬미되기도 한다. 그리고 이러한 인간적인 정과 사랑은 이 세상을 살아가는 데 무엇보다도 중요한 것이다. 그렇다면 이렇게 당연하고 지극히 온당한 것으로 여겨도 좋을 것에 대해 시인이 '하릴없고', '어리석은' 것으로 이야기하고 있는 것은 왜일까? 아마도 이것은 지극히 온당해 보이는 행위들 가운데서도 그것이 영원한 생명을 갖는 진리의 길과는 다른 것은 아닌지 묻기를 잊지 않는, 영혼이 깨어 있는 자로서의 각성의 행위이다. 시인은 자칫 인간적인 사랑에 얽매이고 눈이 멀어 영원한 사랑을 잊고 살까 염려하는 것이며, 준열하게 자기를 바라보기를 멈추지 않고 있다.

인간은 언젠가 죽어야만 하는 유한한 존재이며, 그 죽음의 순간은 언제 닥쳐올지 알 수 없는데도 마치 죽음이란 존재하지도 않으며 영원히 살 것처럼, 죽음에 대해 잊고 살 때가 많다. 인간이 지상의 삶에 그토록 집착하는 것도 모두 우리가 유한한 존재일 수밖에 없다는 사실을 망각하고 살아가는 데 그 큰 원인이 있을 것이다.

그렇지만 나는 돌아다보리
취한 밤의
검은 물이랑처럼
망해 가는 세상의
향내 나는 손길
내 이름 불러서
나는 못 가리

땅 위의 끝날이
도적처럼 올지라도
믿기지 않아서 돌아다보리
혹시나, 잊지 못해
돌아다보리
성읍은 꽃바다

환호성 같은 불에 잠기고
그렇지만, 어리석어
돌아다보리
역청 꿀물 문질러서
잡아끄는 유혹

벙어리처럼 두 팔 쳐들고
돌기둥
소금기둥
서서 죽으리

- <돌아다보리> 전문

시인은 멸망의 날이 눈앞에 다가와 있는데도 현세의 유혹과 육적인 향락에 젖어 있는 어리석은 소돔의 사람들이나, 뒤를 돌아보면 소금기둥이 될 것을 알면서도 행여나 하고 미련을 못 버려 뒤를 돌아보아 그만 소금기둥으로 굳어버린 룻의 아내와 자신이 다를 바 없는 인간이라고 고백한다.

이 세상은 '취한 밤의 검은 물이랑처럼 망해 가는' 곳이다. 사람들은 모두 취해서 올바른 길을 가지 못하고 윤리와 도덕은 땅에 떨어져 인간들은 육적인 향락을 좇아다닌다. 이러한 모습은 성서시대의 소돔의 모습과 다를 바 없다. 시인은 이러한 타락한 세상을 보면서 이 세상에 소돔처럼 곧 심판을 받아 멸망할 것이라고 생각했을 것이다. 그런데 이렇게 '취한 밤의 검은 물이랑'같은 세상의 유혹은 '향내나는 손길'을 가져서 시인을 도저히 그 유혹에서 빠져나오기 힘들게 한다.

그 '향내'가 얼마나 강하고 유혹적인 것인가는 '땅 위의 끝날이 도적처럼 올지라도 믿기지 않아서 돌아다보리 혹시나, 잊지 못해 돌아다 보리'로 진술되어 있다. 당장 눈앞에서 심판의 불길이 떨어지고 사람들이 죽어가는데도,

그래도 '혹시나, 잊지 못해 돌아다보'는 인간의 모습은 얼마나 어리석고 불쌍한 존재인가, 그런데 '이것이 나의 모습이다'하는 인식이 이 시에 강하게 나타나 있다.

1연의 '나는 못 가리'와 3연의 '서서 죽으리'는 지상의 아름다운 것들의 유혹에 자유롭지 못한 자신의 모습에 대한 자각과 이러한 모습으로 살아가다 보면 결국 롯의 아내나 소돔의 사람들처럼 구원에 이르지 못하고 멸망하고 말지 모른다는 위기 의식이 내재되어 있다. 이것은 시인이 스스로에게 '깨어 있으라'고 일깨우는 소리이다.

> 빌라도는 오늘도 내 곁에 있다
> 아침 출근 길에서도 사무실에서도
> 버스정류장과 공중목욕탕에서도
> 신열로 부대끼는 내 여윈 이마 위에
> 애증의 찬 손을 다정히 얹는
> 일상의 시민
> 본디오 빌라도
> 그를 포용해야지
> 몸을 일으켜야지
>
>   - <일상의 빌라도> 일부

> 드린 말씀 절반쯤은
> 몽매한 욕심
> 가진 떡 아홉보다
> 못 가진 떡 하나가 더 커서
> 눈 먼 새끼처럼 보챘습니다
>
>   - <그날 이후> 일부

　　　나를 좀 도와주세요
　　　잘 때도 두 손은
　　　이 세상 언덕 위에 얹어 놓고 잡니다
　　　해면 같은 잠이 동굴보다 깊어
　　　사정 없는 몽유 속으로 날 끌어들입니다

- <깊은 잠> 일부

　인간이 짓는 죄나 어리석음은 그 행위가 겉으로 확연하게 구별되어 나타나는 것도 아니며, 어느 특정한 시간에 특정한 모습으로 보여지는 것도 아니다. 그것은 오히려 너무나 일상적이고 친근한 모습으로 자리하고 있어서, 우리는 그것을 아무런 죄의식이나 두려움 없이 당연한 듯 받아들인다. 시인은 위의 시편들을 통해서 우리의 죄와 무지함이 너무나 일상사와 겹쳐 있어서 자신도 모르게 범하는 것들에 대해 조금은 두렵고 부끄러운 마음으로 고백하고 있다.

　죄의 일상성은 '아침 출근길에서도 사무실에서도 버스정류장과 목욕탕'과 같이 지극히 평범하고 늘 마주치는 공간에서 언제나 만날 수 있는 '일상의 시민'의 모습으로 형상화되고 있다. 또한 그것은 가장 순결하고 마음을 다한 기도의 모습에서조차 '드린 말씀의 절반쯤은 몽매한 욕심'으로 진술된다. '가진 떡 아홉보다 못 가진 떡 하나가 더 커서 눈 먼 새끼처럼 보챘습니다'라는 고백은 결국 신과의 만남에서 드려지는 기도조차 사실은 자신의 이기와 욕심에서 비롯된 것이라는 뼈아픈 고백이다.

　인간이 가진 세상에 대한 욕망의 깊이는 너무나 뿌리가 깊어서 '잘 때도 두 손은 이 세상 언덕 위에 놓고 잘'만큼 의식과 무의식에 깊숙이 자리하고 있는 것이다. 이것은 인간의 힘으로는 어찌할 수 없는 것이기에 시인은 그만큼 간절한 목소리로 '나를 좀 도와주세요'라고 소리친다.

나는 오늘도 겨우
흩어진 자식들이나 부탁하였습니다
함께 늙는 사람의 안녕이나 당부하고
제 새끼 제가 품는 옹색한 가슴
그분은 나를 보았지만, 부신 눈으로
다 알고 있노라 알고 있노라
그러나 소원이여, 어찌 이리 남루한가
입으로는 버릇처럼 사랑을 노래해도
가난한 마음 은혜로운 눈물
쫓겨가는 이웃과 당신의 나라
일흔 번씩 일흔 번 사랑할 원수도
그분은 말없이 고개를 끄덕이고
나는 까맣게 잊고 있었습니다
아, 이 깊은 밤에
누군가 나를 건지려는 속울음 소리
당신 향해 흐느끼는 누군가의 울음 소리

- <누군가의 울음소리> 전문

시인은 '오늘도 겨우 흩어진 자식들이나 부탁'하고 '함께 늙는 사람의 안녕이나 당부'하고 살아간다. 자식들을 걱정하고 남편을 생각하는 것은 '제 새끼 제가 품는' 것처럼 지극히 당연한 일이다. 이것은 비단 인간만이 아니라 동물들도 마땅히 그러하다는 점에서 특별한 노력을 필요로 하지 않는 일이다. 그러나 예수 그리스도가 모든 사람의 죄를 대속해 죽었듯이 기독교인에게 요구되는 사랑은 자신의 가족에만 머무는 지극히 개인주의적이고 이기적인 차원의 것이 아니다. 그것은 예수 그리스도처럼 이타적인 사랑이어야 한다. 그리고 이러한 사랑을 실천하기 위해서는 필연적으로 희생이 따른다.

'제 새끼 제가 품는 옹색한 가슴'을 가진 인간에게도 '그분은' '다 알고 있노라 다 알고 있노라'하며 용서와 사랑을 베푼다. 이러한 큰 사랑 앞에서 시인은 스스로의 '소원'이 '어찌 이리 남루한가'라며 자신의 죄를 토해내듯 통탄하는 조로 말한다. 시인은 '입으로는 사랑을 버릇처럼 노래해도' 실은 그렇지 못함을 고백한다. 삶 속에서 일상화되어 버리고 상투화되어 버린 신앙은 신앙인이 경계해야 할 가장 큰 문제점 중의 하나일 것이다. 이러한 신앙은 마치 화석처럼 굳어져서 입으로는 늘 사랑을 노래하면서도 자신과 자신의 가족의 안위만을 생각하고 복을 구하는 이기적이고 안일한 모습으로 흐르게 한다. 그렇지만 시인은 민감한 촉수를 가지고 깨어 있는 존재이다. 시인은 일상 속에 묻혀 살면서도 문득문득 그 일상을 초월한 세계와 그 세계를 주관하는 '그분'의 존재를 깨닫는다.

일상의 안위를 도모하며 일상에 묻혀 지내느라 '그분'의 존재를 '까맣게 잊고 있'던 시인은 문득 '일흔 번씩 일흔 번 사랑할 원수도 말없이 고개를 끄덕이고' 용서하는 '그분'의 존재를 기억해 낸다. 그리하여 '깊은 밤에' 잠 못 이루고 희생과 사랑으로 사람들의 죄를 용서하고 또 '나를 건지려는' '그분의 속울음 소리'를 듣는다. '그분'의 그 사랑을 생각하며 시인 자신도 그분 앞에 엎드려 용서와 사랑을 구하게 된다. '그분의 속울음 소리'와 '나의 울음 소리'가 만나는 장면은 신과 인간이 만나는 감동적인 순간의 묘사이며 기독교인이 경험하는 정화의 순간이다.

> 이 세상 후미진 곳에서
> 나를 아직 용서하지
> 못하는 사람이 있나 보다
> 용서할 수 없음에 뜬눈의 밤이 길고
> 나처럼 일어나서
> 불을 켜는 사람이 있나 보다

즐편히 젖어 있는 창문께로 가서
목 늘여 달빛을 들여마시면
나를 적셔 흐르는 깨끗한 물살
반가운 소식처럼 퍼지는
예감

날 용서하지 않는 사람이 있나 보다
용서받지 못할 일을 내가 저질렀나 보다
그의 눈물 때문에 온종일 날이 궂고
바람은 서러워 온몸으로 우나 보다
사시철 그래서 내 마음이 춥고
바람결 소식에도 귀가 시린가 보다

- <세상의 후미진 곳에서> 전문

세상의 눈으로 바라보면 지극히 당연한 것에서도 부끄러움과 죄의식을
느끼는 투명하고 민감한 시인의 내면 의식은 자신이 알지 못하는 곳에서 알
지 못하고 지었을지도 모르는 죄에 대해서도 무관심할 수 없다. 시인은 잠
못 이루는 밤에 바깥을 내다보며 자신처럼 잠 못 이루고 있는 사람이 켜 놓
았을 불빛을 보며 '이 세상 후미진 곳에서 나를 아직 용서하지 못하는 사람
이 있나 보다'라고 생각한다. 여기에는 한밤에도 잠들지 못하고 켜 놓은 수
많은 불빛들 가운데서 자신이 저지른 죄 때문에 괴로워하고 용서하지 못하
는 사람이 켜 놓았을 불빛이 있을지도 모른다는 삶의 반성적 성찰이 담겨
있다.

시인은 창가로 걸어가 달빛을 흠뻑 들여마시고 마음이 정화되는 것을 느
낀다. '나를 적셔 흐르는 깨끗한 물살'은 시인에게 영혼의 세례를 주듯이 맑
고 깨끗하게 시인을 정화시키고, 그 깨끗한 영혼 속으로 '반가운 소식처럼'
어떤 '예감'을 '퍼지게' 한다. 그 '예감'은 다름아닌 '날 용서하지 않는 사람

이 있나 보다 용서받지 못할 일을 내가 저질렀나 보다'라는, 죄에 대한 '예감'이다. 시인은 죄에 대해 얼마나 예민한 촉수를 세우고 있는지 '온종일 날이 궂'은 것도 '바람'이 부는 것도, '마음이 시린 것'도 모두 자신이 저지른 죄 때문일지 모른다고 생각한다. 어떤 면에서 시인은 지나칠 만큼 죄에 대해서 결벽주의적인 면을 가지고 있다. 그러나 이러한 결벽주의야말로 이향아 시인의 투명하고 맑은 시세계를 이루는 근간이 된다.

3) 구속(救贖)된 자의 노래

지극히 당연한 일상적 삶의 모습 속에서, 지극히 온당한 행위 가운데서도 부끄러움과 죄의식을 느끼는 시인의 행위는 구도(求道)적 의식의 발로이며, 신에게 좀더 가까이 다가가려는 몸짓이다. 시인은 예수의 행적을 따라가며 예수의 고뇌와 고통에 참여하고자 하며, 신이 주는 무한한 사랑을 믿고 그 믿음을 고백한다.

> 잠들기 전에 아가서를 펼쳤습니다
> 감람나무 그늘에 발목이 빠져
> 갈릴리 호수는 푸를까 흴까
> 암사슴이 사모하는 시냇물 자리
> 언덕 넘어 가는 길은 얼마나 멀까
> 이런 생각할 때는 고적합니다
> 아가서는 시보다 아름다운 사랑
> 음악처럼 울어서 꿈길을 적십니다
> 평생을 근심으로 몸이 마른 예수여,
> 평생을 고적에 눈이 깊은
> 예수여

- <잠들기 전에> 전문

시인은 잠들기 전에 성경책을 펼쳐 놓고 묵상을 한다. 아가서는 성경의 여러 이야기 중에서도 특별히 사랑을 노래한 책이다. 아가서에 대해서는 여러 견해가 있는데, 그 가운데서 에드워드 제이 영(E.J. Young)에 의하면 아가서는 인간의 엄숙하고 순결한 사랑을 노래한 것으로서, 매우 깊고 고상한 윤리적 도덕성을 엿볼 수 있다고 한다. 즉 타락한 애정에 물든 세태 속에서도 하나님께서 원하시는 순결한 사랑의 표준이 어떠한 것임을 보여주는 것이라는 것이다. 따라서 아가서는 '우리의 눈을 그리스도에게로 향하게 하는 책'으로서, 인간의 감정을 초월한 진정한 사랑, 즉 성도를 비유한 그리스도의 참사랑을 보여주는 하나의 비유라고 결론짓고 있다(『아가페 빅 파워성경』, 아가페). 이러한 아가서를 읽으면서 시인은 '감람나무 그늘'과 '갈릴리 호수', '암사슴이 사모하는 시냇물 자리'를 눈에 보듯이 상상을 하며 인간에 대한 그리스도의 사랑을 느낀다. 이 사랑은 너무나 아름다와서 '시보다 아름다운' 것이고 '음악처럼 울어서 꿈길을 적신'다. 그러면서 그러한 아름답고 깊은 사랑을 완성하기 위해서 '예수'는 '평생을 근심으로 몸이 마르'고 '평생을 고적에 눈이 깊어'진다. 예수의 '깊은 눈'은 근심과 고독을 견뎌내는 슬픈 눈이면서 인간에게 한없는 애정과 연민을 가지고 있는 사랑의 눈이다. 시인은 '예수'의 이 '마른 몸'과 '깊은 눈'을 생각하며 그 사랑에 가슴 저리고 감격해서 그저 '예수' 이름만을 되뇌일 뿐이다.

> 한 발만 삐끗하면 붙드시는 손
> 큰 벼랑 그루턱에 일으키는 손
> 천지분간 못하는 어둠 가르고
> 진흙 수렁 속에서 건지시는 손
> 나 여기 있습니다
> 지금 여기 있습니다

귀먹은 아우성이 미친 물결 같아도
가다가 해 저물면 멀리 등불 깜박이고
문 앞에서 두드리면 돌문도 열려
부르면 허락하리
당신의 음성
여기까지 왔습니다
나 지금 있습니다

하늘 땅에 가득한 그대 옷자락
만지면 향내 나는
흰 깃발 들고
여기 있습니다
나 지금 있습니다

- <여기 있습니다> 전문

시인은 세상의 어려움과 시험에서 자신을 건지는 커다랗고 절대적인 신의 '손'길을 느낀다. 그 '손'은 '한 발만 삐끗하면 붙드시'고 '큰 벼랑 그루턱에 일으키'며 '진흙 수렁 속에서 건지시는' '손'이다. 이렇게 그분은 언제 어디서나 시인을 구하고 돕는 손길을 내민다. 이렇게 크고 절대적인 '손'을 체험한 시인이기에 부모를 찾는 어린아이처럼 '나 여기 있습니다' '지금 여기 있습니다'라고 언제든 망설임 없이 도움을 청한다.

하나님에 대한 시인의 믿음은 '귀먹은 아우성이 미친 물결 같아도 가다가 해 저물면 멀리 등불 깜박이고 문 앞에서 두드리면 돌문도 열'릴 것을 믿는 절대적인 믿음이다. 이러한 절대적인 믿음 때문에 시인은 '당신'이 '부르면' 언제든지 '여기까지 왔습니다 나 지금 있습니다'라고 '허락'할 준비가 되어 있다.

'당신'의 존재는 너무 커서 '하늘 땅에 가득 옷자락'이 끌릴 정도이다. '옷자락'은 땅에 가득 넘치는 '당신'의 추상적인 이미지를 보고 만질 수 있는 구체적인 이미지로 형상화한 것이다. 이것은 보이지 않으나 존재하는 것으로 믿고 인식하는 신의 존재를 나타낸다. '흰 깃발'은 순결한 정신의 승리이며 구원을 확신하며 신을 향해 나아가는 시인의 의식의 고양을 상징한다. 시인은 '당신'의 '옷자락'에서 '향내'를 맡으며 '흰 깃발을 들고' '여기 있습니다 나 지금 있습니다'라고 소리내고 있다.

> 내가 깊은 밤의 늪을 건너거나
> 들녘 칼바람 속을 방황하거나
> 천지 사방 어디서 무얼 하거나
> 나를 쥐고 흔드는 끈이 있어라
> 나는 알아라
> 그 끈이 요람을 흔드는 자장가 같다가
> 나를 감아 당기는 채찍 같다가
> 그 손길의 부드러움과 아픔
> 그 손길의 따뜻함과 매서움
> 그대여, 이 앎이 눈물겨워서
> 낮달이 계명처럼 걸려 있는 하늘에 대고
> 오늘도 깊은 숨을 뿜어내어라
> 내가 하나의 목숨으로 하나의 길을
> 하나의 사랑으로 한 곡조의 노래를
> 읊조리며 있노니
> 당신의 이름이 하나인 것처럼
> 당신의 뜻이 하나인 것처럼

- <하나의 사랑으로> 전문

'당신'은 '깊은 밤의 늪을 건너거나 들녘 칼바람 속을 방황하거나 천지 사방 어디서 무얼 하거나’ 언제 어디서나 지켜보고 필요할 때는 도움의 손길을 내민다. 그 ‘손길’은 ‘요람을 흔드는 자장가’처럼 ‘부드럽’고 ‘따뜻’하고 때로는 ‘감아 당기는 채찍’처럼 ‘아프’고 ‘매서운’ 것이다. ‘당신’과 ‘나’는 떨어질 수 없는 ‘끈’으로 연결되어 있어서 시인은 ‘당신’에게서 떠날 수가 없다. 이것은 한결같이 큰 사랑에서 나오는 것임을 알기에 시인은 ‘이 앎이 눈물겨워서’ ‘하나의 목숨으로 하나의 길을 하나의 사랑으로 한 곡조의 노래를 읊조린’다. 시인은 오직 ‘하나인 당신’의 ‘이름’과 ‘뜻’을 따라서 오직 한 길을 가겠다는 믿음의 고백을 한다.

어쩌다 나 같은 것이
당신을 만나게 되었는지요
어떤 손이 나를 끌어 당신 앞에 세우고
차마 눈부셔 마주볼 수도 없는
당신의 부르심에
귀를 열게 했는지요
나는 그것이 참 궁금합니다

- <나 같은 것이> 일부

내 목숨을 꽃밭처럼 가꾸게 하소서
당신의 궁성 향기로 스며
날마다 나를 헐어 새로 짓게 하소서
나는 아무것도 마음대로 할 수가 없습니다

- <목숨을 꽃밭처럼> 일부

형언할 수 없는 ‘당신’의 큰 사랑을 체험한 시인은 그 감격을 ‘어쩌다 나 같은 것이 당신을 만나게 되었는지요’라고 진술한다. 이것은 그러한 사랑을 받을 자격이 없는 자로서 체험한 감격의 고백이다. 그 알 수 없는 사랑과 짐작하기 어려운 신비한 힘을 '어떠한 손이 나를 끌어 당신 앞에 세우고 당신의 부르심에 귀를 열게 했는지요'라는 의문으로 진술하고 있다. 시인은 아무리 생각해도 그 신비한 섭리를 다 이해하기 힘들다고 말하고 있다.

시인은 '나 같은 것'에게 베풀어진 큰 사랑에 감격하면서 '목숨'이 '꽃밭'처럼 아름답게 가꿔지기기를 소망한다. '꽃밭'은 세상 사람들의 눈과 코를 즐겁게 하고 아름다움을 전해 주는 공간이다. 그 '향기'는 세상에 퍼져 메마른 가슴을 적시고 기쁨을 준다. 시인은 자신의 '목숨'이 이 '꽃밭'처럼 아름답게 가꿔져서 세상에 아름다운 향기를 전해 주는 자가 되고 싶어한다. 그렇지만 시인 자신은 '아무것도 마음대로 할 수가 없는' 존재이며 '당신'이 그렇게 해주실 때만이 가능하다고 믿는다. 그래서 '당신의 궁성 향기로 스며 날마다 나를 헐어 새로 짓게 하소서'라고 간구하고 있는 것이다. '당신'의 사랑으로 매일매일 아름답게 거듭나는 삶, 이것이 시인이 소망하는 삶이다.

　　나로 하여금
　　당신의 피리를 삼으소서

　　맺힌 시름은 풀어서
　　산 너머 보내고
　　노여움은 눌러서
　　잦아들게 하소서

　　당신을 사랑하는
　　나의 자랑만
　　봄풀처럼 봄풀처럼
　　일으키소서

나로 하여금
당신의 피리가 되게 하소서

가슴은 비워 꽃 그늘도 지고
기다리는 노래로 출렁이게 하소서

당신에게 대답하는
맑은 옥피리
예, 예 대답하는
순한 옥피리

나로 하여금
당신의 피리를 삼으소서

- <당신의 피리> 전문

시인은 자신이 '당신'의 도구로 쓰여지길 바란다. '당신'을 찬송하고 세상에 아름다운 선율을 전하는 '피리'가 되고자 하는 것이다. 그 '피리'의 선율은 '시름'과 '노여움'을 사라지게 하고 오로지 '당신을 사랑하는 나의 자랑만' 세상에 희망의 메시지처럼 가득 울려퍼지기를 소망한다. 시인은 그 '자랑'이 겨울의 냉혹한 추위를 이기고 태어난 '봄풀'같이 신선하고 감격적인 것이라 믿고 있다.

3. 나오는 말

이상의 시편들을 통해서 알 수 있는 것은 이향아 시인은 자신의 신앙을 과시하거나 구호처럼 외치지 않는다는 것이다. 일상적인 삶에서 경험하는 작은 일 속에서 시인 특유의 섬세한 감각으로 신앙인으로서 삶의 태도와 신을 향한 진지한 성찰을 보여 줄 뿐이다. 그러나 그렇기 때문에 오히려 이향아의 신앙시가 큰 폭의 감동의 울림으로 다가온다. 시인은 시에서 내용이나 사상, 철학성을 강조하는 시를 참다운 시로 보지 않는다는 견해를 피력한 바 있다. <일상적 생활, 일상적 언어>에서 시인은 다음과 같이 말하고 있다.

> 가끔 시의 내용, 시의 사상, 시의 철학성을 강조하는 시를 읽는다. 또 그것을 지나치게 강조한 나머지, 시가 차라리 경직되고 생경한 사상의 덩어리가 아닌가 생각하게 하는 작품들도 있다. 그래야 위대한 것이며 세기를 흔드는 선각의 종소리 역할을 다할 수 있는 것처럼 서두르는 사람들이 있기 때문에 그럴 것이다. 그러나 시에서 의미가 지나치게 강조되면 이미 시의 영역을 떠난 것이다. 시는 의미가 아닌 느낌으로 다가와야 한다. 시가 윤리나 도덕을 강조하고 국가나 사회를 선도할 사상을 부르짖는 일에 경도하는 것은 시 본연의 일이 아니다.

'시가 윤리나 도덕을 강조하고 국가나 사회를 경도할 사상을 부르짖는 일에 경도하는 것은 시 본연의 일이 아니다'라는 시인의 생각은 그의 신앙시에도 적용될 수 있겠다. 시인의 시에 대한 이러한 확고한 견해가, 흔히 우리의 종교시에서 문제로 되고 있는 종교적인 신념에 경도되어 시적 감동과 문학성을 잃고마는 오류에 빠지지 않고 감동과 문학성을 획득하게 한 힘이다.

강인한은 『당신의 피리를 삼으소서』에 실린 시편들을 일상의 삶에서 묻어난 신앙의 시들이라고 평하고 있다. 그는 "시인은 기도하기 위하여 특별히 조용하고 경건한 자리를 찾으려 하지 않는다. 지금 있는 곳, 지금 하는 일, 지금 이 시간이 바로 그에게는 기도를 바치는 성소가 된다. 살아가는 삶을 항상 반추하며 하나님을 찾는 모습은 늘 겸허하며, 그 목소리는 높지도 아니하나 간곡하기 그지없다"2)고 했다. 시인은 일상의 공간에서 겸허한 마음으로 만나는 하나님을 그의 시편들에 담아내고 있는 것이다. 때문에 그 언어는 자연스럽고 굳이 기교를 부리지 않으며, 리듬은 절대자에게 올리는 찬가와 같은 리듬감이 있다.

이향아 시인의 신앙시는 오랜 '묵상과 여과'의 과정과 신을 향한 구도자적인 삶의 여정을 보여주고 있다. 그의 시에 보여지는 아주 작은 일에서도 죄의식을 느끼는 죄에 대한 결벽주의적인 모습은 이러한 '묵상과 여과'의 과정 중의 하나이다. 시인의 섬세한 감정은 일상의 사소한 것들을 시적인 차원으로 끌어올리는 힘이 되고 있으며, 작은 일 하나하나에도 민감하게 반응한다.

시인은 시와 생활을 분리하지 않는 것처럼, 시와 신앙, 신앙과 생활을 분리하지 않는다. 그러므로 시인에게 있어서 시와 생활과 신앙은 하나의 끈으로 연결되어 있어서 서로가 서로에게 영향을 주고 있다. 이향아 시인에게 있어서 시는 생활이며 신앙이다. 그는 한결같은 겸손한 마음으로 시를 쓰고 신앙생활을 하며, 성실하게 삶을 살아가는 시인이다. 그렇기 때문에 이향아의 시는 은근하고 낮은 소리로 다가오지만 그 향기는 오래 남는다.

-『한국기독교문인연구 II』, 2002

낮은 곳에서 바치는 백합의 향기
이향아의 작품해설

강인한 시인

이향아 시인의 『당신의 피리를 삼으소서』는 시인의 세 번째 신앙 시집이라고 한다. 시인이 쓴 머리말을 읽으면서 나는 '그래 맞아, 이향아 시인은 독실한 크리스찬이지' 하는 생각을 새삼스럽게 깨치게 되었다.

시인과의 만남을 거슬러 올라가 보면 오래 전 전주에서 내가 학교 다니던 시절이 된다. 고교 시절인지 대학 시절인지는 분명치 않지만 그때 이향아 시인은 경희대학교에 재학 중인 문학도가 아니었던가 싶다. 전주의 어느 다방에서 조촐한 <문학의 밤>이 열리고 있었다. 서울에서 소설가 안수길 선생님이 내려오셨고, 숭실대의 김현승 시인께서도 자리를 함께 하신 자리였다고 기억된다. 경희대 국문과 학생인 이향아가 김현승 시인의 '눈물'을 낭송하였다. 또박또박 박아 읽는 시의 감칠맛이 감동적이었고, 그때 나는 김현승 시인의 '눈물'이라는 시를 처음 알게 되었다.

이제 생각해 보니 이향아가 김현승 시인의 '눈물'을 낭송한 것부터가 실은 이 시집과 무관하지 않음을 깨닫는다. 잘 알다시피 김현승 시인은 아버님이 목사님이셨고, 당신도 독실한 신앙으로 일생을 살았던 청교도 같은 시인이 아니던가.

아름다운 나무의 꽃이 시듦을 보시고/ 열매를 맺게 하신 당신은, // 나의
웃음을 만드신 후에/ 새로이 나의 눈물을 지어 주시다.

아마 김현승 시인의 그 무렵 시였을 것이다. 이 시 속의 '당신'은 창조주,
하나님을 뜻하는 것임은 말할 것도 없다.

이향아 시인이 '현대문학'에 시 추천을 완료한 다음해에 나는 신춘문예로
등단하였다. 대학을 졸업한 나는 시골의 중학교에 근무하면서, 전주의 미션
계 학교인 기전여자고등학교에서 근무하고 있던 동창 여교사와 열렬히 편지
를 주고받은 적이 있다. 그 학교에 이향아 시인이 재직하고 있었다. 내가 동
창에게 띄운 편지는 엽서가 많았고, 그 엽서에 나는 연시를 많이 썼었다. 말
하자면 이향아 시인은 내 어설프고 치기 만만한 연애의 증언자로서 내가 보
내는 공개적인 연시를 곁에서 지켜보았던 셈이다.

그리고 십 년쯤 세월이 흘렀다. 내가 광주로 옮겨와 뿌리를 내리고 살며
'원탁시' 동인에서 활동하고 있는데 이향아 시인이 광주로 왔고, 같은 동인
이 되었으므로 자주 서로의 얼굴을 대할 수 있게 되었다. 생각하면 우리는
삶의 도처에서 가까이 자주 만나기로 예정되어 있는 사이인 것 같다.

그러나 나는 기독교 신자로서의 이향아 시인을 가끔 잊어버리는 일이 있
다. 여럿이 함께 하는 식탁에서 잠시 기도를 올리는 모습을 보면서도 무심히
지나치곤 하는 것이다.

이향아 시인은 '티'를 내지 않는 사람이다. 시인의 티를 내지 않는 사람,
대학 교수의 티를 내지 않는 사람, 기독교 신자의 티를 내지 않는 사람이
이향아 시인이다. 남이 눈치채지 못하게 잠깐동안 올리는 모습이 이제 선명
한 이미지로 떠오른다.

스스로는 '믿음이 약한 사람'이라고 겸손해 하지만 항시 겸허한 자세로 살
아가는 게 이향아 시인의 본바탕임도 이제 확실히 정리할 수 있을 것 같다.

시집의 제목에서 알 수 있듯이 여기 묶은 시들은 모두 이향아 시인의 신앙의 고백이라고 할 수 있다. 시인에게 있어서 신앙은 그의 삶과 유리된 별개의 것이 아니라 일상의 생활 속에 함께 녹아 있는 삶의 지표다.

최근에 이향아 시인은 <문학의 즐거움>이라는 인터넷 사이트에 개인 홈페이지(www.poet.or.kr/ha)를 가지고 있다. 거의 같은 시기에 나 역시 그 사이트에 홈페이지를 가지게 되었으므로 시인의 어떤 작품이 새로이 올려지고 있는지를 매일 볼 수 있다. 그리고 그 사이트의 첫 화면의 메뉴에서 '오늘 수록한 작품'을 열면 그 목록이 나오고, 그 목록 끝에는 독자들의 조회 수치가 나온다. 언제나 이향아 시인의 작품들은 독자들의 조회수가 월등히 높다. 인터넷을 사용하는 계층이 대체로 중고생부터 대학생, 일반에까지 이르긴 해도 주로 청소년층이 많으리라 추측된다.

이향아 시인의 작품에 특별히 조회수가 높은 이유는 무엇일까. 이른바 네티즌들은 올려진 작품의 제목에서 감을 잡고 그 글을 찾아 읽게 마련이다. 어쩌면 연가 풍의 제목 때문일까. 그럴 수도 있으리라 생각된다. 어떤 시인의 경우 글의 내용은 별로 신통치 않음에도 불구하고 '그리움, 사랑, 고백, 그대'라는 어휘가 든 제목의 작품 조회수가 터무니없이 높게 나올 때가 있다. 여기서 대부분의 독자(혹은 작가)가 눈치채지 못하고 지나치기 쉬운 것을(하마터면 나도 그럴 뻔했지만), 이향아 시인은 환히 알고 있는 것 같다. 다 알고 있으면서도 독자들이 어떻게 수용하든, 그 수준과 태도가 어떻든 그런 것에 매달리지 않고 그냥 자신의 시에만 열중하는 모습을 보인다.

> 짓밟히는 것이
> 짓밟는 것보다 아름답다면
> 망설이지 않고 그렇게 하겠습니다.
> 피흐르는 상처를 들여다보며

흐르는 내 피를 허락하겠습니다.
상처 속 흔들리는 가느다란 그림자
그 사람의 깃발을 사랑하겠습니다.
천년 후에 그것이 꽃으로 핀다면
나는 하겠습니다.
날마다 사는 일이 후회
날마다 사는 일이 허물
날마다 사는 일이 연습입니다.
이렇게 구겨지고 벌집 쑤신 가슴으로
당신에게 돌아갈 수 있을는지 몰라,
나는 그것이 제일 걱정입니다.

- <그것이 걱정입니다>

　여기서의 '당신'을 누구나 '시적 자아가 사랑하는 이'로 본다 해서 크게
틀리지 않을 것이다. 인터넷 여행 속에서 한 편의 시를 읽게 되는 청소년
독자들 거의 모두가 그 정도로만 받아들였을 것 같다. 그러나 시인은 그것을
굳이 틀린 것이라고 말리지 않는다. 그 '당신'을 시인 자신은 '절대자인 당
신'으로 썼으면서도 굳이 그런 오해를 풀고 싶다는 생각이 없다. 그런 식으
로라도 우리 청소년들이 문학에 대하여 눈을 뜨고, 언젠가는 올바른 눈으로
시를 보게 되고, 더 나아가 하나님의 존재를 어렴풋이 느끼게 되지 않겠느냐
는 유연하고 깊은 생각에서일 것이다.

　그것은 틀린 것이다, 이렇게 보아야 한다, 라고 시인은 강변하지 않는다.
언젠가는 제대로 된 시력으로 바로 볼 수 있을 것이라는 여유로운 기다림과
그 믿음이 의연한 태산처럼 느껴진다. 하긴 시를 쓰게 된 나 자신도 사춘기
시절에 맨 처음 감동 받은 시는 김소월의 시들이었다는 것을 생각하면 충분
히 이해할 수 있다. 더구나 요즘과 같이 감성이 메말라 가는 각박한 세태

속에서야 더 말할 나위도 없을 것이다.

고독은 내 영혼이 걸어온 길이었다. 나의 신앙과도 같은 것이었다. 그것은 나를 높은 열도로 끓어오르게 하고 때로는 침잠시키면서 나를 절제하게 하고 나를 사치스럽게 하였다. 나에게 날개 달린 옷을 입혀 은밀한 시간, 광활한 곳으로 배회하게 하였다. 나는 그 때문에 나를 모독하는 일체의 것을 극복할 수 있었으며 나를 보호할 수 있었다.

시는 나에게 있어서 고독이었는가? 시는 진실로 나에게 있어서 고독이었다. 각기 다른 의미를 달고 나간, 다른 이름들을 붙인 나의 시는 모두 나의 고독이었다. 물론, 시를 내놓음으로써 내 고독이 위로를 받고 감량이 되고 한 것은 아니다. 그것은 위로를 받고 어쩌고 할 수 없음에 그 가치가 있는 것이다. 고독은 위로 받는 것이 아니라, 자꾸 더 빛나는 광채를 회복해 나가게 된다. 그것은 덜어내어도 덜어내어도 그만한 눈금으로 다시 차오른다. 얼마나 다행스러운 일인가. 우리가 각각 제 크기에 비례하는 마음의 여백, 조금씩 다른 크기의 고독을 가지고 있다는 것은 얼마나 큰 축복인가.

- <시는 나에게 무엇인가>

시인 스스로 밝힌 시론의 한 부분이다.

내게 있어서 시는 무엇인가? 이향아 시인은 "시는 내게 있어서 생명이다.", "시는 나에게 있어서 사랑이다.", "시는 나에게 있어서 고통이다.", "시는 나에게 있어서 고독이다."라는 네 가지 가설을 세우고 그에 대한 하나하나의 검증을 하였는데 마지막에 피력한 부분에서 시를 대하는 시인의 태도를 읽을 수 있다.

생명의 이름을 걸고 시를 운위하는 것은 오히려 시의 진실성을 훼손하는 결과를 낳을 수 있다. 그리고 사실 시는 인생과 우주 삼라만상을 사랑으로 바라보지 않는다면 시란 애초에 잉태되지 않는다. 사랑은 단지 시의 단서일 뿐이다. 사랑에는 헌신과 희생이 필수적이 아니던가. 이러한 점검을 거쳐 이향아 시인은 그 옛날 김현승 시인이 추구했던 것과 같이 '절대 고독'을 지향하고 있다고 보면 지나칠까.

이 시집은 모두 네 묶음으로 나뉘어 있다. <당신의 피리>, <지금은 그대를 사랑할 때>, <목숨을 꽃밭처럼>과 <주기도문으로 열리는 예배>가 그것이다. 내 보기에 앞의 세 묶음은 그때그때 쓰여진 시들을 편의상 가른 것 같고, <주기도문으로 열리는 예배>만이 연작들로 시인의 의도적인 분류로 보여진다.

<당신의 피리>등 세 묶음은 일상의 삶에서 묻어난 신앙의 시들이다. 시인은 기도하기 위하여 특별히 조용하고 경건한 자리를 찾으려 하지 않는다. 지금 있는 곳, 지금 하는 일, 지금 이 시간이 바로 그에게는 기도를 바치는 성소가 된다. 살아가는 삶을 항시 반추하며 하나님을 찾는 모습은 늘 겸허하며, 그 목소리는 크지도 높지도 아니하나 간곡하기 그지없다. 이따금 우리는 교회에서 통회하거나 방언을 하는 사람들이 큰 소리로 울부짖으며 기도하는 것을 목격할 수 있다. 우리들의 하나님은 높은 데 계시기에 큰 소리로 그렇게 외치는 기도를 올려야 하는 것일까. 그러나 외람된 말이 될는지 모르지만 흔히 그런 기도를 바치는 이들 가운데 독선적인 사람이 있고, 자신만의 믿음을 과시하려는 사람, 자기를 기만하며 처세하는 경우가 많음을 경험하곤 한다. 세상에는 종교를 하나의 사업 수단, 필요한 이력쯤으로 알고 생활하는 이들도 있다. 그들의 기도 소리가 비록 교회 안을 울릴 수 있을지 모르지만 하나님의 심금을 울리기는 어려우리라 생각한다.

하나님께서는 가장 낮은 곳에 임재하시며, 낮은 목소리의 간절한 기도를 들어주실 것이라 믿기 때문이다.

나로 하여금
당신의 피리를 삼으소서

맺힌 시름은 풀어서
산 넘어 보내고
노여움은 눌러서
잦아들게 하소서

당신을 사랑하는
나의 자랑만
봄풀처럼 봄풀처럼
일으키소서

나로 하여금
당신의 피리가 되게 하소서

가슴은 비워 꽃 그늘도 지고
기다리는 노래로 출렁이게 하소서

- <당신의 피리>

　시인은 당신 곧 하나님의 악기가 되고자 한다. 하루하루의 삶에서 맺히게
되는 시름도 노여움도 눌러 잠재우고 오직 당신을 사랑하는 간절한 노래만
을 부르고 싶어한다. 내가 자랑할 것이라고는 오직 한 가지이다. 그것은 하
나님, 당신을 사랑하는 일이며, 순한 옥피리가 되어 나는 당신의 부름에 따
르고자 하는 일이다. 이처럼 이향아의 시에는 당신의 부르심에 응답하려는
그의 순종하는 자세가 맑고 그윽하게 투사되어 있다.

　정녕 이 시집 전체에 실린 시들은 하나님 당신을 사모하고 따름을 노래한
것들이 전부라 해도 지나친 말이 아닐 것이다. 여기서 당신을 간절히 부르며

노래하는 시적 자아는 누구인가. 시인은 자신을 어리석을 수밖에 없는 존재
임을 고백한다.

> 나는 하릴없는 소돔의 여자
> 물길어 밥하고
> 아이 품어 기른다
>
> 나는 어리석은 소돔의 여자
> 허울뿐인 사랑에도
> 가슴 헐어 바치고
> 마른 땅 흙바람에
> 가랑잎처럼 운다
>
> <소돔의 여자>

> 땅 위의 끝날이
> 도적처럼 올지라도
> 믿기지 않아서 뒤돌아다 보리
> 혹시나, 잊지 못해
> 뒤돌아다 보리
> 성읍은 꽃바다
> 환호성 같은 불에 잠기고
> 그렇지만, 어리석어
> 돌아다보리
> 역청 꿀물 문질러서
> 잡아끄는 유혹
>
> 벙어리처럼 두 팔 쳐들고
> 돌기둥
> 소금기둥

서서 죽으리

- <돌아다보리>

　시적 자아는 스스로를 물길어 밥하고 아이 품어 기르며 세상살이의 유혹을 뿌리치지 못하고 수시로 돌아다보는 어리석은 여자, 끝내는 돌기둥 소금기둥이 되고 마는 저 소돔의 여자라고 고백한다. 망해 가는 세상에서 살아가노라면 지상의 마지막 심판의 날이 오는 것을 뻔히 알면서도 혹시나 하고 잊지 못하여 돌아본다고 자책한다. 시적자아는 비극적인 자기 확인 속에서 돌기둥, 소금기둥으로 죽어간 모든 사람들과 자신이 결코 별개의 존재가 아니라고 고백한다. 그러나 화려했던 성읍이 온통 불바다가 되어 타오르고 아비규환의 처참한 소리가 들릴 때, 혹시나 하는 한 가닥 어리석음을 버리지 못하는 약한 인간은 시인 이향아만이 아니다. 그렇게 돌아다보는 것은 우리들 모두의 보편적인 모습이다. 한 가닥의 유혹에 휘둘려 돌아다보는 모습, 오히려 그 속에 인간적인 공감을 자아내는 요인이 있는 것이다.

　이제 그러면 시인에게 있어서 돌아다볼 수밖에 없는 '일상'은 어떠한 의미를 지니는 것인가. 여기서 다시 시인 자신의 말을 들어본다.

　　빨랫줄에 나부끼는 하얀 빨래, 설거지통의 비누거품, 아침밥을 먹고 나서는 아이들의 뒷모습, 아름다운 색깔들, 문득 잡은 친구의 따뜻한 손, 이러한 사소하고도 시시한 것들이 나를 감격시킨다. 나는 시를 감격으로부터 출발시키기 때문에 내 시는 그 소재들이 모두 가상다반(家常茶飯)일 수밖에 없다. 그러나 가장 절실하고 진실한 삶의 모습은 우리 주변의 대수롭지 않은 사건들 속에 잠복해 있다고 나는 늘 생각한다. 그리고 사실 주변에서 그러한 일상사를 제외한다면 내게는 아무 것도 남는 게 없다.

- <일상적 생활, 일상적 언어>

낮은 곳에서 바치는 백합의 향기　115　•

밥 짓고, 빨래하고, 아이를 낳고 기르는 일과 같은 어찌 보면 너무나도 하찮은 우리들의 일상 속에 사실은 인간적인 진실이 담겨 있다. 시인은 결코 격앙된 어조로 그 삶을 노래하지 않는다. 언제나 강물처럼 낮고 잔잔한 소리로 자신의 삶을 고백하고 그 속에서 하나님의 존재를 찾는다. 시인의 이러한 인생관, 시인의 철학이 바로 그 시인의 시를 낳는다. 그러므로 좋은 시는 반드시 좋은 삶에 바탕을 두며, 시인이 영위하는 삶이 바로 시를 싹티우는 토양이 될 수밖에 없다고 그는 믿고 있다.

이향아 시인의 온건한 신념과 성실한 자세는 이 시집 전체를 관통하고 있다.

아침에는 이슬이
저녁에는 안개가
나도 이만하면 넉넉합니다

햇살은 너그럽고
새들은 짖어 쌓고
나도 이만하면 화려합니다

- <아침에는 이슬이>

저녁이면 돌아갈 집이 있고
돌아가서 먹을 저녁밥도 있습니다
기다릴 가족이 있고
머리 숙여 간구할 소원도 있으며
소원을 풀어 달란 속 깊은 눈물
없는 것 없습니다, 나는 다 있습니다

- <자족하기>

시인은 주어진 자연과 일상의 지극히 평범한 삶을 살면서 자족하고 감사해 한다. 이만하면 넉넉할뿐더러 없는 것 없이 다 있노라고 진지하게 말한다. 그러나 '자족하기'라는 시를 반대로 읽으면 정말 우리 삶이 얼마나 복되고 은혜로운 것인가를 역설적으로 알게 된다.

저녁이면 돌아갈 집이 있고/ 돌아가서 먹을 저녁밥도 있습니다. /기다릴 가족이 있고/ 머리 숙여 간구할 소원도 있으며/ 소원을 풀어 달란 속 깊은 눈물/ 없는 것 없습니다, 나는 다 있습니다

우리가 잊어버리고 살기 쉬운 평범한 삶이 사실은 얼마나 축복 받은 것인지 늘 감사하며 자족해야 한다고 이 시인은 조용히 깨우쳐주고 있다. 인간의 욕심은 끝이 없다. 그 욕심이 장성하면 궁극에 가서는 사망을 낳는다고 하지 않았던가. 아홉을 가진 자가 겨우 하나를 가진 가난한 사람의 것을 넘보고 빼앗으려고 덤비는 무서운 세상에서 스스로에게 주어진 생활을 성실하게 사랑하면서 청빈으로 자족하는 이향아 시인의 마음이 가을 바람처럼 깨끗하고 상쾌하게 느껴진다.

이 시집 속에는 '잠듦'을 노래한 시가 여러 편 눈에 띈다. 낮이 광명이라면 밤은 암흑의 시간, 그리고 낮이 수고롭게 일하는 시간이라면 밤은 편안한 안식의 시간이다. 또한 낮은 선, 밤은 악의 시간이라는 상징적 의미를 가지기도 한다. 그런데 잠든다는 것은 어쩌면 죽음의 시간과 일맥 상통하는 짧은 가사 상태일 수도 있다. 죽음과 잠이 특별히 다른 점이 있다면 잠은 내일 아침의 깨어남을 전제로 한다는 것이다. 시인은 잠에 들면서 내일을 믿고, 오직 당신 하나님만 믿고 의지하며 기도하는 것을 잊지 않는다.

함께 소리내어 주기도문을 외우고
안녕히 주무세요,

잘 자거라,
안녕, 안녕
우리는 믿으면서 전등을 껐다
낮에 사랑하던 것들
유순히 돌려보내고
드디어 전등을 껐다

- <소등하면서>

밤은
잘 익은 수박 속같이
깊고 화려하다
돌아서지 못하는
시간의 벼랑에서
아이야,
자정에 쫓기어
내일로 밀려나기 전에
얌전히 모은 손 가슴에 얹고
시끄러운 세상은 잊어버리자

- <오늘 잠은 오늘 잠들자>

밤들어 시인은 생각해 본다. 오늘 하루의 낮 동안에 사랑하며 근심하며 분별하던 일들을 이제는 모두 접어야 할 벼랑의 시간(자정), 그는 심난하고 시끄러운 세상을 잠시 잊고자 한다. 어찌 생각하면 죽음 앞에서도 시인은 살아온 날들의 일을 돌이켜보고, 마지막으로 하나님에게 하루(평생) 낮 동안 사랑하던 모두를 잊고 의탁하리라. 그리하여 밤의 시간에 대한 두려움을 극복하고 당당하게 맞서려는 의지를 보이는 시가 '소등하면서'이다. '전등을 껐다' 앞에 놓인 '드디어'라는 부사가 그 의지의 결연함을 잘 드러내고 있다.

잠들기 전에 아가서를 펼쳤습니다
감람나무 그늘에 발목이 빠져
갈릴리 호수는 푸를까 흴까
암사슴이 사모하는 시냇물 자리
언덕 넘어 가는 길은 얼마나 멀까
이런 생각 할 때는 고적합니다
아가서는 시보다 아름다운 사랑
음악처럼 울어서 꿈길을 적십니다
평생을 근심으로 몸이 마른 예수여,
평생을 고적에 눈이 깊은
예수여

- <잠들기 전에>

암사슴이 사모하는 시냇물 자리, 언덕 넘어 가는 길은 얼마나 멀까 생각에 잠기며 시인은 잠을 기다리는데 아가서는 음악처럼 꿈길을 적신다. 그러므로 그 꿈길에서 시인이 만나고 싶은 이는 평생 근심으로 몸이 마르고 눈이 깊은 예수님일 것은 당연한 이치다.

우리는 누구나 원죄를 안고 살아가는 존재다. 이향아 시인은 죄의식 - 참회 - 용서라는 일련의 자기 확인을 통해 은연중 머나먼 구원의 손길을 더듬어 찾는다. 우리가 살아가면서 자기도 모르게 저지르는 이런 일, 저런 일로 인하여 누군지 알 수 없는 이가 상처받을 수도 있고 그 상처로 말미암아 노여워할 수도 있을 것이다. 비록 나의 본의는 아니었다 해도 내가 무심코 던진 말 한 마디에 대해서 속 깊은 눈물을 흘리며 원망하는 사람이 왜 없겠는가. 시인은 그 보이지 않는, 누군지 알 수 없는 사람을 향하여 용서를 구하고 속죄하는 곱고도 섬세한 마음을 다음과 같은 시에서 곡진하게 표현하고 있다.

날 용서하지 않는 사람이 있나 보다
용서받지 못할 일을 내가 저질렀나 보다
그의 눈물 때문에 온종일 날이 궂고
바람은 서러워 온몸으로 우나 보다
사시철 그래서 내 마음이 춥고
바람결 소식에도 귀가 시린가 보다

<세상의 후미진 곳에서>

궂은 날씨, 바람 불고 귀가 시리게 추운 날 문득 시인은 자신을 돌아본다. 내가 남에게 저지른 용서받지 못할 일이 무엇이었는지를. 나 때문에 눈물을 흘리고 노여워서 기나긴 밤을 뜬눈으로 지새울 미지의 이웃에게 시인은 마음의 문을 열고 용서를 구한다. 창문을 열고 깨끗한 물살처럼 빛나는 달빛 속에 용서를 구하는 시인의 마음이 백합처럼 향기롭게 느껴지지 않는가.

이향아 시인이 이번 신앙 시집에서 펼쳐 보인 겸허한 삶의 자세, 낮은 목소리로 올리는 간곡한 기도, 그리고 깊은 신앙심의 일상들이 많은 독자들의 가슴에 크나큰 울림과 향기로 가득하리라 믿는다.

- 시집 『당신의 피리를 삼으소서』, 2000

상념 혹은 기억의 시학

이향아의 시 해설

이은봉 문학평론가

1

이향아의 시에 드러나 있는 화자는 특별히 허구화되어 있지 않다. 그의 시에서 언술구조를 형성하는 주체는 언제나 시인 자신의 목소리를 취하고 있다. 따라서 그의 시에 내포되어 있는 목소리의 주인공은 시인 자신이라고 할 수밖에 없다. 시인 자신이 화자로 등장하여 스스로의 잡다한 상념에 심미적 언어를 부여하고 있는 것이 그의 시인 셈이다.

이 때의 상념은 다분히 몽상적인 성격을 갖고 있어 두루 주목을 요한다. 몽상적 상념 자체가 시적 진술의 대상이 되고 있다는 것인데, 이는 결국 그의 시가 몽롱하게 연상되는 몇몇 상념들에 정서적 언어를 부여하는 방식으로 씌어지고 있다는 것이다.

그의 시를 바르게 이해하기 위해서는 무엇보다 먼저 이러한 점들을 짚고 넘어가지 않을 수 없다. 구체적인 외적 대상을 객관적으로 묘사하기보다는 그것으로부터 비롯되는 내적 상념을 주관적으로 토로하는 진술 방식의 경우 우리가 그 동안 보편적으로 받아들여 왔던 시적 표현 방식과는 상당히 변별

되기 때문이다. 뿐만 아니라 여기서는 일단 상념이라는 말 자체에 이미 언어 일반이 지니고 있는 개념적 특성이 강하게 묻어 있다는 점을 주목할 필요가 있다. 그렇게 해서 선택되고 있는 시의 언어들이 거개의 경우 온전하고 분명한 형상 그대로를 보여주고 있지 않기 때문이다. 그의 시에 내포되어 있는 이미지들이 작품 여기저기에 산재된 모습으로 나타나 있는 것도 실제로는 이에서 기인하는 것처럼 보인다.

그럼에도 불구하고 그의 시가 심금을 울리며 독자 일반을 시인 자신의 상념 속으로 이끌고 들어가는 까닭은 무엇인가. 물론 이에는 적잖은 이유가 있을 것이다. 하지만 대부분의 경우는 섬세한 언어 배열이 불러일으키는 조화로운 리듬에서 연유하는 것처럼 보인다. 시 역시 문장으로 이루어져 있고, 모든 문장이 리듬을 바탕으로 할 수밖에 없다면, 그의 시가 보여주는 심미적 즐거움도 기본적으로는 이러한 리듬으로부터 발생한다는 뜻이다. 그렇다. 3음보를 단위로 하면서도 수시로 4음보와 상호 침투하고 있는 그의 시의 리듬 운용이 매우 자연스러워 보이는 것은 사실이다.

    ① 그의 눈에 / 닿으면 / 불이 붙을까
      마주치지 / 말아야지 / 고개 숙였다
      손끝만 / 닿아도 / 재가 될까 봐
      봉숭아 / 물든 손톱 / 뒤로 감추고

    ② 그의 눈에 / 닿으면 / 불이 / 붙을까
      마주치지 / 말아야지 / 고개 / 숙였다
      손끝만 / 닿아도 / 재가 / 될까 봐
      봉숭아 / 물든 손톱 / 뒤로 / 감추고

아무렇게나 뽑아본 그의 시 〈푸른 고요와 고요〉의 한 대목이다. ①은

3음보로 분할해본 예이고, ②는 4음보로 분할해본 예인데, 어떻게 읽어도 매우 유연한 리듬을 확인할 수 있다. 이처럼 전통적 리듬의 이월가치를 십분 재창조하고 있는 것이 그의 시이다.

물론 이향아의 시를 제대로 이해하려면 리듬의 이러한 점만을 주목해서는 안 된다. 앞에서도 말한 것처럼 그의 시는 화자의 상념을 진술하는 방식으로 씌어져 있고, 따라서 정작 관심을 가져야 할 것은 이들 상념을 이루는 구체적인 내포라고 하지 않을 수 없다.

새삼스러운 얘기지만 그의 시에 드러나 있는 상념의 세계는 단일하거나 단순하지 않다. 아마도 이는 시인 이향아의 단일하거나 단순하지 않은 삶을 반영하고 있기 때문으로 보인다. 그렇다고 해서 그의 시에 함유되어 있는 상념의 내포가 아예 살펴볼 수조차 없을 정도로 마구 뒤얽혀 있다는 뜻은 아니다. 부족한 대로 상념의 실제를 파악할 수는 있다는 것인데, 그것을 위해 여기서 따로 어떤 특별한 체계를 만들려고 하지는 않는다. 물론 이 글에서와 같은 무궤도한 접근 방식이 그의 시세계를 제대로 이해하는 유일한 길이라고 생각하지는 않는다. 그러나 이러한 접근 방식만으로도 거칠게나마 그의 시에 내포되어 있는 상념의 면모를 살펴볼 수 있는 것은 사실이다. 이 글에서는 예의 상념의 실제를 몇몇 두드러진 특징을 중심으로 간략하게 검토해보는 정도에서 그치려고 한다는 뜻이다.

2

이향아의 시를 읽으면서 맨 먼저 떠오르는 것은 그가 아직도 소녀시절의 청순한 마음을 잃지 않고 있다는 사실이다. 이순(耳順)의 원로 시인을 두고 이러한 말을 하는 것이 실례가 아니라면 이는 곧바로 그의 시에 담겨져 있는 감성이 그만큼 젊고 발랄하다는 뜻이 된다.

본래 시가 청춘의 예술이라는 것은 이미 잘 알려져 있는 사실이다. 따라서 젊음의 활기를 잃고서는 제대로 된 작품을 쓰기 어려울 수밖에 없다. 이러한 점에서 생각하면 여전히 지속되고 있는 그의 왕성한 창작활동 역시 쉽게 이해가 된다. 소녀 시절의 순결하고 순수한 열정과 갈망이 고스란히 남아 있는 것이 그의 시에 내재해 있는 자아의 현존인 것이다.

그의 시적 자아가 지니고 있는 이러한 상념은 우선 어디론가 훌쩍 떠나고 싶어하는 낭만적 그리움, 혹은 사라져 가는 고향의 풍물들에 대한 그리움 등으로 나타나고 있다. 낭만적 그리움은 시를 시로 존재하게 하는 가장 원초적인 감성 중의 하나이다: 낭만적 감성을 지니지 않고서는 계속해서 시를 쓰기가 거의 불가능하다고 해도 과언이 아니지 않은가.

낭만적 그리움의 하나로 일단은 그의 시의 화자가 '대문간에 기다리는 하얀 그림자', '미루나무 꼭대기 저 까치집'(<하얀 그림자>)이 있는 고향으로 달려가고 싶어하는 마음을 살펴볼 수 있다. 뿐만 아니라 '내 창자 속까지 안다는 친구'를 '불러내어' '화순 장날이나 담양 장날' '장터 국밥'집 '삐걱대는 걸상에 아무렇게나 걸터 앉아' '뚝배기 넘치게 밥을 말'고 싶은 상념에 빠져 있는 것도 낭만적 그리움이 표현되어 있는 예라고 할 수 있다.

물론 낭만적 그리움이 항상 이처럼 공간 이동에의 정서로 드러나고 있는 것은 아니다. 현재의 심리적 현존으로부터 일탈하고자 하는 자아의 의지는 시간적으로도 충분히 미래나 과거를 지향할 수 있다. 그의 시에 드러나 있는 이러한 낭만적 상념은 미래에의 의지보다는 과거에의 의지를 보여주고 있다는 점에서 좀더 주목이 된다. 이는 시를 통해 나타나는 화자의 상념이 기본적으로 과거의 체험에 기초한 기억의 상상력에 의지해 있다는 뜻이 되기도 한다.

　이제는 까마득한 옛날의 것이 되어버린, 이미 사라진 지 오래인 농촌 공동체의 풍물들에 대한 그리움이 그의 시에 자주 등장하고 있는 것도 실제로는 이러한 의지의 표현이라고 할 수 있다. 시인 이향아에게 있어서 농촌 공동체적 풍물들은 말할 것도 없이 까마득한 유년 시절에나 체험했던 것들이다. 유년 시절에나 체험했던 것들이 오늘에 이르러 그리움의 대상으로 떠오르는 것은 말할 것도 없이 그곳이 타자와의 관계에서 항상 일체감을 갖게 하는 공간이기 때문이다. 그의 시에서 유년의 공간이 주체와 객체, 감성과 이성으로 분열되기 이전의 신비의 공간으로 다가오는 것은 당연히 이로부터 말미암는다.

무당의 색동옷처럼
눈에피 헝겊이 걸려있는 탱자나무에 대고
퉤퉤 침을 세 번 뱉고 주문을 외웠다
누군가 마주치면 그 눈에 핏발 서겠지
느닷없이 나 대신 핏발이 서면
눈에피 가지고 탱자나무한테 가겠지
침 세 번 뱉고 돌아서야 할텐데
모를지도 몰라, 그는
눈에피 헝겊 빗물 먹어 얼룩지고
걸레조각처럼 너덜거리고
누가 가져갔을까 눈병은 없어졌지만
오래오래 걸려 있는 헝겊조각이
목에 걸린 체증처럼 답답하였다
탱자나무 가시가 나를 찔렀다

- <탱자나무 울타리> 전문

이 시는 시인 이향아의 민속적 유년 체험을 바탕으로 하고 있다. 탱자나무 가지 위에 '눈에피 헝겊'을 걸어놓고 '퉤퉤 침을 세 번 뱉고 주문을 외'워 눈병을 고치던 체험을 담아내고 있는 것이 이 시이다. 이와 같은 전통적 민속은 너무도 낡아 오히려 새로워 보인다고 할 정도이다.

탱자나무 가지 위에 '눈에피 헝겊'을 걸어 놓는 세계에 살고 있는 사람들에게는 대립·갈등하는 타자로부터 가해지는 억압 따위가 존재할 리 없다. 타자와의 관계에서 불협화음이 존재하지 않는데도 주체 내부에서 저절로 심리적 고통이 불거져 나오기는 어렵다. 이러한 유형의 낭만적 상념이 구체적으로 지향하는 바를 여기서 따로 밝혀 말하지 않는 것도 바로 이 때문이다.

이러한 형태의 낭만적 상념은 당연히 순수 혹은 순결의 세계를 향한 염원과 맞물려 있기 마련이다. 신비의 세계는 미지의 세계이고, 미지의 세계는 항상 낭만적 자아의 순수하고 순결한 모험심을 각성시키기 마련이다. 그의 시로부터 항용 나이를 거슬러 올라가는 열정과 충동적 감성을 엿볼 수 있는 것도 다름 아닌 이 때문이다. 이처럼 미래를 향해 티없이 열려져 있는 것이 시인 이향아의 본래의 자아인 것이다.

이향아의 시에 내포되어 있는 이러한 상념은 때로 원시적 자연에 대한 그리움의 모습을 취하기도 한다. 자연과 하나가 되어 뛰놀고 싶은 시원적 갈망이 일종의 상념으로 구체화되고 있다는 뜻이다. 물론 이러한 상념 역시 기본적으로는 그가 지니고 있는 순수하고 순결한 마음, 즉 낭만적 감성의 변용으로 보아야 마땅하다.

> 빨가족족 찔레순이 달큰했었다
> 넝쿨에 긁힌 자국, 미칠 듯 가려웠다
> 들판으로 가자. 찔레 넝쿨 보러
> 향기에 파묻히든

가시에 긁히든
가려워 미치든
하여튼 가자.
찔레 핀 들판이면 아무 데나 내려
우리도 찔레만큼 피었다 가자

장미가 아니니까 뽐내지 않는
장미가 아니니까 그냥 찔레인
빨가족족 달콤한 찔레순 먹고
찔레 덩쿨 다시 긁히러 가자
나나 내나 찔레야, 꽃 보러 가자
옛날 자국 도져서 미칠 듯 가려우면
찔레꽃 들판에 눌러 살든가
우리 모두 찔레, 꽃 피러 가자

-<꽃 피러 가자> 전문

이 시에서 화자는 '찔레 넝쿨 보러' '들판으로 가자'고 무작위로 청유하고
있다. 물론 화자가 따로 청유의 대상, 즉 청자를 구체적으로 염두에 두고 있
는 것은 아니다. 보편적 독백의 어조를 취하고 있다는 것인데, 그렇다면 청
자는 곧바로 시인 자신이라고 해야 옳을 것이다. 그러니까 화자인 시인은 자
기 자신을 향해 '찔레 넝쿨 보러' '들판으로 가자' '찔레만큼 피었다 가자'고
청유하고 있는 셈이다.

시인 이향아 역시 사람이라는 점을 생각하면 여기서 '찔레만큼 피었다가
가자'라는 구절은 자못 의미심장하지 않을 수 없다. '우리 모두 찔레, 꽃 피
러 가자'와 같은 구절에서 엿볼 수 있는 것처럼 그가 인간을 식물로 파악하
고 있기 때문이다. 이러한 구절들로 보면 시인 이향아의 내면에는 무엇보다
뜨거운 생명에의 몸부림이 도사려 있음을 알 수 있다. 시라는 것이 본래 순

간의 응축된 감정이 포괄해내는 진실을 담아내는 것이라는 점을 생각하면 아직 그의 청춘이 새파랗게 살아 있음을 알게 해주는 작품이라고 할 것이다.

그의 내면이 지니고 있는 이러한 점은 '나는 여태 철이 들지 않았나 봐요' '거친 바다 모래톱을 맨발로 걸어/파도 소리 사무치게 춤이나 추고파요.'(<철이 들지 않았나 봐요>)라고 노래하고 있는 것을 통해서도 충분히 짐작이 된다. 뿐만 아니라 그는 자신의 충동적 생명의 정서에 기대어 '모든 게 저 봄 때문이다/봄만 아니면 아무 탈도 없다'(<봄 때문이다>)라고까지 하며 발작적인 찬탄을 보여주고 있을 정도이다. 이는 '호남 고속도로 전주 근처'를 지나가면서 '벙싯벙싯 참지 못하는 복숭아 나무/연두색 머리칼 풀어젖힌 몽롱한 버들'(<삼월 중순께>)을 보고 그가 미칠 듯한 감흥에 빠져드는 것을 통해서도 잘 알 수 있다.

물론 이는 그가 아직도 사춘기의 순수한 마음, 소녀 시절의 순결한 마음으로부터 비롯되는 상념을 깊이 즐기고 있다는 뜻이 된다. 내면적으로는 그가 여전히 10대 말이나 20대 초의 연애 감정을 고스란히 간직한 채 살아가고 있다는 얘기가 되기도 한다. 단순한 상념에 불과하다고 할지라도 시인 이향아 자신에게 이는 참으로 복된 일임이 분명하다. 그가 아직 10대 말이나 20대 초의 연애 감정을 그대로 간직하고 살아간다는 것은 그것 자체로 행운이라고 하지 않을 수 없다. 시를 통해 그는 소녀 시절에나 겪었을 법한 사랑의 상처와, 그로부터 비롯되는 아픔까지 그리움의 하나로 받아들이고 있는 것이다.

연애는 마음처럼 풀리지 않고
가난만 찰거머리처럼 숨을 조일 때
무심히 쳐다본 잿빛 하늘에
북으로 떼지어 날아가던 새

세상 만사 어긋나서 헛바람 돌고
캄캄한 봄날, 무너지던 가슴
두 발 꼬고 흔드는 툇마루 위에
돌아와 다시 집을 짓던 새
동네 애들 온 들판에 쥐불 놓더니
상처에 분홍빛 새살 피어오르고
봄나물도 눈물나게 돋아 나와서
곁 강물 새 강물 따라 흘렀다
목숨까지 걸 일이 무엇이란 말인가
새들은 강물 위로 빛살처럼 솟구쳤다

- <새들> 전문

　이 시에서 화자는 연애 감정을 바탕으로 하면서 새들처럼 자유로워지고 싶은 마음을 노래하고 있다. '연애는 마음처럼 풀리지 않고/가난만 찰거머리처럼 숨을 조'이는 어느 '캄캄한 봄날, 무너지던 가슴' 속에 '강물 위로 빛살처럼 솟구'치는 새들의 마음을 담아내는 데 초점이 있는 작품인 것이다. '목숨까지 걸 일이 무엇이란 말인가.'라는 구절에서도 알 수 있듯이 사랑의 상처에 더 이상 매여 있고 싶지 않은 화자의 의지를 표현하고 있음을 알 수 있다.

　이 시의 화자가 꿈꾸는 자유에의 의지는 이처럼 낭만적 감성에 기초한 가벼움에의 의지와 맞물려 있다. 시인 이향아로서는 지워지지 않는 사랑의 상처에 한없이 매달려 있는 자기 자신이 혐오스럽게 생각될 수도 있을 것이다. 그가 또 다른 시 <지우개>에서 '요즘 지우개는 성능이 좋다./흔적 없이 잊어버리니 속이 편하겠다./너희들은 좋겠다.'라고 노래하고 있는 것도 이러한 관점에서 파악하면 좀더 쉽게 이해가 된다.

　새삼스러운 얘기지만 사랑의 감정, 좀더 구체적으로 말해 연애의 감정만

큼 인간을 활기 있게 하는 것은 없다. 사랑에 빠졌을 때의 설렘이 주는 기쁨
은 언제나 인간을 새롭고 싱싱하게 하는 법이다. 그러나 남녀간의 사랑은 언
제나 기존의 도덕이나 윤리의 밖에 존재하기 쉽고, 따라서 뜨거운 고통을 수
반하는 것이 보통이다. 많은 사람들이 사랑에 빠져드는 것에 대해 두려움을
갖는 것도 실제로는 이와 무관하지 않아 보인다.

작품만으로 보면 시인 이향아는 어느 누구보다도 사랑이 지니는 이러한
속성에 달통해 있는 것처럼 생각된다. '날계란을 만지면'서도 사랑하는 이의
'외로움이 살갗을 파고'드는 것을 느끼는 사람이 그이다. 비록 '결이 고른'
날계란의 '딱딱함 속에는 밀도 있는 자존심이/천연스레 물인 듯이 숨죽이고
있는 것을'(<날계란>) 충분히 감지하고 있더라도 말이다.

충만한 사랑의 순간은 삶의 현존을 한없이 고양시킬지라도 그 자체만으
로 시가 되기는 힘들다. 본래 시는 충만한 사랑이 끝난 뒤 되풀이해서 그것
을 상념하는 가운데 튀어나오기 마련이다. 시와 관계 맺는 사랑의 이러한 특
징은 이향아의 경우라고 해서 특별히 다를 것이 없다. 그의 경우에도 사랑의
시는 여전히 현재 진행형으로 태어나기보다는 과거 회고형으로 태어나고 있
다는 뜻이다. 이는 연인과 함께 '창포꽃이 그림 같은 호수에 갔'던 추억을
그리고 있는 시에서 '늦었을까요, 우리들은 희망에 지각인가요.'라고 반문을
하며 '후회 같은 것은 하지 않겠'다고 거듭 다짐하지만 이내 '눈물겨운 사랑
아, 안부를 전하노라.'(<그날 일기>)라고 하며 아쉬워하고 있는 것을 통해
서도 이내 증명이 된다.

사랑은 본래 참담하고 고통스러운 후회를 남김으로써 기억과 추억의 대
상이 되기 마련이다. '이후로는 기쁨을 말하지 않으련다', '부드러운 그의 손
을 더듬지 않으련다'(<허망한 기쁨>)라고 하며 지속적으로 반성을 하지만
돌이켜 보면 한없이 아쉬운 것이 충만한 사랑의 순간인 것이다. '어스름 안

개 같'이 스며드는 사랑의 기쁨을 체험한 사람에게는 아무리 '지나가면 단 한번, 그만인 시간'을 자각하고 있다고 하더라도 실제로는 '아름다운 결별'(<아름다운 결별>)을 이루기가 매우 어려운 법이다. 이러한 점에서 생각하면 다음의 작품에서 시인 이향아가 '사방으로 부서졌다'라고 하며 '목이 터져라' 외쳐대고 있는 것도 쉽게 이해된다.

어쩌다가 이렇게 되었는지 모르겠다
우물 속에 얼굴을 박고
목이 터져라 그 이름을 불렀다
메아리가 천리처럼 아득했다
밤하늘을 올려다보았을 때
달은 밀반죽처럼 부풀어 세상을 덮고
어둠은 진흙처럼 녹아 흘렀다
나는 시드는 별 하나에 눈을 맞추었다
어디서 어긋났을까
젖은 솜처럼 무겁게 갈아 앉아
오던 길을 향해 되돌아섰다
어. 디. 로. 갈. 까. 똑. 똑. 히. 알. 려. 주. 세. 요.
왼 손바닥에 침을 뱉아 점을 쳤다
침은 사방으로 튕겨 대지를 적셨고
나도 사방으로 부서졌다

- <사방으로 부서졌다> 전문

이 시가 실연의 고통을 노래하고 있다는 것은 의심할 바 없는 사실이다. 물론 사랑과 이별에 따른 상념을 다루고 있는 이 시는 화자의 과거 체험을 바탕으로 하고 있다. 그럼에도 불구하고 이 시에 함유되어 있는 실연의 아픔을 시인이 소녀 시절에나 겪었던 일로 받아드릴 사람은 별로 많지 않을 듯 싶다. 이 시에 나타나 있는 실연의 고통은 지금 이곳의 구체적 체험으로 다가오고 있어 훨씬 더 독자들의 관심을 끈다. 어떻게 이향아는 지속적으로 이처럼 절실한 사랑의 감정을 지닐 수 있을까, 라고 되묻고 싶은 것이 인지상정이다.

하지만 그의 시에 내포되어 있는 사랑의 고통은 언제나 과거시제의 문장 속에 용해되어 있어 곧바로 독자들의 호기심을 털어 낸다. 한편으로는 '궁금해요, 소식 주세요.'라고 하며 사랑을 갈구하다가도 다른 한편으로는 '다리를 흔들며 쉬일 마루'(<다리를 흔들며 쉴 마루>)를 찾고 있는 것이 그의 시의 화자이다. 사랑의 상처를 딛고 이제는 조금쯤 쉬고 싶어한다는 뜻이 되겠는데, 그렇다고 해서 그가 오늘의 이 세상을 부정적으로, 나아가 비극적으로 인식하고 있는 것은 아니다. 이러한 면은 그의 시의 자아가 변함없이 진실 혹은 아름다움의 세계를 꿈꾸고 있는 것만으로도 잘 알 수 있다. 기본적으로 삶을 아름답고 진실되게 바라보고자 하는 긍정적인 세계관의 소유자로 그려지고 있는 것이 그의 시의 자아인 것이다.

3

이향아의 시에 함유되어 있는 상념의 일부로 여기서 또 하나 간과할 수 없는 것이 바로 이 아름다움 혹은 진실에의 의지이다. 시인 이향아 자신이 낙관적이고 낙천적인 자아를 지니고 있는 사람이라는 것을 생각하면 이는 매우 자연스러운 일이라고 아니할 수 없다. 긍정적인 자아개념을 바탕으로 항상 밝고 투명하게 세계와 마주하려는 것이 그라는 점을 잊어서는 안 된다. 이는 그가 자신의 시를 통해 '일마다 과분하다'며 '산이여 들이여,/ 여러분의

은총에 답사를 할까요.’(<여러분에게 은총을>)라고 되묻고 있는 것만으로
도 넉넉히 확인이 된다. 이처럼 그가 긍정적인 마음, 즉 범사에 감사하는 마
음을 갖고 있다는 것은 ‘나는 겁도 없이 영원을 향해 걸었다’(<영원을 향해
걸었다>)라고 하며 자신의 삶을 반성적으로 되돌아보고 있는 것을 통해서
도 충분히 증명이 된다. 이러한 자기 반성은 때로 그가 영원이라든지 무궁이
라든지 하는 것들에 대해 그다지 집착하고 있지 않다는 뜻이 되기도 한다.
삶에 대한 그의 이러한 태도는 근원이라든지 본질이라든지 하는 것들에 대
해 별로 관심이 없는 데서도 드러난다. ‘어떤 이는 근원을 알아야 한다 하고/
어떤 이는 본질이 중요하다 하지만/그런 것은 아무려면 어때요.’(<철이 들
지 않았나 봐요>)라고 노래하고 있는 것이 시인 이향아인 것이다.

　이처럼 건강한 그의 시의 자아에는 당연히 엉키고 꼬인 마음, 즉 왜곡된
마음이 끼어 들 틈이 없다. 일그러지고 찌그러진 마음으로부터 비롯되는 정
신병리와는 전혀 무관한 것이 그의 시에 드러나 있는 자아의 현존인 것이다.
더러 일상의 상식적 도덕률로부터 벗어나고자 하는 의지를 보여준다고 하더
라도 그의 시에 함유되어 있는 자아가 그에 대해 아무런 죄의식도 느끼지
않고 있다는 점을 유의해야 한다. 무엇보다 이는 그의 시의 자아가 그만큼
담백하고 순수한 영혼을 지니고 있다는 뜻이 된다. 시인 자신은 ‘역마살에
붙잡혔나 봅니다’(<그리움에 기대어>)라고 하며 부정적인 운명을 노래하고
있지만 독자들이 보기에는 일종의 심리적 자부심 이상으로 받아들여지지 않
는다. 지나치게 모나지는 않지만 ‘귀족처럼 도도하게/공처럼 아무 데나 굴러
가진 말’며 되도록 ‘둥그스럼하게’(<날계란>) 세상을 살고 싶은 것이 그라
고 할 수 있다.

　그렇다고 해서 그의 시의 자아가 오늘의 인간이 보여주는 모든 행동들을
아무런 비판 없이 있는 그대로 수용하고 있는 것은 아니다. 인간이 지니는

'확실한가, 명중했나, 되살아나진 않을까/심장이라는 한 복판에 절멸의 수렁을 파는'(<확인사살>) 등의 잔인한 심리에 대해서는 자못 적대적인 것이 그이기도 하다. 이러한 비판적 상념은 '개'라는 알레고리를 통해 무지하고 천박한 인간, 특히 본능적 수컷 근성을 야유하고 있는 <개에 대하여>와 같은 작품을 통해서도 잘 알 수 있다.

그렇다면 그의 시에 함유되어 있는 상념이 진실 혹은 아름다움의 차원에 그치지 않는다는 것은 한층 자명해진다. 당대의 현실에 대한 반성적 상념 혹은 회고적 상념 또한 그의 시세계를 이루는 중요한 내용으로 자리하고 있다는 뜻이다. 이러한 상념은 과거의 체험에 바탕을 두고 있고, 그리하여 대부분은 기억의 상상력에 의지하여 작품의 전면에 드러나고 있다. 그의 시에 항용 '지금 생각하면 그럴 일도 아니건만/내가 그때 왜 그랬나 알 수가 없다'(<봄 바다 파도처럼>)와 같은 반성적 자탄이 표출되고 있는 것도 다름 아닌 이 때문이다.

이러한 점들과 관련해 보면 시인 이향아가 매우 자존심이 강한 사람이라는 것을 알 수 있다. 이러한 점은 그의 시의 자아가 느끼고 있는 몇몇 수치심을 통해서도 확인이 된다. 처음의 엇나간 관계가 지속적으로 낭패를 만들어내고 있는 상황을 포착한 작품 <결박>에서 시적 자아가 느끼는 고통도 이러한 자존심에 근거하고 있는 것으로 보인다. 또 다른 시에서 그가 '이름을 쓸 때마다 콧등이 싸아하다./낯가리는 아이처럼 손바닥으로/하늘 눈치 가리면서 도망치고 싶다'(<내 이름을 쓸 때>)라고 언급하고 있는 것도 동일한 심리기제에 기초하고 있는 것으로 생각된다. 우등 고속버스를 타고 가면서도 '세상의 우등에는 독방이라는 게 있어요./단절의 벽으로 나를 지키는'(<우등 고속 버스를 탈 때>) 삶을 꿈꾸고 있는 것이 시인 이향아라는 점을 잊어서는 안 된다.

사람살이의 모순에 대한 비판적 상념을 드러내고 있는 시로는 그밖에 <여자가 부엌에 있을 때> 등을 더 예로 들 수 있다. 물론 이 작품에 표현되어 있는 비판적 상념이 그다지 강렬하지 않다. 비판의 대상들과 끝까지 비타협적 긴장을 유지하고 있지는 않다는 것인데, 이는 그가 그만큼 여리고 부드러운 자아를 지니고 있다는 것을 뜻한다. 일단 이 작품은 페미니즘의 정신에 입각해 '여자가 부엌에 있을 때/식구들은 갑자기 배가 고픈가 보다/여자가 부엌에 있을 때/식구들은 비로소 안심인가 보다'라고 하며 가사노동 일반에 대한 문제제기로 서두를 시작한다. 그러나 이내 '다만 여자가 부엌에 있을 때/사랑하는 그대들이여,/행복들 하신가/그렇다면 됐다./여자도/행, 복, 하, 다.'라는 정도의 야유와 능청으로 결구를 맺고 만다. 시인 스스로 적절한 선에서 문제를 해소하고 있는 셈이다.

그의 시의 자아는 이처럼 온건하고 따뜻한 정서를 바탕으로 하고 있다. 따라서 이러한 자아가 오늘의 삶 전반에 대해 제대로 된 비판을 수행해낼 수 있을 것으로 생각되지는 않는다. 부정적인 현실을 단지 지적하고 기록하는 차원에서 곧바로 매듭을 풀어버리고 말기 때문이다. 하지만 그의 시의 자아가 반드시 강렬한 비판적 정신을 표출할 수 있어야 한다고 생각되지는 않는다. 본래 여리고 순한 정서에 기초하고 있는 것이 그의 시의 자아라면 이러한 한계를 지니는 것은 오히려 아름다운 일이라고 할 수도 있다.

그의 시의 자아가 지니고 있는 이러한 면은 철저하게 기호화된 현실을 비판적으로 인식하고 있는 경우에도 마찬가지이다. 다음의 시가 더욱 돋보이는 것도 바로 이 때문이라고 생각된다. 따뜻하고 부드러운 주부의 시각으로 과도하게 계량화되고 있는 오늘의 현실을 비판적으로 상념하고 있는 그의 시 한 편을 예시하며 여기서 글을 맺는다.

자고 새면 날마다 숫자가 늘어난다
날짜도 바뀌고 시간도 흐르고
제각금 다른 주민 등록 번호와
조상들 제삿날과 식구마다 생일과
외워야 할 숫자들 하나 둘이 아니다
가감승제, 구구단 손가락 펴서
거스름은 그럭저럭 탈이 없는데
걸핏하면 터지는 일 하나 둘이 아니다
마감을 놓쳐버린 세금고지서
얼싸덜싸 늘어나는 벌금 액수와
아파트 몇 동 몇 호 우편번호와
불러내는 천지사방 전화번호와
보물 창고 돌문 앞 도적떼처럼
통장마다 다른 계좌번호와
외워야 할 글자들이 하나 둘이 아니다
일 센티 일 미리 몇 백분지 일까지
머리카락처럼 가늘게 그보다 확실하게
내 목을 조이는 것 하나 둘이 아니다
이러다가 삐끗하면 박사가 되나 보다
지금이 몇 시냐, 암호를 대라
시퍼런 눈을 치떠 사정없이 다그치고
늦가을 밭머리에 이삭을 줍듯
머릿 속 북새판에 물코를 트지만
아직도 굳게 잠긴 그대의 가슴
기다리다 숨막히면 죽기도 하나 보다

- <암호로 여는 가슴> 전문

- 시집 『오래된 슬픔 하나』, 2001

강경희 문학평론가

결곡한 시와 시인의 노래

이향아의 시세계

1. '떨림'과 '전율'의 사랑

시인이면 누구나 자신의 온 생애를 시인으로 살고 또 시인으로 남고자 소망한다. 그러나 소망이 아무리 간절하다고 해도 시인으로 살고, 시인으로 기억된다는 것은 결코 쉽지 않는 일이다. 온전한 시인이 된다는 것은 '시의 길'과 '삶이 길'이 일치할 때 얻어지는 것이다. 시도 삶도 불완전할 때 그것은 성취될 수 없다. 그런 점에서 볼 때 이향아 시인은 천상 시인이다. 그는 누구보다도 결곡하게 시인됨의 길을 지켜온 시인이다. 그것은 그가 특별한 시적 재능을 지닌 사람이라는 것도, 특이한 인생의 이력을 지녔음을 의미하지도 않는다. 어쩌면 이향아 시인은 누구보다 평범하고 소박한 삶으로 일관해온 시인이라 할 수 있다. 그럼에도 불구하고 단호히 그를 '진정한 시인'이라 말할 수 있는 것은 그가 자신과 타자와 세계에 쏟은 끊임없는 시적 열정과 한없는 사랑 때문이다. 시에 대한 그의 간절한 마음은 좀처럼 식을 줄 몰라, 마치 닳지 않는 심지처럼 계속해서 시심(詩心)의 불꽃을 태운다. 그 불꽃은 폭죽처럼 화려하거나 장렬하지는 않지만, 은은한 불씨를 간직한 아궁이처럼 따스한 온기로 우리의 영혼을 녹이는 마력을 지니고 있다.

이향아의 『꽃들은 진저리를 친다』는 그의 열 다섯번째 시집이다. 1966년 등단 이후 열 다섯권의 시집을 엮는다는 것은 결코 평범한 일이 아니다. 40년 가까이 그는 시와 함께 젊음의 고뇌를 견뎠고, 중년의 질곡을 넘었으며, 이제 노년의 세계에 이르고자 한다. 따라서 이향아의 시는 그 자신의 생과 동일한 지평에 놓인다고 해도 무관할 것이다. 그렇다면 과연 이러한 지난한 시적 여정을 감당해 낼 수 있는 원동력은 무엇이었을까. 그 작은 해답의 실마리는 이번 시집의 자서를 통해 확인된다. "좋은 시를 읽을 때와 사랑하는 남자를 바라볼 때, 내 정서는 비슷하다. 그 남자를 향하는 내 열정과 시를 향하는 내 열정이 닮았다. 그 사람 앞에서 경건해 지는 마음과 시를 읽을 때의 진지함이 같다. 그와 눈이 마주칠 때 내 시선의 떨림과 좋은 시 앞에서의 내 전율이 비슷하다."라는 진술처럼 그에게 있어 시는 곧 한 사람을 사랑하는 마음과 같다. 그런데 여기서 주목할 것은 시에 대한 시인의 사랑이 마치 연애감정과 흡사하다는 점이다. 이는 그의 물리적 나이와는 무관하게 시에 대한 사랑만큼은 청춘의 그 어떤 열정보다도 강렬한 충일감을 내장하고 있음을 뜻한다. 즉 대상에 대한 '떨림과 전율', '경건과 진지'는 사랑이라는 감정이 낳은 꽃과 열매이다. 따라서 우리는 사랑의 과업으로 쌓아 올린 그의 시를 통해 시인의 온 육체와 정신이 수놓은 진실한 영혼의 무늬를 발견 할 수 있을 것이다.

하지만 이향아가 탐구한 사랑의 방식을 이해하는 일은 결코 녹녹치 않다. 모든 사랑이 각자 나름의 개성과 태도에 따라 다른 것처럼 그의 사랑법 또한 일반의 문맥과는 사뭇 다르다. 이를 이은봉은 "구체적인 외적 대상을 객관적으로 묘사하기보다는 그것으로부터 비롯되는 내적 상념을 주관적으로 토로하는 진술 방식이" 이향아 시의 주된 특징이라 말한 바 있다. 그의 지적처럼 이향아 시의 독특한 내적 문법은 시의 의미가 언어의 표층적 차원에서 쉽게 포착되지 않는다는 점이다. 다시 말해 그는 명료한 의미론적 전언보다는 감각과 기억, 실재와 몽상을 혼재하는 방식을 택함으로써 자신만의 고유한 문법을 창조한다. 그래서인지 그의 시는 감각적 이미지에 갇히지도, 추상적 관념에 종속되지도 않는 그만의 개성적 발화법을 지니고 있다.

무엇보다 이 시인의 내밀한 목소리를 해독하는데 있어 주요한 것은 독특한 '어조'이다. 그것은 종종 '대화체'의 형식으로 나타나는데, 이는 서정적 주체의 내적 특징이 타자를 향해 열려있다는 것이다. 하지만 보다 정확히 말하자면 그의 타자성은 '자기 안의 타자성'이다. 즉 이향아에게 있어 '나와 대상'의 관계는 서로 표리(表裏)의 관계이다. 그에게 있어 대상에 대한 '말 걸기'는 실상 자신의 내부에 있는 또 다른 자아를 향한 내적 물음인 것이다. 때문에 그의 시는 세계를 자기화 하는 방식을 취한다. 그럼으로 시인의 대화는 내적 독백이라 칭할 수도 있을 것이다. 여기서 우리는 이향아의 내면 세계에 대한 고백과 그 고백이 거느리고 있는 비유적 묘사를 통해 그의 시세계의 내면 풍경을 좀더 가까이 드려다 볼 수 있을 것이다.

2. 자아 탐구의 고백시

모든 시의 출발은 자기 자신의 문제로 촉발되며 궁극적으로 시가 회귀할 종착점도 자기 자신의 문제로 귀결된다. '나는 누구인가', '나는 과연 행복한가', '나라는 존재는 가치 있는 삶을 살고 있는가' 이처럼 자기 안의 진정한 자아를 발견하고 탐색하려는 태도는 시인이 지녀야 할 최초의 물음인 동시에 숙명적 과제라 할 수 있다. 특히 고백시의 경우는 자기 자신을 대상화한다는 점에서 어떠한 형식보다도 자신의 문제로 집중된다.

『꽃들은 진저리를 친다』에서 이향아의 시선이 주로 머무는 것은 자신의 일상적 삶과 그것이 환기라는 내면 정서이다. 이때 그는 자신의 내면을 그리는 방식으로 대화체의 형식을 빌어온다. <침묵이라니요>, <다시 만나더라도>, <밥이 되겠습니다>, <지금 수양하고 있습니다>, <떠나면 떠나리라>, <나를 거절하십시오>와 같은 시는 대표적으로 그의 대화적 방식을 보여주는 시편이라 할 수 있다. 이들 시의 대부분은 표면적으로는 화자와 청자가 서로 분리되어 있는 듯 하다. 그러나 본질적으로 이 둘은 '나'라는 동일자로 환원된다. 즉 그의 대화에 있어 주·객은 궁극적으로 자기 자신으로 투영된다. 그래서인지 그의 시적 화자는 대부분 시적 자아와 일치한다.

안부만 묻습니다
나는 그저 그렇습니다
가신 뒤엔 자주자주 안개 밀리고
풀벌레 자욱하게 잠기기도 하면서
귀먹고 눈멀어 여기 잘 있습니다
나는 왜 목울음을 꽈리라고 불어서
풀리든지 맺히든지 말을 못 하나
흐르는 건 절로 흐르게 두고
나 그냥 여기 있습니다
염치가 없습니다
드리고 싶은 말씀 재처럼 삭아
모두 없어지기 전에 편지라도 씁니다
어김없이 해는 뜨고 날짜가 지나
그 언젠지 만나질까요
그때까지 여전히

안녕히 계십시오

- <안부만 묻습니다> 전문

내 넋은 여기 없습니다
오랜 나무 삭정이에 걸어두고 왔습니다
새로 핀 우듬지 엽록소 안창
먹고 죽을 비상처럼 숨겨 두었습니다
소망을 말할까요
아실 겁니다
나는 지금 껍데기만 앉아 있는 걸
바람 지나갈 때마다 물기 걷히고
있는 듯이 없는 듯이 나는 말라서
혹시라도 발밑에 먼지 같은 씨알 하나
시늉으로 떨어져 숨이라도 쉰다면
나는 여기 없습니다
용서하여 주십시오

- <나는 여기 없습니다> 전문

위의 두 편의 시는 떠난 존재에 대한 상실감으로 고통받는 화자의 심리적 정황을 간절하게 전달하고 있다. 이들 시에 있어 1인칭 화자는 여성이고 2인칭 청자는 남성으로 그려지고 있는 듯하다. 그러나 실상 암시된 화자는 '탈'이며 진정한 청자는 다름 아닌 '나'라 할 수 있다. 그것은 '떠난 이'와 소통하려는 욕구보다는 상실의 아픔을 견뎌내는 '나'의 인내에 더 몰두되어 있기 때문이다.

언뜻 보면 두 편의 시는 자아가 처한 상황을 서로 대조적으로 진술하고 있는 듯하다. 즉 앞의 시는 그리운 대상을 언젠가는 만나게 될 것이라는 기대를, 뒤의 시는 자신의 '넋'조차 없어졌다는 절망적 고백처럼 들린다. 이 때 화자가 그리워하는 대상은 사랑하는 '님'일 수도, '절대적 존재'일 수도, '화자 자신'일 수도 있다. 하지만 이들 시가 담고 있는 시적 의미는 부재한 대상을 만날 것이라는 희망도 아니며, 만날 수 없다는 좌절도 아니다. 그보다는 오히려 대상 자체의 상실감이 야기한 '나'의 허무한 삶의 문제로 집중된다. 그래서 이들 시의 의미론적 공통점은 화자가 그리워하는 대상의 부재가 아니라, 그 부재가 빚어낸 나의 고통스런 실존적 상황이다. 그것은 곧 나라는 존재의 '있음'과 '없음'의 문제로 다시금 심화된다.

<안부만 묻습니다>의 '귀먹고 눈멀어 여기 잘 있습니다'라는 표현은 대상의 부재에도 불구하고 '내가 여기 있다는 것'을 의미하며, <나는 여기 없습니다>의 '내 넋은 여기 없습니다'라는 표현은 '내가 여기 없다는 것'을 것을 지칭한다. 하지만 이러한 나의 '있음'과 '없음'은 실상 동전의 양면처럼 동질의 의미를 지닌다. 이는 인간의 삶(있음)과 죽음(없음)의 문제가 가시적인 현상의 유무(有無)로서 그 의미를 획득하는 아니라, 보다 내적이며 본질적 차원에서 진정한 가치를 지니고 있음을 함의한다. 따라서 이들 시는 상실된 존재에 대한 막연한 그리움의 심정을 토로했다기보다는 상실감이 불러들인 '나'라는 존재의 '소멸의식'에 맞닿아 있다. 그럼으로 이들 시는 외면적으로는 자신의 삶에 대해 매우 담담한 어조로 말하고 있지만, 그 이면은 불안한 자아의 실존성을 문제삼고 있는 것이다. 특히 '귀먹고 눈멀어', '재처럼 삭'은 말씀, '먹고 죽을 비상', '발밑에 먼지 같은 씨알 하나'와 같이 자신의 처지를 지극히 왜소하고 무력한 것으로 묘사하는 삶의 태도는 상처받은 여성의 소극적 심리를 대변하는 것이기도 하다.

이향아의 시가 객관적 사물에 대한 묘사나 선명한 이미지에 포획되지 않는 것은 언제나 그의 시가 자신의 관념을 형상화하기 때문이다. 특히 이번 시집을 통해 자주 발견되는 사유의 경사는 사멸해 가는 존재에 대한 연민과

애착, 그리고 그러한 것으로부터 궁극적으로 자유롭고자 하는 의식의 발로라 할 수 있다. 이를 다르게 말하자면 인간 존재의 '실존적 고투'이다.

먼저 차츰 사라져 가는 인간 존재의 유한성을 상징적으로 보여주는 것은 다름 아닌 '껍데기'라는 시어이다. '껍데기'는 자신의 존재가 조금씩 마멸되고 있다는 인식의 단초를 보여주는 비유이다. '그 말까지 하고 나면 / 껍데기만 남을 테지'(<그 겨울 연가>), '나는 지금 빈 껍데기만 남았습니다'(<침묵이라니요>), '나는 지금 껍데기만 앉아 있는 걸'(<나는 여기 없습니다>), '빨랫줄엔 날마다 빈 껍데기처럼, / 날 보쌈해 온 허름한 부대자루처럼,'(<옷자락만 서걱거리고>)과 같은 구절을 통해 알 수 있듯이 시인은 자기 자신을 '빈 껍데기'로 묘사한다. 껍데기란 알맹이가 사라지고 남은 헛것이며, 이는 모든 것을 소진하고 남은 가치 없는 대상으로의 전락을 의미한다. 하지만 시인은 이처럼 '유한한 것', '빈 것'을 통해 새로운 삶의 가치를 확인한다. '나 이렇게 결심하기로 했네 / 다시 태어나지 않겠습니다 / 환생이란 죽기보다 어렵습니다 / 엎드려 오늘을 지키게 하옵소서 / 업신여기던 어느 풀, 어느 짐승도 / 나보다 나은 줄 오늘 알았습니다'(<오늘 알았습니다>)라는 고백처럼 그는 인간의 유한성에 대한 깨달음을 통해 한없이 자신을 낮추고 세상과 평화롭게 공존하고자 한다. 아마도 이러한 '비어 있음'에 주목하는 이유 중 하나는 인생을 조감하는 연륜을 통해 삶의 깊이와 철학을 체득했음을 말해 주는 것이다.

3. '육체의 옷'과 '정신의 집'

이향아의 시에서 비교적 선명한 시인의 사유의 일면을 보여주고 있는 부분은 제2부의 '어미 독수리' 편이다. 2부의 시편들은 주로 유년시절의 따뜻했던 기억이 교차되거나, 자신의 가족과 일상을 둘러싼 생활의 문제가 거론되고 있는 시편이 눈에 띤다. 그런 점에서 볼 때 이 시편들은 비교적 시인의 삶에 대한 태도가 구체적이며 직접적으로 묘사되고 있다. 특히 <오직 하나 언덕>은 세계에 대한 시인 자신의 의식을 가장 상징적으로 보여주는 작품이다.

집은 내 소굴, 종신형의 감옥
그것은 멍에
슬픔을 비벼 삭일 오직 하나 언덕이다
어둠이요 치부,
그늘이요 울음,
그리하여 끝끝내 맹목의 평화
지겹게 바라보는 어리석은 입법이다
집은 오로지 버릇과 망각
비어 있는 껍데기,
몸에 걸쳐 헐렁한
때 묻은 의상
유순한 짐승처럼 갇혀서 맴돌아도
여기서 안심하고 나를 죽일 것이며
조금씩 조금씩
눈을 뜰 것이다

- <오직 하나 언덕> 전문

자신의 존재가 거처하는 '집'에 대한 시인의 태도는 부정적으로 일관된다. 그에게 있어 집은 '소굴', '종신형의 감옥', '멍에', '어둠', '치부', '그늘', '울음', '맹목의 평화', '어리석은 입법', '버릇과 망각', '비어있는 껍데기', '때묻은 의상'과 같이 자신의 존재를 억압하며 짓누르는 치욕적인 것들로 비유된다. 이는 그가 자신의 삶을 온전히 유지하며 살아갈 수 있는 최소한의 공간인 집을 자기 자신을 옥죄이는 형틀과 같이 매우 혐오스러운 것으로 파악하고 있음을 말해준다. 이처럼 자신의 집을 불온하고 타락한 공간으로 설정하는 것은 결국 일상에 안주하는 삶의 편안함이 한편으로는 시인의 정신을 나태하게 만든다는 것이다. 따라서 '집'의 부정화는 자기 경계의 목소리라 할 수 있다.

하지만 시인은 또한 고백한다. 치욕스런 공간인 '집'이 자신이 의지할 수밖에 없는 삶의 은신처임을. 즉 '집'은 삶을 굴욕적으로 만드는 대상인 동시에, 상처를 보듬어주는 위로의 공간이기도 하다. '슬픔을 비벼 삭일 오직 하나의 언덕'이라는 표현은 삶의 시련과 상처를 보호해주는 내밀한 공간이 '집'이라는데 있다. 문제는 이처럼 '집'에 대한 모순된 인식 속에서도 시인이 말하고자 하는 삶의 본질적 태도이다. 이 시의 마지막 구절은 '집'을 새롭게 인식하려는 시인의 의지가 함축되어 있다. '여기서 안심하고 나를 죽일 것이며 / 조금씩 조금씩 / 눈을 뜰 것이다'라는 진술은 현실과 타협하고 함몰되어 가는 자신을 부정(죽임)함으로써, 각성하는 자아(눈을 뜸)를 찾고자 하는 의지의 발현이다. 그것은 전폭적인 자기 부정과 반성을 통해 현실에 길들여지지 않으려는 태도이며, 부단히 새로운 정신으로 현실에 매몰되지 않으려는 적극적 의지이다.

이향아의 '집'이 타성에 젖은 삶을 각성하려는 시인의 정신을 표상하고 있듯이, 그에게 있어 '밥'의 문제 또한 자신의 게으르고 나약한 정신을 질타하는 매개물로 등장한다. 따라서 '집'과 '밥'은 모두 생존을 위한 도구이자, 나태한 삶을 자각하게 만드는 반성의 대상이 된다.

밥이라는 말이 혹시
도망가지 못할 막다른 벼랑처럼 보일지도 몰라서
내가 불쌍하거나 몽매하거나 캄캄하게 보일지도 몰라서
이리저리 궁리했습니다

(중략)

살아서 날마다 밥이나 죽이는
밥술이나 먹는다고
거드름을 피우는
아는 것이 오로지 밥밖에 없는
그런 세상보다야
열 번이나 백 번이나
밥이 되겠습니다

          - <밥이 되겠습니다> 부분

어머니, 저는 지금 공부하고 있습니다
배고파고 비굴하게 엎드리지 않으려고
배불러도 짐승처럼 타락하지 않으려고
어머니 저는 지금 수양하고 있습니다
배가 고플까 봐
그러다가 나 모르게 배가 부를까 봐
저는 지금 조심조심 훈련하고 있습니다

          - <지금 수양하고 있습니다> 부분

밥이란 인간에게 가장 필요한 생명의 양식이다. 그러나 인간의 생명을 살리는 밥이 인간의 이기적 목적과 수단에 의해 남용될 때 그것은 생명을 살리는 '피'가 아니라, 생명을 죽이는 '독'이 될 것이다. 시인은 이처럼 변질된 '밥(물질)'을 통해 생명력을 상실한 위태로운 현실을 직시하고자 한다. 그리고 자신의 내부에 도사리고 있는 밥의 신성함을 불식시키는 모든 부정적 요소와 자신의 삶을 부패한 것들로 채우는 인간의 이기심에 경종을 울린다. 그것은 인간의 양식(糧食)이 다시금 건강한 생명을 지키는 삶의 양식(良識)이 되어야함을 말하는 것이다. 즉 시인은 '밥'을 통해 육체의 건강 뿐 아니라 영혼의 순결함을 올곧게 지켜내는 생명의 중요성에 대해 강조한다.

특히 "살아서 날마다 밥이나 죽이는 / 밥술이나 먹는다고 / 거드름을 피우는 / 아는 것이 오로지 밥밖에 없는 / 그런 세상보다야 / 열 번이나 백 번이나 / 밥이 되겠습니다"라는 다짐은 물질만을 추구하는 인간의 이기적 욕망과 배타적 태도를 질타하는 역설적 표현이다. 이는 "배고파고 비굴하게 엎드리지 않으려고 / 배불러도 짐승처럼 타락하지 않으려고 / 어머니 저는 지금 수양하고 있습니다"라는 말과 같이 물질적 가치만으로 인간의 삶을 평가하려는 타락한 자본주의의 극단적 삶의 양식을 고발하는 것이며, 이러한 삶으로부터 자신을 구제하려는 자기 수련의 방식이다.

이와 같이 '집'과 '밥'에 대한 시인의 관심이 남다른 이유를 추적해 보면 이는 유년시절의 기억과 밀접히 연관된다. "애야 그만 놀고 밥 먹어야지 / 보라색 연기가 노을을 밀어 / 산 아래 동네는 우산처럼 오므라들었다 / 흙 묻어 놀던 애들 어스름에 잠겨서 / 구수한 내 피어나는 방구들로 스몄다"(「밥이 있는 그림」), "'함께 먹자' 내 친구 서옥이가 말했다 / 보리떡 두 개를 수줍게 내밀면서 / 늦은 봄 하늘은 운동장 가까이 내려와 / 우리들의 어깨를 감싸 안았고 / 나누면서 살자, 앞날을 약속했다"(「설레며 기다렸던 날」)와 같은 유년의 회상은 가난하지만 아름다웠던 과거를 추억함으로써 따뜻한 가족애와 우정이 살아있는 평화로운 공간을 그가 여전히 그리워하고 있음을 말해준다. 그것은 전통적인 삶의 가치가 나보다는 가족과 이웃이 함께 하는 공동체적 이념에 기초해 있음을 말해준다. 이는 오늘의 개인주의와 극단주의가 초래한 삶의 갈등과 불화가 제거되어 있는 행복하고 이상적인 공간이다. 따라서 시인이 이처럼 지나간 아름다운 추억을 떠올리는 것은 그러한 것들이 다시금 복원될 수 없다는 상실감에서 기인된 것이다. 하지만 시인은 여전히 삶의 아름다운 가치들에 대해 꿈꾼다. 그것은 단지 과거에 대한 반추로만 그려지지 않으며, 때로는 미래에 대한 조망을 통해 제시되기도 한다.

4. '초탈'과 '구원'의 시

젊음이란 인생의 격정적 욕망에 사로잡힌 시기라 할 수 있다. 삶에 대한 원대한 포부는 때로는 물질적 욕망으로 외화되기도 하며, 또는 명예와 권력을 휘두르는 주체가 되어 자신의 삶을 화려하게 장식하고 싶은 야심에 불타기도 한다. 하지만 인간은 흐르는 시간 앞에서 무력할 수밖에 없으며, 유한한 존재로서의 삶의 허망함에 직면하게 된다. 즉 나라는 존재가 무던히 애써 왔던 모든 인간적 욕망이라는 것은 실상 '헛것'에 대한 집착에 불과하다는 인식이 싹트게 되는 것이다. 따라서 인간은 '시간'을 사유함으로써 비로소 자신의 존재를 깊이 있게 성찰할 수 있게 된다. 이향아 시인의 <눈밭에 서서>는 사멸해 하는 것들이 만들어낸 아름다운 빛을 통해 순정한 마음으로 지켜야 될 참다운 가치들이 무엇인지 확인하게 만드는 시이다.

우리도 나중에는 하얗게 될 것이다
하얗게 되어서 서늘할 것이다
불길이 꽃밭처럼 이글거리다가
그을린 삭정이 검푸른 연기까지
끝내는 흰 재로 삭는 것처럼
우리도 나중에는 하얗게 될 것이다

- <눈밭에 서서> 부분

시간이란 모든 것을 소멸하게 만든다. 탄생과 죽음, 젊음과 늙음, 건강함과 병듦이라는 생물학적 현상은 너무나 자명한 것임에도 불구하고 우리는 시간 앞에서 겸손하지 못한다. 찬란하게 타오를 것 같은 젊음의 절정도 세월의 흐름 속에서는 점차 그 빛을 잃고 쇠락한다. 시인은 이러한 인생의 황혼을 '흰 빛'의 이미지로 묘사하고 있다. '눈 덮인 벌판'과 '흰 재'는 소멸하는 생명의 마지막 빛이다. 그런데 그 빛은 찬란하지는 않지만 순결하고 고결한 빛을 발한다. '재'는 모든 것이 타고남은 사물의 정수(精髓)라 할 수 있다. 그것은 모든 '허물'을 덮고 순화시키는 무화(無化)의 빛이다. 따라서 '우리도 나중에는 하얗게 될 것이다'라는 화자의 진술은 죽음 앞에서도 초연하고자 하는 겸허한 삶의 자세이다. 이러한 삶에 대한 구도자적 태도는 <포도주를 담그는 날>에 이르면 절정의 빛을 발한다.

흰 무명 행주 짜서 물기를 닦고
항아리 뚜껑을 덮었습니다
송두리째 잊어버리게 하십시오
해 아래 살던 영광과 수모
목숨을 바쳤던 수백 날의 사랑
뿌리와 이름을 잊어버리게
으깨어진 이마 홍수에 흘러

어둠 속에 파묻혀 죽을 때까지
죽음보다 지독한 외로움에 잠겨서
비몽사몽 향기로 헤맬 때까지
취기만 건지고 버리게 하십시오
저승처럼 몽땅 잊어버린 후
오도 가도 못하는 벼랑 끝에서
지등처럼 나는 흔들리겠습니다

- <포도주를 담그는 날> 전문

　　마치 한 편의 신앙시와 같은 이 시는 종교적 상상력이 엿보이는 시편이라 할 수 있다. 물론 이향아의 많은 작품 중에는 자신의 신앙에의 의지를 적극적으로 표명한 시 또한 다수이다. 하지만 이 시는 종교에의 관념을 직접적으로 드러내는 것 이전에, 한 편의 완성적인 미적 정황을 그리고 있다. 시인은 '포도주'를 담그는 과정과 그 술이 익어 가는 과정을 구체적으로 묘사하면서 '술'과 '인생'을 조화롭게 병치시키고 있다. 곱고 깨끗한 '흰 무명 행주'로 정성껏 담근 술항아리를 닦는 화자의 행위는 우리네 아낙들의 고운 마음씨를 그대로 옮겨온 듯하다. 그들이 담은 술항아리는 고된 노동의 피로를 말끔히 씻어주는 치유의 술이며, 부부의 정을 돈독히 다져주는 사랑의 술이다.

　　하지만 시인은 이러한 인간적 염원만이 술을 담는 행위의 진의가 아님을 밝히고 있다. 그것은 보다 초월적인 존재로의 비상을 꿈꾸는 소망을 통해 시적 의미를 고양시킨다. 즉 세속의 묶은 때를 '잊고', '망각' 함으로써 끝내는 현재적 자아의 불완전성을 극복하려는 자기 수양의 과정이 술을 빚는 행위와 일치하는 것이다. '송두리째 잊어버리게 하십시오 / 해 아래 살던 날의 영광과 수모 / 목숨을 바쳤던 수백 날의 사랑'이란 구절처럼 시인은 자신의 모든 과오를 송두리째 망각하기를 바란다. 이때의 망각이란 '초탈의 경지'인 것이다. 그 '넘어섬의 경지'에 이르고자 시인은 '으깨어진 이마'로 '어둠 속

에 파묻혀 죽을 때까지', '죽음보다 지독한 외로움'의 고통을 기꺼이 감내하
는 것이다. 이처럼 자신의 허물과 죄를 온전하게 회개하려는 '비움의 정신'
이야말로 진정 인생의 농익은 향기로 진동하는 것이다.

　이향아 시의 감동은 위태로운 벼랑끝에서 흔들리는 오늘의 위기적 삶을
외면하지 않으면서도, 그러한 고통의 현장에 당당하게 맞서려는 내적 힘으
로부터 나온다. 이는 그가 평생동안 시와 삶을 분리하지 않으려는 집념의 시
인이기에 가능한 것이다. 그 집념과 사랑이 낳은 따뜻한 언어의 숨결을 응시
하는 것은 무척 행복한 일이다.

– 시집 『꽃들은 진저리를 친다』, 2003

인간적 갈등과 표백의 아름다움

신규호 시인

오늘날 우리 기독교 시인들의 작품에 공통적으로 광범위하게 나타나고 있는 두드러진 특징을 지적해 본다면, 그것이 절대자 하나님에 대한 단순하고도 상투적인 찬양이나 기도 일변도의 성향을 지양하고, 신자로서의 인간적 고뇌와 갈등의 표현을 통한 구원에의 모색에 몰두하는 경향을 띠고 있다는 점이라고 생각한다.

특히 기독교 시인이 자신의 작품을 창작함에 있어 단순한 신앙심의 표현보다는 예술적 성과에 그 비중을 둘수록 이러한 특징은 더욱 두드러지게 나타난다고 하겠다.

이것은 당연한 일이다. 왜냐하면, 신앙시도 시이고 예술이기 때문에 그것이 예술작품으로 완성되어야 하는 것이 일차적 목표이고 보면, 그 표현이 필연적으로 인간적 갈등구조에 바탕을 둔 예술성이라는 기교적 성향을 중시하지 않을 수 없기 때문이다. 이러한 경향에 따라 어떤 작품을 표면적으로 보아 그것이 신앙시라고 볼 수 있을지 잘 분간이 안될 정도로 신앙적 요소가 세속적 요소에 의해 희석되어 있거나 심한 경우 그 밑에 깊숙이 묻혀 있는 경우가 허다한 것이 사실이기도 하다.

　이러한 경우, 작품에 대한 날카로운 분석적 안목이 없으면 대부분 그것이 지니고 있는 기독교적 요소를 추출해 낼 수 없을 정도이다.

　신앙이라는 것이 단순히 절대적인 여호와 하나님을 향해 나오는 찬양이나 감사의 기도에만 국한되는 것이 아니고, 지상적 존재로서 죄 값을 치르며 목마르게 구원을 갈구하는 인간적 고뇌의 탄식이나 고백도 포함되는 것이라면, 신앙시의 이러한 인간적 갈등과 고뇌를 바탕으로 한 예술적 경향도 그런 차원에서 수용되어져야 마땅하다고 판단된다. 구약성서 시편에 많이 보이는 고뇌 어린 탄식과 고백의 시들이 이를 또한 뒷받침해 주고 있기도 하다.

　그러므로, 초창기에 찬양시, 찬송시나 기도시들이 그 중심을 이루었던 우리 기독교 시문학은 오늘에 와서 신앙심 위주의 단순성과 소박성을 벗어나 현대성을 지닌 예술적 수준에 도달하려 노력하고 있음은 필연적 귀결이라고 아니할 수 없다.

　이향아 시인의 신앙시들이 지니고 있는 대체적인 특징도 이러한 범주에 포함시켜 살펴볼 수 있을 것 같다. 그것은 여기 모은 그의 시들 중 성서적 소재를 바탕으로 쓴 '소돔의 노래' 연작시들까지도 그가 머리말에서 스스로 밝히고 있듯이, '지상에서의 속된 삶을 사랑하고 인간들과의 관계에 목이 메어 울며 정성을 다해 살아가고 있는' 한 시인의 '거룩해지고 싶은 슬픈 눈짓'들을 엿보이고 있기 때문인지도 모른다.

　　나는 하릴없는 소돔의 여자
　　물길어 밥하고
　　아이 품어 기른다

　　나는 어리석은 소돔의 여자
　　허울뿐인 사랑에도

가슴 헐어 바치고
마른 땅 흙바람에
가랑잎처럼 운다

젖은 신발 끌고 가는
눈에 익은 골목
목숨아,
목숨아,
물구나무선다

- <소돔의 여자> 전문

　구약성서 창세기에 의하면 소돔은 죄악이 넘쳐서 하나님으로부터 벌을
받아 유황불에 이해 파괴된 성이다. 시인은 스스로를 이 악의 도시, 소돔의
여자라고 칭하고 있다. 일상의 자질구레한 생활에 얽매어서, 세 속의 가치에
파묻혀 살아가는 물구나무선 목숨, 그것은 오늘 이 시대를 살고 있는 우리
모두의 모습이기도 하다는 데에 이 시의 호소력이 있다. 뿐만 아니라, 이 작
품이 표면에 나타나 있는 세속적 삶에 대한 집착이 단순한 집착이 아니라,
그와 같은 세속적 삶으로부터 벗어나서 구원받고 싶은 열망이 그 내면에 깔
려 있음을 간과해서는 안 된다. 시인이 신앙시를 쓸 때 일차적으로 할 수
있는 일은 죄에 빠져 허덕이고 있는 인간 실존에 대한 투철한 인식인 것이
며, 그에 대한 인식이 철저하면 철저할수록 갈등과 고뇌는 깊어지게 마련인
것이다.

　따라서 언어를 통하여 이러한 신앙적 체험을 전달하려고 노력하는 시인
이 취할 수 있는 최선의 방법은 역설과 아이러니, 은유와 신화, 애매 모호성
과 우회적 표현 등에 의존하는 것일 수밖에 없다.

담배 진 냄새, 음력 칠월
앓는 아이
어미 죄
죄악의 물수렁에 목이 삐어서
뿌두둑 뿌두둑
뼈를 꺾는다
바람 한 점 끄떡 않는
대낮 염천
가슴 녹은 소금밭에
무쇳물 흘러내린다

- <대낮> 전문

단테의 『신곡』지옥편 어느 구절과 같이 처절한 이 작품의 표정 속에서 끈적거리는 죄와 병마의 늪으로 형상화된 삶의 현장성이 감지되는 것은 , 시인이 그만큼 준열하게 생의 실존을 인식하고 있기 때문이라고 생각한다. 뿐만 아니라, 그와 같은 인식이 산문적으로 진술되거나 추상화되지 않고 대낮 염천의 소금밭 등 구체적 현장감으로 표현되고 있기 때문에 설득력을 획득할 수 있었다고 판단된다.

C. I, 글릭스버그의 말과 같이 시 예술 영역의 권위는 단순히 위로부터만 부가될 수는 없으며, 결국 시인은 자신의 감성, 자신의 체험, 자신의 환상에 의존하지 않을 수 없게 되었음이 이 작품에서도 확인된다. 시인이 넌지시 나타낼 수 있는 유일한 신앙적 진실은 자신이 느끼고 체험한 것뿐이다.

기독교의 교리를 형식적으로 인정하거나 지성적으로 받아들이는 것만으로는 충분하지 않는 것이다. 종교적 경험은 작품 속에서 창조적으로 동화되어야 하며 다시 또 독자의 상상 속에서 구체화되어야 한다. 이것은 신앙심의 타락이나 부패를 의미하는 것이 아니다. 오히려 상투화되고 습관화된 무기

력한 상태에 빠진 신앙심을 일깨워 , 살아 생동하기 위한 부단한 노력이며
투쟁인 것이다. 바로 여기에 현대적 신앙시의 존재 의미가 있는 것이며, 또
그것이 단순한 신앙심의 진술을 뛰어 넘어 시인들이 예술성을 획득하고자
집착하게 된 한 원인이라고 말할 수 있다.

    삼월엔 온갖 바람 죄다 불었다
    이 한 달을 살아남기가
    삼동을 견디기보다 힘이 들었다

    일년 두고 늙을 것
    요 며칠 몸살에 다 끝장내고
    무섭다
    들끓는 수십 년 내 속의 삼월

    나는 이대로
    봄을 못 만나고 말 것이다
    보내기만 할 것이다
    내 죄라 여기어 참고 들을 것이다

- <삼월 한 달> 전문

    T. S. 엘리엇이 그의 대표작 <황무지>에서 4월을 '잔인한 달'이라고 노
래했다. 그러나 이향아 시인은 '삼월 한 달'에 겪는 여인으로서의 인간적 아
픔을 '잔인하다'는 추상적 말 대신에 이 한 편의 작품 속에 구체적으로 형상
화시켜 놓았다.

    '삼동을 넘기기보다 힘든 삼월'엔 '온갖 바람 죄다 불었'고, 그것은 몸살
을 무섭게 앓게 함으로써 시인의 목숨을 며칠 사이에 일 년 이상 늙게 하였
다. 엘리엇이 땅 속의 구조의 싹을 틔우는 대자연의 섭리, 곧 4월의 잔인성

을 느꼈다면, 이향아 시인은 자신의 생명 속에서 꿈틀거리며 용솟음치는 온
갖 바람과 들끓는 욕망의 소용돌이에 전율을 느꼈었는지 모를 일이다. 기독
교적으로 볼 때, 목숨을 가지고 생명에 집착하며 살아간다는 것 자체가 죄악
일 수 있으며, 생명 속에 악마처럼 원죄의 씨는 숨겨져 잔혹하게 그것을 몰
아가고 있는 것으로 생각될 수 있으니 말이다.

　삼월 한 달을 온갖 바람으로 인한 몸살로 보낼 수밖에 없는 무서움, 그리
하여 마침내 시인에게는 봄을 못 만나고 말게 되는, 고뇌 속에 그냥 보내기
만 할 뿐, 오열과 함께 흘려 보내기만 할 뿐인 불임의 계절이 된다는 데에
이 시의 절실한 비극미가 있는 것이다.

　　　세계의 어느 구석에서
　　　누가 우나 보다
　　　겨울 저녁나절 산짐승 소리처럼

　　　어머님의 신경통은 심해지고
　　　아이들은 여늬날보다 더 보챈다

　　　그 때문이었구나
　　　그 때문이었구나

　　　누가 나를 부른다
　　　머리카락 끝으로 연이은
　　　저 멀고 애타운 부근에서
　　　연연한 전생의 슬픈 연줄이
　　　분주한 골목에서
　　　나를 잃고 우나보다

　　　나의 사지는 저리고

가슴은 풍랑의 바다
우리는 도처에서 만나
도처에서 잃어버린다

이 끝없는 이별

아, 그 때문이었구나

- <배회>전문

부모와의 관계, 자식과의 관계 등 시인이 인간으로서 겪는 애증이 뒤얽히는 고뇌가 이 작품 가운데 절실하게 표현되어 있다. '연연한 전생의 슬픈 연줄'을 타고난 육친과의 고통스러운 인간관계 ─ 그것은 시인을 배회하게 하고 슬프게 한다. 이 세상 구석구석에서 들리는 누군가의 울음소리는 전생의 인연으로 해서 맺어진 이승에서의 '너와 나'라는 상대적 인간 관계의 총체적이고 비극적인 구조체로서의 세계에 대한 인식이다.

세계와 인류에 대한 이러한 비극적 인식이야말로 신앙의 첫출발점이라 하지 않을 수 없다.

비극적 세계인식 없는 신앙은 신비적 허구에 불과하기 때문이다. 뼈속 깊이 파고드는 절절한 육친애와 인간에 대한 한없는 연민의 감정은 신약성서 구석구석에서 확인되는 예수 그리스도의 크신 인간애와 상통하는 것이며, 그 연민의 정이 크면 클수록 그것을 극복하여 보다더 높은 차원의 세계로 승화시키려는 신앙적 기원이 증폭되게 마련이다. 이와 같이 지상세계에 대한 연민의 정과 드높은 하늘나라에 대한 신앙적 소망이 서로 교차되는 접점에서 시인은 한없이 겸허해지고 무욕해지지 않을 수 없다.

가을에는 흰옷을 입어야지

달구어진 돌밭의 햇살 걷으면
옥양목 몇 필은 바랠 수 있겠지
철없는 젊은 날 풀기는 식혀
계절로 접어드는 길목에 주저앉힐
가을에는 달빛 같은 흰옷을
두 팔 쳐들어 무념을 흔들어
내 잔이 가득 넘치지 않게
눈부신 자리는 비켜서야지
겸손의 그늘에 땀을 식히며
과수원을 지키던 바람을 만나야지
눈을 감듯 사랑하듯
감사의 흰옷을
흥건한 눈물이라며 감아야지
육신의 남루
영혼의 빈궁을
그 은혜로 채워야지, 가려야지
쭉정이는 모두 골라 불 속으로 불 속으로
떠나보내는 계절
흰옷을 입고 서서
한 마디 그 말씀을
기다려야지

- <가을에는 흰옷을> 전문

쭉정이는 모두 골라 불태워 버려야 하는 참회의 계절인 가을, 그 가을에는 다만 달빛 같은 흰옷을 입고 서서 당신이 허락하는 한 마디 말씀을 기다려야겠다는 소박한 신앙의 자세야말로, 달구어진 뜨거운 돌밭에 널어 바랜 옥양목 같은 심정이 되지 않고서는 획득될 수 없는 중년의 겸허한 마음이리라.

이향아 시인의 시가 지니고 있는 이러한 '표백된 아름다움의 세계'는 앞에서 언급한 바와 같이 인간적이고 세속적인 생의 갈등을 거치고 난 다음에야 도달할 수 있는 경지인 것이며 아울러 그것이 기독교적 성격을 띨 수 있었던 것은 시인의 정서가 단순한 갈등에만 머물지 않고 그것을 극복하려는 간절한 신앙적 기원을 배면에 깔고 있기 때문이라 믿어진다.

신앙시, 그것은 신앙인으로서의 시인이 겪은 인간적 체험의 예술적 표현이기도 한 것이며, 인간적 갈등과 고뇌 속에서도 구원의 세계에 이르려는 신앙인으로서의 간절한 소망과 기원이 담겨야 한다는 이중 구조를 요구하는 것이기 때문에 일반적인 예술시보다도 그것을 성공적으로 창작하기가 더욱 힘드는 것이라고 판단된다.

- 시집 『만나러 가는 노래』, 1989

삶을 위한 문학

이향아의 ≪쓸쓸함을 위하여≫를 읽고

김종완 문학평론가

언젠가 지역 유선방송의 주부를 대상으로 하는 프로에서 작가의 강연을 넋 놓고 본적이 있다. 교양강좌라는 것의 결론이란 프로에서 사실 뻔할 것이고, 내 기억으로는 그날 강좌의 주제가 '아름다운 삶'이었으니 더더욱 뻔할 것인데도, 나는 강의에 빨려 들어 함께 웃다가 때로는 비장해지곤 했다. 그녀의 강의는 청중을 쥐락펴락하면서 우리가 익히 알고 있는 상식과, 굳게 믿어 온 신념들에 시비를 걸어 한번 뒤집어 놀래키고는 또 다시 뒤집어서 그것들의 정당성을 일깨워서 현실의 삶에 힘을 실어 주는 신비한 힘을 지니고 있었다.

≪쓸쓸함을 위하여≫는 흔한 멋부림의 책이 아니다. 바로 삶을 위한 책이다.

내가 평소 문학에 품고 있는 꿈은 내 문학이 삶에 힘이 되는 문학을 하는 것이다. 멋부림도 풍류도 좋다. 어쩌다 한번쯤 철학가연(然) 하는 것도 좋다. 그러나 그것이 삶을 너무 가볍게 여기게 한다거나, 삶을 우울하게 한다거나, 일상에 지친 삶의 스트레스 풀기 쯤으로 전락케 한다면 싫다. 문학이 갖는 오락성 또한 인정하나 문학은 그 이상이어야 한다고 믿고 있다. 적어도 나는 문학에의 경외심을 아직도 잃고 있지 않다. 그러면서 꿈꾸는 것이 문학의 생산성이다. 바로 삶에 힘이 되는 문학이다. 삶에 지친 사람이 읽으면 힘을 얻고, 일상의 지루함에 빠진 사람은 생활에 참신성을 불러일으킬 수 있는 그런 문학을 하고 싶다.

그런데《쓸쓸함을 위하여》는 바로 그런 책이다.

> 문학이냐 인생이냐 누가 내게 묻는다면 나는 망설이지 않고 인생을 선택할 것이다.
> 문학을 위해 인생을 포기할 용기가 나에게는 없다.
> 중단할 수 없는 사람 사랑의 생활, 대수롭지도 않고 자랑스러울 것도 없지만 나 혼자 만족하는 하루하루의 시시한 일상, 나는 이것이 문학보다 아름답다고 생각할 때가 많다.
>
>   - <아름다운 몽유> 중에서

사실 이런 말은 15권의 시집과 11권의 수필집을 가진 문사나 할 수 있는 말이다. 한 편의 글을 만들기에 쩔쩔매는 작가라면 이런 말할 자격이 없다. 그녀가 이런 말을 했다고 해서 그녀에게 문학의 하중이 이미 가벼워졌다는 것이 아니다. 만약 그렇다면 그녀의 글쓰기 작업 또한 일상성에 함몰된 것에 지나지 않을 테니까. 이 말은 그녀의 문학관의 옹골찬 선언이다.

> 문학은 인생이라는 삶의 터에 뿌리를 내리는 식물이다. 내 삶이 기름지지 않고서 문학이 탐스러울 수 없다. 삶의 기후에 따라서 거기 어울리게 열리는 문학은 참으로 예민한 생물인 것이다.
>
>   - <아름다운 몽유> 중에서

삶과 문학을 나누지 않는 이 건강함이야말로 그녀 문학의 출발점이다. 문학이 인간 삶의 모방이고 재현이라면 삶에 실패한 자가 이야기하는 삶이란 기껏해야 상상일 뿐인, 현실성을 잃어버린 허무맹랑한 넋두리며 거짓이다. 이 문학에 대한 엄격성은 삶에 대한 애착의 표현이 아니다. 문학에 대한 경외감을 달리 표현하고 있는 것이다. 문학이란 경박해 질 수 없다는, 문학은 삶의 리얼리티를 잃을 때 이미 문학이기를 표기한 것이라는 추상 같은 선언이다.

"나는 정성을 다해서 한 순간 한 순간을 뜨겁게 살고 싶다." "'아름다운'이라는 말은 그 자체가 전율이다."

이 두 말을 조합하면 '한 순간 한 순간에 정성을 다 함으로써 매 순간마다 삶을 아름답게 만들어 생의 환희로 전율코자한다'는 삶 자체가 문학이고자 하는 '진정한 문학 지상주의자'의 선언인 것이다. '정녕 그대가 참다운 문학인(예술인)이고자 한다면 삶의 참다움을 먼저 깨달을 것'라고 말하고 있는 것이다.

그러면 이런 당돌한 선언을 한 작가는 매양 씩씩하고 용감하기만 할까. 그녀가 쓰는 시는 삶을 위한 행진곡이고 수필은 올바른 삶을 강의하는 훈육적 가르침일까. 만약 이런 논법으로 작가의 선언을 이해했다면 지나친 표층 독법이다. 무사(武士)가 번개처럼 검을 결정적 순간에 한번 휘두르기 위해서는 끝없는 내공 쌓기가 필요하다. 작가에게 내공 쌓기에는 많은 독서가 필수적이지만, 이것이야 학생에게 공부하기가 당연한 것인 냥 당연한 것이고, 문제는 끝없는 회의와 사색으로 무장된 치열한 실존캐기의 작업을 얼마나 열심히 오랫동안 했었는가하는 문제이다.

　　겨울이면 나는 은둔을 즐긴다.
　　'홀로'라는 것이 하나도 외롭지 않다. '홀로'가 오히려 나를 충만하게
　　한다. 원래부터 '홀로'였으니까, 결국은 '홀로'로 끝이 나니까.

문밖 바람을 차단하고 동면하는 짐승처럼 파묻혀 있으면 온 세상이
그윽하고 잔잔하다. 참 평화롭다. 문 닫아 걸고 앉아 있으면 내가 세상
의 중심인 것처럼 사통팔달의 길이 나로부터 광활하게 뚫려 있다는 생
각에 잠긴다.

<이렇게 침잠해 버리는 것인가> 중에서

교수라는 직업이 좋은 것 중의 하나는 긴 겨울방학이 있기 때문일 것이다.
'동면하는 짐승처럼' 긴 겨울 방학을 즐기는 것도 잠시, 가슴 저쪽에서부터
오는 회의의 소리가 있다. 이것은 자신에 대한 잠깐 동안의 방기마저 참지
못하는 천생이 성실한 자의 조바심이다.

나를 이렇게 제외시켜 놓고 남들은 지금 어디서 무엇들을 하고 있을
까? 정말로 봄은 오고 있는 중인가?
특히 '나는 그냥 이대로 침잠하거나 소진하는 것이 아닌가'하는 데에
이르면 갑자기 두려움이 생기기도 한다.

<이렇게 침잠해 버리는 것인가> 중에서

조바심 내는 스스로에게 "은둔이야 원래 침잠을 향락하는 것 외에 무엇이
던가?" 하고 자문하면서도 그녀의 작가 정신은 끝내 깨어 있기를 강요한다.
예민하고 여린 감수성, 어릴 적, 아직 "노을이라는 것을 모를", 아직 주변
을 벗어난 사물의 이름마저 모를 때부터 그녀는 "해가 지기를 은근히 기다"
렸다고 했다.

전등불을 끄고 난 다음 나는 비로소 눈을 크게 뜰 수가 있다. 아주
순하게 눈을 뜨고 사물을 똑바로 바라보면 어둠 속에서도 앞이 밝다.
그렇다면 내 눈은 그 동안 광채에 주눅이 들어서 사물을 제대로 볼
수 없었단 말인가.

　나 좀 봐, 여기 좀 봐, 사방에서 저를 봐 달라는 소리, 그 소리로 시끄럽다.

- <시인이니까> 중에서

　작가는 "사물들이 이렇게 한 순간도 간과되기를 용납하지 않는 세상"에서 전등을 끈 다음에야 눈을 뜰 수 있는 주제에 "그 동안 어떻게 (생명을) 부지했는지 모르겠다."라고 안도하며 작은 목소리로 회상한다.

　모든 사물들이 자기를 주장하는 악다구리 속에서 그녀마저 소리지를 수 없었다. 그리고 미래의 어느 날, "하마터면 모르고 널 밟을 뻔 했구나"라고 말하면서, 그녀를 끌어안아 줄 손길을 기다린다. 이것은 그녀의 존재란 눈에 띄지 않아 하마 운명의 발자국에 밟힐 수도 있는 미약한 존재일 뿐이라고 고백한 대목이다. 그러면서도 고집스럽게 이 세상을 구원할 수 있는 것은 '시인의 순수'라고 주창한다. 그리고 마지막 심판의 날, 살면서 저지른 잘못이 더러 있더라도 신은 자기가 써 온 많은 시로 용서될 것이라고 스스로를 위로 하다가 곧 고개를 젖고 만다. 아니 더 엄중하게 다루어 질 것이다. "왜냐하면 이 세상의 하고많은 이름 중에서 '시인'이니까". 서릿발 같은 문학인의 자세이다.

　시인은 순수해야하고, 순수한 마음으로 이 세상의 모든 사물들의 이름을 불러 주어야 하고, 그러나 삶의 켜켜에 어느 덧 앉아 있는 분진들은 시인의 감성을 무디게 하고…. 언어란 이 세상을 다 싸안기에는 부족한 것이다. 그리하여 시인은 마침내 울고 만다.

　'나는 시인이니까, 나는 시인이니까.' 나는 이 말을 하면서 자주자주 운다.

- <시인이니까>의 마지막 부문

인간이 위대해 질 수 있는 것은 상상력을 갖고 있기 때문이다. 공간상으로 확대는 역지사지(易地思之)하는 상상력이 있기에 가능하다. 그리하여 작은 몸으로 이 우주마저 안을 수 있다. 우리는 시간상의 확대를 경험했다. 새 밀레니엄(millenuium)을 맞았던 것이다. 예수는 심판의 날을 말했고, 요한 계시록에는 그날이 오면 이 땅에 죽음이 없는 영원한 천년왕국이 도래한다고 했다. 영원한 천년왕국, 성경의 기자(記者)에게 천년이란 영원한 세월이었던 것이다. 예수가 말했던 심판의 날(말세)은 2000년이 지난 지금까지도 오지 않았다. 성급한 사람은 2000년의 어느 날이 바로 그날이라고 믿고, 휴거를 준비했다. 태초 이래 한 번도 거른 적이 없이 해가 뜨고 달이 떴었건만 어느 날 잠에서 깨어보니 해가 없어져 버릴 것을 믿는 거와 똑같은 이 빈약한 상상력을 보았는가. 믿지 않는 사람은 다 죽고 믿었던 소수의 사람만이 살아 남아 천년을 산다한들 그것이 행복할까. 행복이란 다른 사람과 비교할 때 상대적으로 느끼는 만족감 말고 또 무엇일까. 모두 똑같이 행복하기만 한다면 그런 삶이란 얼마나 지루할까. 꽃이 시듦이 없다면 꽃이 아름다울까.

작가는 앞으로의 천년을 꿈꿔본다. 우리는 그 꿈의 건강성에 흐뭇해지고 만다.

천년이란 시간은 길다.
이러니 저러니 간단하게 상상할 수 없을 만큼 그 시간의 부피는 엄청나게 크다. 사람의 한평생을 백년으로 잡더라도 백살 먹어 죽고, 다시 백살 먹어 죽기를 열 번이나 해야 되는 세월. 말이 쉬워 사람의 한평생이지 어디 그렇게 호락호락하던가.

– <아름다운 시간> 중에서

"말이 쉬워 사람의 한평생이지 어디 그렇게 호락호락하던가." 지금까지

살아온 삶도 벅찼다는 이 고백이 작가가 얼마나 성실히 삶을 살아왔는가를
증명한다.

　　　지나간 천년에는 말세라는 말이 자주 등장하였다. 우리는 앞으로도
　　말세를 계속 두려워할 것이다.
　　　세상이 제발 망하지 말았으면 좋겠다. 어쩌면 망하지 않을 것도 같다.
　　오히려 말세라는 말이 없어질는지도 모른다는 생각이 든다.
　　　그래도 나는 새로운 천년이 두렵다.

　　　　　　　　　　　　　　　　　　　- <아름다운 시간> 중에서

　작가는 과학의 발달로 인간성이 말살되면 어쩌나 하고 두려워한다. 미래
에도 지금만큼이라도 인간성이 유지되기를 바란다.

　　　환경호르몬이 남성을 위축시키기 때문에 세계의 인구는 점점 줄어들
　　것이라고 한다. 그러나 잠시 줄어들었다가 이내 회복되기를 바란다. 남
　　자들은 주눅이 들지 말고 기세 좋게 행동하고 사랑하는 여인 앞에서 허
　　세도 부릴 수 있었으면 좋겠다.

　　　　　　　　　　　　　　　　　　　- <아름다운 시간> 중에서

　사실 앞으로의 천년을 우리가 염려해야 할 필요가 어디 있는가. 언제 우
리에게 100년 전, 500년, 1000년 전의 퍽퍽했었을 삶이 실감나는 중량감으
로 다가온 적이나 있었던가. 학교 다닐 적, 지학시간에 태양이 연소를 다 하
고 나면 그 때 지구인은 어떻게 해야 할까 절박하게 고민했던 것도, 오늘의
삶이 그대로 유지된다는 착각에서 해 본 망상 아니겠는가. 장사(葬事)는 죽
은 자에게 맡길 일이다. 우리가 천년의 삶을 그려보며 상상하는 것 또한 사
실 오늘날의 삶에 대한 희망 또는 전망 아닌가.

물론 남북통일이 될 것이다. 억지로 낚아채어 잡아당기면 서로가 아
프니까 익어 떨어지듯이 자연스럽게 부드럽게 곪아터진 자리에 새 살이
돋아나듯이 막혔던 길이 열릴 것이다. (중략) 내가 바라는 것은 언제나
평화다. 내가 바라는 것은 자유다. 그리고 내가 바라는 것은 천천한 여
유다. 어느 시대 어느 환경에서도 나는 그것을 소망할 것이다.

- <아름다운 시간> 마지막 부분

천년동안에 이 땅에 살다 갈 헤아릴 수 없이 많은 미래의 후배들에게 전
쟁이 없는 평화와, 삶의 질곡에 넘어지지 않을 여유를 기원했다.

이향아는 생명파다. 그녀가 가장 사랑하는 것은 함께 부대끼며 사는 사람
들이고, 오늘의 삶만큼 그녀에게 중요한 것은 없다. 사람은 이 땅에 할당받
은 몫만큼 생명을 온전히 간직하여 행복해야 한다. 산다는 것은 의무이며 특
권이다. 이 아름다운 세상에 이렇게 살아있다니… 행복해지려거든 생의 충
만감으로 가득 찬 삼라만상의 아름다움에 눈떠야 한다.

우주 삼라만상을 열린 눈으로 거리낌없이 바라보고 아름다운 색깔을
섬세하게 구별할 수 있는 것은 엄청난 축복이다. 진달래가 피어 있는
봄산이 분홍색 안개처럼 피어오를 때, 여름날 흰구름이 수정으로 깎은
산봉우리처럼 투명할 때, 나는 위대한 자연 속에 안겨 살아 있는 행복
을 누린다.

- <세상이 색깔로 다가온다> 중에서

이 우주는 살아 있는 생명들로 충만해 있다. 그것들은 각각의 색깔로 개
성을 표현하고 있다. 내가 살아서 그들을 볼 수 있다는 것. 그것은 황송스러
운 특권이다. 여기까지는 온전한 삶이 무엇인지를 깨달은 자가 느끼는 행복
이다. 행복을 행복으로 마냥 느끼는 사람은 음악가요 무용가가 될 것이다.

그들은 생명의 리듬에 따라 노래하고 춤추면 그것이 바로 그들의 예술이 될 테니까. 그러나 문학가란 인생을 그리는 자이므로 승천하려는 행복감을 잠시 접어야 한다. 그리고 이 땅에서 그것을 구현해야 한다. 삶은 약육강식의 전쟁터다. 힘이 없어 먹히는 자에게 유일한 위로는 신은 죽음만큼은 참으로 공정해서 잡아먹고 있는 너 또한 언젠가 죽게 된다는 사실일 것이다.

삶을 사랑하는 시인은 살아 있는 것들이 살아가면서 만들어 내는 각가지의 비극마저 사랑해야 한다.

> 우수도 희열도 고독도 번민도 나는 색깔로 느낀다. 피로도 활기도 분
> 노도 의심도 모든 느낌이 내게는 색깔로 다가온다. 말하자면 우수는 아
> 이보리와 회색의 중간색이고, 희열은 주홍이며, 고독은 짙은 청색이고,
> 번민은 연한 갈색이라고 생각하고 있는 것이다.
>
>   - <세상이 색깔로 다가온다> 중에서

작가는 행여 눈 뜬 장님이 되지 않았는지 스스로를 경계하고 있다. 게오르규의 말처럼 작가란 잠수함 속의 토끼여야 한다. 잠수함 속에 산소가 부족하면 사람보다 먼저 죽는다. 자기의 죽음으로써 승무원에게 산소 결핍을 경고해야 한다. 끝없는 자기 성찰은 시대의 파수꾼이 갖춰야 할 첫 번째 책무이다.

> 앞을 못 보는 사람 앞에 서면 나는 밝은 두 눈으로 무엇을 보고 어떤
> 일을 하였는지 생각하게 된다. (중략) 내 감각은 아무 것도 볼 수 없는
> 저들의 상상력보다 훨씬 타성에 찌들어 있고 형편없이 저속한 취향으로
> 마비되어 가고 있는 것은 아닌지?
> 아니면 오히려 천박한 때가 묻어 있거나 무디어져 있는 것은 아닌지?
> 내가 바라보고 있는 사물의 모습은 과연 나의 편견으로부터 벗어난 것

이며 순수한 것인지?

- <세상이 색깔로 다가온다> 중에서

어떻게 하면 일상에서 깨어 있을 수 있을까. 상식을 그냥 상식으로 받아들이지 않고 따져보는 것, 그리고 이미 익숙해진 사물을 바라보는 시각을 전복시켜 보는 것이다.

> 나는 '너무 무던한 것은 천한 것, 조금은 까다롭고 길들이기 어려운 것이 고급'이라고 생각했었다. (중략) 그런데 달개비꽃을 보면서 나는 생각이 달라졌다. 건강하고 씩씩한 것이 아름답다. 역경을 이겨내는 의지와 때를 알고 기다리는 참을성이 아름답다. 가리고 탓하는 것은 까다로움이며 사치일 뿐 아름다움이 아니다.

- <풀꽃이 아름답다> 중에서

전복된 시선으로 주변을 보자, 신흥 아파트 단지의 빈 땅에 옥수수를 심기도 하고 호박을 기르기도 하는 부지런한 사람들이 고마워진다. 소시민들의 하루하루의 삶에 감격한다. 견디고 참는 모습이 아름다운 것이다. 긍정하면서 적극적으로 모색하는 모습이 고마운 것이다.

작가는 시선을 전복시킴으로써 일상의 삶에서 창조적 사고를 얻었다.

> 어제 오늘 내린 비에 구름처럼 만개했던 벚꽃들이 거의 다 떨어지고 없다. 벚꽃이 활짝 피었다 하면 으레 비가 오곤 한다. 안개의 너울처럼 자욱하게 피어나서 장관을 이루던 꽃. 마치 와 와 와 함성을 지르는 군중처럼 우리를 압도하던 꽃 무리가, 소리 없이 내린 단 하루의 비에 지고 말다니, 안타깝다. (중략) 봄비는 언 땅을 녹이려고 내리는 줄로만 알았었다. 그리고 꽃을 피워내기 위해서 내리는 줄로만 알았었다. 그런데

그 봄비에 지는 꽃도 있는 것이다. 하나의 사실이 가지는 양면성, 이것
이 세상사의 오묘함이고 복잡함인가 싶다.

- <꽃 뒤에 비> 중에서

양면적 사고란 열린 마음이 없으면 불가능하다. 우리는 꽃이 지는 것만
아쉬워했다. '모란이 지고 말면 그뿐, 내 한해는 다 가고 말아 삼백 예순날
한양 섭섭해 우옵네다'라 했다. 그리고 아직 기다린다고, 찬란한 슬픔의 봄
만을. 그러나 "꽃이 지는 것은 섭섭한 일이지만 그 다음 피어날 잎을 생각하
면 기쁜 일인 것이다. 그리고 꽃이 진 그 자리에 열매가 열릴 것을 생각하면
참으로 축하할 일"인 것이다.

우리는 가변적인 것보다는 불변하는 것을 원하고 순간적인 것보다는
영원한 것을 사랑한다. 그러나 변하고 썩는 것 또한 매우 의미 있고 유
익한 일이다. (중략) 죽음을 기피하고 두려워하는 것은 생명을 가진 것
들의 본능이다. 그러나 만일 이 세상에 죽음이 존재하지 않는다면 지구
는 노쇠한 생물들로 발 디딜 틈이 없을 것이다.
  피는 꽃이 아름답지만 지는 꽃은 더 아름답다.
  새로운 출생은 설레는 축복이다. 그러나 소임을 다하고 사멸하는 모
습은 얼마나 아름다운 퇴장인지. 우리가 지금 여기서 눈을 뜨고 있는
것은 어느 누군가의 희생이 있었기 때문이다.
  (중략) 그 누군가의 희생을 거름으로 오늘 내가 꽃처럼 피어 있다.
  나 또한 뒷사람의 양분이 될 수 있게 잘 살아야 할 것이다.

- <꽃 뒤에 비> 중에서

누군가의 희생으로 오늘의 내가 있듯이 뒷사람의 양분이 되겠다는 이 자
세는 삶의 유한성을 깨닫는 자만이 가질 수 있는 인생에 대한 경건함이고
경의이다. 작가 또한 이제 죽음을 생각할 나이가 되었다. 이제 소임을 다하

삶을 위한 문학 173

고 사멸하는 아름다운 퇴장을 준비해야 한다.

물이 흐르면서 윗물과 아랫물이 섞이고 소용돌이에 휘말려서 헤어지기도 하듯이, 벼락을 만나면 뛰어내리고 큰 바위를 만나면 산산조각 깨어지듯이, 우리는 살아가면서 어쩔 수 없이 함께 흐르던 사람들을 잃어버린다. 이렇게 해서 우리는 이별을 길들이고 있는 것이다.

- <사람 사는 세상> 중에서

오직 중요한 것은 사람이다. 생을 마감하는 순간 남은 것은 과연 무엇일까. 재산도 명예도 지위도 가지고 가지 못한다. 다만 나와 관계 맺었던 것들과의 추억만을 가지고 갈 뿐이다. 세상을 잘 살았다는 것은 아름다운 추억을 많이 가졌다는 것일 것이다. 모든 관계는 상대를 가지고 있다. 이별이란 곧 관계의 깨어짐이고 바로 상대를 잃게 되는 것이다. 상대를 잃는다는 것은 곧 내 삶의 재산을 잃어가고 있는 것이다. 내가 숱한 이별을 겪으며 슬퍼하듯이 나 또한 그 숱한 이별 중의 하나가 되어 나와 관계 맺어 온 뭇 사람들에게 이별의 슬픔을 안겨 줄 것이다.

이향아의 문학은 삶을 위한 문학이다. 그러하기에 그녀에게 문학의 가장 중요한 테마는 사람이다.

우리는 사람 사이에서 늘 사람을 그리워하며 산다.
때로는 사람에게 부대끼는 일이 지겹다면서 사람을 피하여 멀리 산수를 찾아 떠나기도 하지만, 며칠이 못되어 사람들에게 돌아온다.
자연도 경치도 사람을 제외하고서는 아무런 의미가 없기 때문일 것이다.

- <사람 사는 세상> 마지막 부분

삶을 삶답게 살기 위해서는 삶에 눈뜨고 사는 것보다 더 중요한 것은 없다. 그래서 그녀는 우리가 그냥 믿어 온 상식과 신념들을 다시 따져 물어, 그 이면의 의미를 다시 생각게 함으로써 상식과 신념들이 옳다는 것을 다시 증명한다. 그것은 익숙해짐으로써 의미를 잃어버린 일상에 건강성을 회복시켜주는 작업이다.

≪쓸쓸함을 위하여≫를 읽는 독자는 행복할 것이다. 그녀가 가르쳐 준 인생 독법에 의하면 쓸쓸할 수 있다는 것은 행운이다. 쓸쓸함으로써 고독해짐으로써 많은 사람과의 만남이 비로소 가능해지기 때문이다. 당신이 쓸쓸해져 대화를 나눌 누군가를 절실히 찾을 때 실망하지 않을 만남이 ≪쓸쓸함을 위하여≫이다.

만약 당신이 방관자로서 작가의 멋부림을 구경하고자 한다면 이 책을 읽어서는 안 된다. 작가는 독자를 구경꾼으로 전락시키고, 자기의 멋에 취한 일인극을 벌리고 있지 않다. 그런 것은 모두 거짓문학이라고 한다. 대화하자고, 당신만큼이나 작가 또한 대화가 필요하다고 진솔하게 고백하고 있다. 꽃보다 사람이 아름답다고, 문학이란 사람의 아름다움을 지키는 도구라고 말한다. 가장 중요한 것은 사람이고, 전율할 만큼 아름다운 것은 생명의 울림이라고 말한다.

그대 쓸쓸한가? 그리하여 진정한 대화의 친구를 찾고 있는가? 그럼 ≪쓸쓸함을 위하여≫를 읽어라. 작가는 거기에서 모든 사물과 대화하는 법을 당신에게 가르쳐 줄 것이다. '삶에 승리하라' 이것이 작가가 끝내 주창하는 바이다.

- 계간 『수필과 비평』, 2003. 5

이향아 수필의 시적 이미지와 수필적 담론

한상렬 문학평론가

1. 시작하며

작가 이향아는 수필가이자 시인이다. 그는 충남서천에서 출생하여 전북 군산에서 성장하였으며, 경희대학교 국문과를 졸업하고 같은 대학 대학원에서 박사학위를 받았으며, 66년 『현대문학』을 통해 시단에 데뷔하였다. 그 후 ≪살아 있는 날들의 이별≫등 11권의 시집과 ≪그리운 날엔 창가에 선다≫ 등 10권의 수필집을 발표하였다. 본격적인 수필작가가 아님에도 이렇듯 많은 작품집을 상재하였다는 사실은 상당한 의미를 부여한다. 즉, 그의 열정적인 수필문학에의 관심에 주목하게 한다. 필자는 언젠가 수필문학 세미나 발제를 발표하는 자리에서 "저는 시인이지만, 그에 못지 않게 수필을 창작하는 작가입니다. 제게 수필가라고 불러주는 호칭에 대하여 기뻐합니다."라고 말하던 일을 기억하고 있다. 시인이면서도 수필작가라고 먼저 불려지길 소망하고 있는 작가, 그가 바로 작가 이향아다.

그의 수필세계를 탐색하기에 앞서 필자는 문제의 단초를 우선 떠올린다. 하나는 리드(H. Read)가 말한 바 있듯 "시는 창조적 표현이고 산문은 구성적 표현의 문학"이라 한 언술이다. 산문은 축적된 언어의 분산 활동이라는 말이다. 그렇다면 과연 시인이면서 동시에 수필작가인 이향아의 수필이 어떤 양상을 지닐까 하는 의문이 제기된다. 또 하나는 시대적 문제다. 즉 변화의 시대에 문학이 나아갈 방향의 문제다. 지금, 지구촌은 탈중심적·다원적인 평등의 세계로, 멀티미디어가 의사소통의 핵심적 도구로, 디지털 방식에 의해 세계는 혁신적인 변화를 가속화해 가고 있다. 이를 어떤 측면에서는 '문학의 죽음'을 예언하는 변화라고 확대 해석할 수도 있다. 그래선지 이인성은 그의 <21세기 문학, 또는 식물성의 저항>에서 "21세기의 새로운 문화 구조 자체가 문학의 죽음 위에서 완성될 그 무엇은 아닌가?"라고 말하고 있다. 그는 여기서 하나의 질문을 던지고 있다. 즉 "그렇다면, 구체적으로 우리는 지금 어떤 작품을 쓰고 또 읽고 있는가? 그렇게 차원이 옮겨진 물음과 함께, 이제 시선은 문학내부로 향한다."고 말하고 있다. 이 말은 오늘의 작가들에게 하나의 문제를 제기하면서 창작 방향에 대한 시사를 하고 있다고 생각한다. 따라서, 이향아의 수필세계를 탐색하기 위해서는 이 같은 두 개의 축을 상정해 놓고 진행해야 할 일이겠다.

작가 이향아의 수필세계의 탐색을 위한 작업은 비교적 험난하다. 왜냐하면 이 논의의 초점이 제한된 그의 수필 몇 편을 통해 이루어지는 것이 아니고, 적어도 모두에 제시한 바와 같이 10권에 달하는 수필집을 상재한 작가라는 점에 착안한다면, 그 광범한 영역을 모두 아우르기가 버겁기 때문이다. 따라서, 작가 이향아의 수필세계의 탐색을 위한 여행은 일단 작가 스스로 필자에게 보내온 수필집 네 권의 텍스트에 한정하기로 한다. 즉 이향아의 수필집 중에서 ≪아직도 기다리는 불빛 하나≫(융성출판사, 1987), ≪사람을 찾습니다.≫(자유문학사, 1988), ≪그리운 날엔 창가에 선다≫(청아출판사, 1994). ≪하얀 장미의 아침≫(영학출판사, 1998) 이렇게 네 권의 수필집이다. 그러나 이런 텍스트의 제한도 필자에게는 상당한 어려움이 있다. 때문에 이들 중, 주로 최근에 작품집에 해당하는 ≪그리운 날엔 창가에 선다≫와 ≪하얀 장미의 아침≫을 중심으로 전개하고자 한다.

2. 작가정신의 지리

한마디로 그는 창작에 혼신을 다하고 있는 작가다. 물론 작품집을 많이 발표하였다고 하여 좋은 작품을 창작하는 작가라고 단언하기는 힘들다. 그렇다 하더라도 일단 그의 작품발표의 양은 한 세계를 이루고도 남음이 있다. 시인으로서 일가를 이룬 작가가 또 다른 장르인 수필문학에서도 이토록 다작임은 우선 수필작가들에게 시사하는 바가 크다고 하지 않을 수 없다.

그렇다면 그는 무엇 때문에 이토록 수필창작에 관심을 갖고 전념하는 것일까? 이런 궁금증을 풀어내기 위해서는 그가 발표한 수필집의 머리말을 인용하는 것도 좋을 것이다.

첫째로 그는 달리는 일에 전력하는 작가다. 그의 앞에 몇 사람이나 그를 추월하였는지, 아니면 자신이 가장 빠른 주자였는지 그런 것조차 알지 못하면서 그저 달리는 일에 진력하는 작가다.

① 나는 우승을 목적으로 하지 않고 열심히 달리는 것, 그것만이 목적인 듯 생각하는 우둔한 선수입니다. 이상한 선수입니다. 바보 같은 선수입니다.

나는 잠시만 숨을 고르다가 다시 달릴 것입니다. 달리지 않으면 내 발바닥에는 등록이 슬고 가시나무가 자라고, 달리지 않으면 내 발바닥에 대지의 자석 같은 인력이 엉겨붙어 나를 영원히 주저앉힐 겁니다.
　이것이 나의 불행이라 여기지는 말아 주십시오. 슬픈 운명이라고 여기지도 말아주십시오. 나는 달리는 것으로 생명을 얻고 달리는 것으로 행복을 느끼는 오로지 달리기 선수일 뿐입니다.

- ≪아직도 기다리는 불빛 하나≫의 '저자 후기'에서

　이렇게 그는 문학이라는 목표 지점을 향해 달리는 작가임을 알 수 있다. 여기서 '달리는 일'에 국한하여 의미를 부여할 수는 없다. 그러나 자신들의 목표를 세우지도 못하고 달리는 일만을 능사로 하는 사람도 없지 않다. 또 달리는 행위 자체에 만족을 두는 사람도 있다. 문제는 그가 얼마나 진지한 목표를 두고 진력하느냐에 성패가 달려 있다 하겠다. 작가도 매한가지다. 작가라는 표찰을 마치 부적처럼 달고 다니면서 문단을 좌지우지하는 이도 있다. 그는 우승을 목적으로 달리지 아니한다. 달리는 것으로 생명을 얻고 그 일에 행복을 느끼는 작가. 그렇기에 그의 수필가로서, 시인으로서의 결실은 그가 발표한 수많은 작품으로 재량된다. 물론 작품의 양이 질을 대신할 수는 없겠지만, 적어도 문학에 바치는 정열이 없고서야 어찌 작가라 말할 것인가? 쉬지 않고 달리는 그 문학에 바쳐지는 열정이 그의 한 세계를 이루고 있다 하겠다.
　둘째로, 그의 작품은 '말(言語)' 자체다. 문학은 언어 예술이다. 특히 시인으로서 그는 이런 말을 부려씀에 정성을 기울인다. 그것이 시적 언어든, 수필적 언어든 관계없이 언어를 사용하는 작가의 경우 그와 가장 친근한 관계를 형성하는 것은 이런 '말'일 수밖에 없다. 언어는 작가의 사유의 매체로서 그는 누구보다 이런 말을 수없이 하면서 살아왔다는 자기 고백을 하고 있다.

　② 지금까지 살아오는 동안에 나와 가장 친근하게 살아온 것은 말(言

語)입니다. 그리고 나를 가장 고통스럽게 했던 것도 말이 아닌가 합니다.

나는 무수히 많은 말을 하면서 살아왔습니다.

그러나 내가 알고 있는 말들은 이 지상에 산재하고 있는 말 가운데 지극히 적은 분량에 지나지 않습니다.

(중략)

여기 실린 글들은 나의 사사로운 일들을 기록한 것입니다.

그러나 마주앉아서 차를 마시듯, 당신과 나누고 싶은 잔잔한 우정이 있습니다.

- 《그리운 날엔 창가에 선다》의 말 '독자에게'

화자가 이렇듯 중시해온 '말'에 대한 해석에 있어서 그가 수필작가이기 전에 이미 시인이라는 점을 간파한다면, 그의 시적 언어들이 수필적 언어로서의 수필문학의 본질에 닿게 될까 하는 의문을 동시에 갖게 된다. 이런 경향은 저간의 많은 여류시인들이 수필집을 발표하면서 노출시켰던 수필문학의 본질에서 멀어지는 이른바 언어 유희적 '말'의 남발이나 지나친 서정, 감정의 노출을 보아왔던 탓이기도 하다. 그러나, 이향아의 경우에는 그의 수필문학에 거는 애정만큼이나 시인 이전에 수필작가임을 작품으로 말해주고 있다. 이 점은 시적 이미지에 충실한 수필작가의 경우 정서적 이미지와 지성적 이미지의 조화를 보다 더 고양시킬 수 있다는 강점에서, 보다 문학적 수필 쓰기에 기여할 수 있다는 점을 주목해야 할 줄 안다. 아무튼 이향아의 두 번째의 특질은 이와 같은 '말'에 대한 애정에서 출발하고 있다는 점이다.

셋째로, 작가 이향아의 사유의 원천은 다름 아닌 '그리움'으로 나타나고 있다. 물론 한 작가의 사유의 넓이나 깊이에서 발견되는 세계의 양상이 어느 한 곳에 고착될 수는 없겠지만, 이향아의 수필세계에서는 주로 '그리움'이 나타나고 있음을 간과해서는 안될 것 같다.

③ 내 지녔던 것 모두 버린 후 어느 벼랑에 서 있게 될지라도 그리움
하나만은 간직하고 있어야겠다.

그리움 하나만 불 켜들고 있으면 나는 가난하지 않을 것이다.

(중략)

제우스는 미인을 만들 때, 그녀의 영혼에 그리움을 불어넣음으로써
완성의 마지막 손질을 했다고 한다.

죽는 날까지 이 그리움을 지니고 있어야 할까 보다.

상사화처럼 꽃이 지면 잎으로, 잎이 무성한 다음에는 뿌리로 내 음습
한 사랑을 나누어야 할까 보다.

그리움이 말라 버렸다는 것처럼 슬픈 일은 없을 것이다.

- ≪하얀 장미의 아침≫의 '머릿말'

이렇게 작가 이향아의 문학적 사유의 원천은 '그리움'에 있다. "9월이 사
라질 무렵 불갑사에 다녀왔다. / 아니나다를까 상사화는 시들어 버리고 끝물
만 여기저기 널브러져 화려했던 시간을 추억하고 있는 듯했다. / 하기야 9월
이 사라지고 있다는 것은 겨울이 바로 문턱에 닿아 있다는 말도 되니까."라
고 했듯, 그에게 있어서 계절의 변화는 상념을 분출하는 원천이다. 그 계절
에 길어 올리는 이미지는 '외로움'으로 응축된다. 이 같은 인간의 근원적
'그리움'의 이미지는 이향아의 수필을 관통하는 원류가 아닐 수 없다.

3. 시적 이미지와 수필적 담론

이향아의 수필에서는 무엇보다도 작가가 부려쓰는 순백의 언어가 돋보인
다. 이는 산문적 문체에 익숙한 예의 수필작가에서는 찾아보기 용이하지 않
은 시적 상상력과 연관된다.

① 봄 안개 속에는 멜로디가 숨어 있다. 순하고 부드러운 그리고 어딘가 모르게 구슬픈 봄날 아침 안개의 멜로디. 완전한 노출을 부끄러워하는 반투명의 봄소식 같은 그 멜로디가 좋다.

- <아침 명상>

② 삼월은 행진을 시작해야 하는 달이다. 어디로 행진할 것인가? 결실의 가을을 향하여, 올림포스 산정을 향하여, 인생의 절정을 향하여 우리는 각자의 이상을 향하여 행진을 해야 한다.

가을로 가기 위해서는, 천둥과 번개로 요동치는 왕성한 생명의 여름을 무성하게 살아내야 할 것이다.

올림포스 산정을 정복하기 위해서는 계곡과 나무덩굴과 험한 벼랑을 낙오하지 않고 기어올라야 할 것이다.

- <삼월, 그대에게>

③ 나는 창가에 서면 하늘을 보고 싶다.

나는 외로운 방안에서 헤어나오고 싶을 때 창가에 선다.

창은 외로움과 외롭지 않음이 마주치는 곳, 외롭지 않은 사람의 방황하는 발길을 주저앉히고 외로운 사람의 헝클어진 머리칼을 쓸어 주는 곳이다.

유리판이 커다란 창가에 서면 먼 바다의 파도 소리가 들리는 것 같다.

창 밖에 바로 세상이 있고 세상의 어둠이 뻘밭 같다 할지라도, 창안에서 창 밖으로 내다보는 아늑한 시간을 나는 내 시간표 속에 빨간 동그라미로 표시하고 싶다.

설령 그것이 일시적인 착각으로 스러진다 할지라도 나는 창이 주는 위안을 사랑한다.

외로워질 때면 나는 찻잔을 들고 창가에 선다.

누군가 그리운 날엔 창가에 선다.

- <그리운 날엔 창가에 선다>

위의 예문 ①~③에서 보듯 이향아의 수필은 시적 감수성과 상상력이 돋보인다. 발췌한 부분을 통해서 이를 확인하려는 행위가 무리이긴 하지만, 전편에 담겨있는 이들 수필의 생명력은 감수성이라 하겠다. 정서를 바탕으로 하는 수필 문학의 경우에도 이 같은 시적 이미지는 필요 불가결한 요건이다. 그래서 훌륭한 수필은 이런 정서적 이미지와 시적 이미지의 조화를 필요로 한다. ①의 <아침명상>이 보여주는 사유의 깊이가 그렇다. 이런 경향은 ②나 ③에서도 매한가지다. 그의 수필에는 계절감이나 자연 현상을 바탕으로 하는 작품들이 자주 눈에 띈다. 예민한 감수성과 무한대의 상상력이 그의 수필 속에서 뛰놀고 있다. 이향아의 수필에서 보이는 이 같은 순백의 언어는 일종의 미감이라 하겠다. 대상을 아름답게 바라보는 절대의 미감, 이런 경향은 그의 수필의 제목만 보아도 확연하다. <무지개를 볼 적마다 내 가슴은 뛰누나>, <나는 보석처럼 갇혀 있네>, <밤에 쓴 편지는 믿지 마세요>, <내 가슴 등잔에 불을 당겨>, <지하수 같은 울음 소리>, <종소리가 내 어깨를 흔들고 있다>, <소원 하나 깃발처럼>, <영원히 도착하지 않으리>, <그리움! 그 영원한 미완성>. 이들은 그의 수필집 ≪하얀 장미의 아침≫의 1부에서 임의로 골라본 수필의 제목들이다. 이렇듯 그가 부려쓰고 있는 언어들은 작가의 상상력의 깊이를 더해 준다. 수필집 ≪그리운 날엔 창가에 선다≫에도 이런 경향은 지배적으로 나타나고 있다. 이런 경향성은 보통 수필작가에게서는 발견하기 힘든 점이 아닐 수 없다. 제목만이 그런 것은 아니다. 작품의 내용 전개에 있어서도 그의 시적 상상력은 발휘되고 있다. 독자의 이해를 돕기 위해 다른 예문을 보인다.

④ 나는 멀고 낯선 어느 곳으로 떠나고 싶었다.
내가 바라보는 아름다운 것들은 먼산 너머에 있을 것 같았다. 가까이 있는 것들은 낡을 대로 낡아서 보기에도 지루했다. 가까이 있는 것들은

가까이 있기 때문인지 나를 놀라게 할 아무런 매력을 가지지 못했었다.
나는 타성으로 찌들어 있는 것들이 싫었다.

　나는 시시하게 살고 싶지 않았다.

　나는 흐르는 강물처럼 살고 싶었다. 한없이 유순한 강물의 얼굴, 그러
나 언제나 새로운 모험으로 이어지는 강물의 도정. 나는 강물처럼 끊임
없이 새로운 삶을 선택하면서 살고 싶었다. 바다에 도착하기까지 때로
는 벼랑으로 뛰어내리기도 하고 때로는 소용돌이쳐 솟아오르기도 하면
서 나는 강물처럼 늠름하게 살고 싶었다.

　나는 춤추는 연처럼 살고 싶었다. 그 근원은 땅에 있으되 하늘을 헤엄
쳐 날아오르는 연처럼. 나는 연처럼 높이 날며 연처럼 멋부리며 살고
싶었다. 아니다. 연은 오히려 부자유하다. 나는 내가 가보지 못한 세상
의 여러 곳을 갈망하였다.

- <낯설고 아름다운 이방의 꿈>

　이는 수필집 ≪그리운 날엔 창가에 선다≫에 발표된 수필 <낯설고 아름
다운 이방의 꿈>의 서두 부분에서 본문으로 이어지는 부분이다. 수필 문학
이 자조의 문학이요, 자기 반영의 문학이라 한다면 이런 본질에 가장 가까운
작품이다. 다만, 이런 작품에서 작가의 고뇌를 읽기 어렵다는 점은 작가가
고심해야 할 대목이기도 하다. 모두 그런 것은 아니지만, 시적 이미지가 강
렬하다 보면 이런 고뇌의 미흡함이 드러나게 된다. 장백일은 "고뇌를 통해
서 진정한 삶을 배우고, 고뇌를 통해서 환희에 도달할 때 우리는 수필적 인
생에의 지혜로운 생활인이 되어진다."라고 했다. 곧 수필은 고뇌의 진통으로
부터 창조되어야 할 것이다. 여기 고뇌는 시대와 인간의 본질이고 실상이며,
현실이자 숙명이라 하겠다. 엘리어트는 종교를, 상실한 현대문명의 본질을
<황무지>의 이미지로 집약시킨바 있으며, 예이츠는 이율 배반적인 인간의
숙명적 본성을 노래하였고, 노벨상 수상자인 세이머스 히나는 아일랜드의

농촌과 농민의 현실을 노래하였다. 관건은 사물을 과학적 자세로 보느냐, 아니면 시인적 자세로 보느냐 하는 데 있다고 하겠다.

수필 <영원히 아름다운 연인>은 이미지와 상상에 충실하면서도 구성에 있어서도 잘 짜여진 소품과도 같은 수필이다. 이 수필은 주제 제시를 위한 화소가 몇 개의 축을 형성하고 있다. 즉,

⊙ 열 번이면 열 번 모두 'Yes'라고 허락하는 여자에게는 매력이 없다. 그런 여자는 대개 성격이 양순하여서 곁에 있는 사람을 마음 편하게 할 것이다. 모진 데가 없으므로 남에게 상처를 주지 않을 것이며, 모든 일을 좋게좋게 해석하는 편이기 때문에 토라지거나 하지도 않을 것이다. 그러나 나는 그런 여자가 싫다.

ⓒ 맑고 또렷한 목소리로 자신 있게 'No'를 발음할 수 있는 여자가 좋다.

ⓒ 나는 양처라는 말이 풍기는 뉘앙스가 싫다.

ⓔ 하루 스물네 시간 중 십분의 일쯤은 따로 떼어서 순전한 자기 시간으로 사용할 줄 아는 여자는 현명하다.

ⓜ 바삐 뛰며 사는 여자들은 매력이 있다.

ⓗ 나는 남편에게 아직 털어놓지 않은 비밀이 있는 여자에게 매력을 느낀다.

ⓢ 완전 노출이 되지 않고 30퍼센트쯤 베일에 가리워진 아내의 모습은 남편으로 하여금 매력을 느끼게 할 것이다.

ⓞ 가족들이 모두 잠든 후에 혼자 깨어있는 여자는 절대로 시시한 여자가 아니다.

ⓩ 감정이 풍부하고 감각이 섬세한 여자는 언제 보아도 아름답다.

ⓧ 젊어서는 열정으로, 나이 들어가면서는 애정으로, 그리고 늙어서는 우정으로, 그녀는 영원히 그녀 남편의 아름다운 연인으로 남을 것이다.

이렇게 열 개의 축으로 대별해 볼 수 있다. 여기서 ⊙은 이 수필의 서두

요, ⓛ~ⓩ은 본문, ⓩ은 결미라 하겠다. 이는 어쩌면 화자 자신의 소망일 수도 있다. 그가 바라는 남편에게 아름다운 여인으로 남을 수 있는 여인의 조건을 화자는 여러 각도에서 살펴보고 있다. 주제 구현을 위한 예시의 축들이 빈틈없이 직조(織造)되어 전체적으로 구성이 탄탄한 수필이다. 앞서도 말한 바 있듯 수필의 일반적 패턴이라 할 예시와 일반화의 형태적 틀보다는 그는 주로 상상력에 의존하고 있어 독자의 입장에서는 지성보다는 감성에 지배를 받게 된다. 이런 경향은 작가가 산문보다는 운문적 기교에 보다 충실하고 있음을 보게 된다.

어쨌든 작가 이향아가 천착하는 세계는 다양하다. 그 중에서도 그의 지배적 관심은 그리움에 대한 동경으로 볼 수 있다. 즉 수필집 ≪하얀 장미의 아침≫에는 '제1부 - 잃어버린 신발은 아름답다, 제2부 - 옛날 영화 속 그 여자처럼, 제3부 - 우리는 모두 삼류 시인이다'로 배열되어 있으며, 수필집 ≪그리운 날엔 창가에 선다≫는 '제1부 - 그리운 날에 창가에 선다, 제2부 - 아름다운 거리에서, 제3부 - 내 가슴을 설레게 하는 남자, 제4부 - 수줍은 웃음'으로 배열된 것만 보아도 화자의 정신지리를 감지하게 한다.

다음으로 이향아의 수필이 순백의 언어를 길어올려 시적 이미지를 강조함으로써 문학적 형상화의 길을 가고 있다고 볼 때, 수필적 담론과는 어떤 역학적 관계를 갖게 되는가 하는 것이 문제로 남는다.

ⓢ 잃어버린 것은 잃어버렸음으로 해서 평생을 추구하여 성취시키고 싶은 꿈이 되었을 것이다. 우리가 지금 신고 있는 현실은 언제나 찢어진 고무신처럼 초라하게 생각되기 쉽다. 그리고 잃어버린 것들은 멀리 있기 때문에 아름다운 언덕 너머 무지개처럼 보이는 것이다.

- <잃어버린 신발은 아름답다>

⑥ 어디까지가 진실이고 어디까지가 제스천지 모르겠다. 그래서, 사실과 형식에 대한 불신이 우리를 불안하게 한다.

있는 듯 없는 듯이 섞여 있는 것이 튀는 것보다 아름다울 때가 있다. 불거져 나온 것보다 숨은 듯이 감추어진 것이 더 아름답다. '나'는 홀로 있을 때보다 풍경에 조화하는 한 부분으로 있을 때, 사회를 구성하는 한 사람으로 있을 때 소중한 가치를 가진다. 독불장군보다는 어우러지는 대중이 훨씬 아름답다는 말이다.

- <옛날 영화 속 그 여자처럼>

⑦ 내 이름 위에 관형사처럼 붙어다니던 '교수'도 '시인'도 이 지역에서는 통용되지 못하는 화폐처럼 아무 소용이 없습니다. 그것은 참 유쾌한 일이기도 합니다.

나는 문득 삶은 옥수수를 입에 물고서 거리에 나서고도 싶을 것입니다. 짧은 통바지에 소매가 새의 날개처럼 넓고 훌렁훌렁한 블라우스를 입고서 어딘가를 활보하고도 싶을 것입니다.

아, 나는 그 동안 얼마나 자유롭지 못했던가. 그러나 강한 매력으로 나를 유혹하던 일들, 나는 그런 일들이 하고 싶어질 것입니다.

- <아름다운 거리에서>

작가 이향아의 사상의 날개는 이렇듯 자유롭다. 그의 수필에서는 작가의 감정의 미학과 상상력이 맘껏 발휘된다. 화자가 착목(着目)하는 현실이 하나의 생명체로 존재한다. 하나의 이미지, 의미의 공간, 그리고 화자의 순백의 언어가 한 편의 수필 속에서 존재물로 남는다. 위에 인용한 수필은 텍스트로 사용한 수필집의 대표 수필일 수 있다. 수필 ⑤는 화자의 중심사상이라 할 '그리움'을 안고 있다. "죽는 날까지 이 그리움을 지니고 있어야 할까 보다."라는 책머리에 얹은 언술과 같이 화자는 그리움을 안고 살아간다. 여기 그리움은 무엇인가? 과거에 대한 회억이자 미래에의 꿈이다. 수필 ⑤에는 그런 잃어버린 꿈을 찾고자 하는 화자의 간절한 소망이 담겨져 있다. 그러나 그는 분명 깨닫고 있다. "어느새 내 발은 슬프게 커 버린 것이다."라고 이런 자각은 존재의 의미에 천착하는 수필적 담론에 틀림이 없다.

그래 그의 수필은 독자를 먼 기억의 저편 세계로 이끌면서도 그 과거에 집착하지 않는 미래지향성을 지니고 있어 건강한 기쁨을 독자에게 주고 있다. 그리고, 수필 ⑥역시 이와 무관하지 않다. 대중과의 어우러짐 속에서 참된 삶의 의미를 찾아가는 건강성은 일견 현실 비판적인 비평정신을 담고 있으면서도 소박한 화자의 성정처럼 반짝이는 아름다움보다는 부드럽고 고운 자태를 보이는가 하면, 예문 ⑦에서는 현실의 번다함을 피하여 아무도 자신을 알아주지 않는 순백의 '없음' 가운데 처하고자 하는 현대 도시인의 정서를 나타낸다. 역시 인간은 홀로임을 자각하게 하는 이 수필은 앞서의 존재 인식에 닿아 있다고 하겠다.

그렇다면 작가 이향아의 시적 이미지와 수필적 담론은 구체적으로 어떤 역학관계를 맺고 있을까.

⑧ 그러나 나는 어느 때보다도 소중하게 그 일그러진 것을 주워 가지고 올라왔다. 가슴이 뭉클했다. 주인을 잘못 만나 제 수명을 다 누리지 못하고 횡사한 것이라는 생각이 들었다.
그런 걸 주워다가 도대체 어디다가 쓸 셈이냐고 가족들이 물었다.
사실 아무짝에도 쓸모는 없었다. 그러나 아무짝에도 쓸모 없는 죽은 이의 시체는 무엇하러 찾느냐고 나는 되묻고 싶었다.
나는 텅 빈 보석함의 맨 위칸에 부서진 시계를 조심조심 눕혔다. 시계는 죽어서 내 보석이 된 셈이다.

- <인연 맺기>

⑨ 시내버스를 기다리다가 길바닥에 버려진 일 원짜리 세 개를 주었다. 그 돈을 주울 때 옆에 있던 사람들 여럿이 나를 구경하고 있었다.

그들은 겨우 길에 떨어진 일 원짜리나 줍는 나를 멸시한다거나 불쌍히
여긴다거나 하지는 않는 눈치였다. 그러나 겨우 일 원짜리 몇 개를 허
리까지 굽혀가면서 줍는 일이 상당히 창피스럽고 귀찮은 일이라고 생각
하는 듯한 표정들이었다.

- <일 원짜리>

⑩ 나는 어느 날 대학생이 된 그녀의 딸을 길에서 만났는데 그 애는
진심으로 자기 어머니에게 고마워하고 있었다.

"엄마의 덕분이어요. 우리 엄마 같으신 분은 아마 이 세상에서 보기
힘들 거예요."

그리고 다시 말을 이었다.

"엄마는 최선을 다하셨어요. 엄마가 뜨시는 뜨개질의 한 코 한 코가
저를 위한 기도라는 것을 알기 때문에 저는 공부를 열심히 하지 않을
수가 없었어요. 제가 합격한 것이 아니고 엄마께서 합격하신 것입니다."

나는 할 말을 잊고 C의 딸을 바라보았다.

- <모녀를 위하여>

⑪ 혼자서 밥을 먹는다.

날은 화창하고 집안은 조용하다. 아무도 없는 식탁에서 오늘처럼 혼
자 밥을 먹을 때면, 나는 고즈넉한 적막감에 싸이곤 한다.

문득 산다는 것이 아무것도 아니라는 생각, 산다는 것이 한없이 쓸쓸
하고 처량하다는 생각에 잠길 때도 있다.

근래에 와서는 갈수록 점점 혼자서 밥을 먹게 되는 날이 많아져 간다.

- <혼자 밥을 먹으며>

위의 예문 ⑧은 엘리베이터의 문턱 틈새로 떨어뜨린 시계를 찾게 된 감회
를 그리고 있다. "도저히 시계라는 이름으로는 부를 수 없는 형국을 하고
만신창이가 되어서 나자빠져 있었다." 그런 시계를 화자는 마치 보물이나

되듯, 자신의 분신인 양 퇴근길에 찾아가지고 온 것이다. 평범해 보이지만, 화자의 마음을 충분히 짐작할 만한 대목이다. 사물에게까지 한 번 맺은 인연을 풀지 않으려는 진솔하고도 소박한 마음이 가슴을 뭉클하게 한다. 수필작가 이향아의 수필적 담론의 한 패턴을 보여준다. 이런 진솔한 정감은 ⑨에서 더욱 두드러진다. 즉, 길바닥에 떨어진 일 원짜리를 줍는 화자의 마음은 그가 평소 존경하던 은사와의 식사 자리에서, 밥그릇이 떨어져 쏟아진 밥의 최후의 한 알까지 주워먹는 장면과 연계하여 겸허하게 살아가는 삶의 한 장면을 보여 주고 있다. 그런가 하면 ⑩에서는 밤늦게까지 공부하는 딸의 대학입시를 돕기 위해 뜨개질로 시간을 보내던 한 어머니의 삶의 성적표와 합격한 딸의 성적과의 상관관계를 통해 그 의미를 규명하고자 하는 화자의 의도가 소박하게 드러난다. 그리고, ⑪에서는 인생이란 어차피 혼자라는 철학적 화두를 통해 삶의 문제를 규명하고자 하는 화자의 진지한 물음이 구체화되고 있다. 이렇듯 작가 이향아의 수필적 담론들은 그의 시적 이미지와의 대비 선상에 놓여 있다. 여기서 중요한 사실은 그의 시적 이미지와 수필적 담론이 별개로 놓여 있지 아니하고 한데 혼융(混融)되어 수필의 격을 한층 높이고 있다는 데 있다. 그러므로 이향아의 시적 이미지는 그의 수필의 예술적 미감을 높여주는 미적 장치로 활용됨으로써 보다 고양된 수필 문학의 경지를 보여 주고 있다고 하겠다.

4. 나가면서

이제 지금까지 이 논의에서 탐구하고자 했던 이향아 수필의 세계를 마무리하고자 한다. 작가 이향아는 시인으로 문명(文名)을 날린 작가다. 그러나 그 못지않게 수필작가로서도 일가(一家)를 이루고 있는 작가가 아닐 수 없다.

이런 이향아의 수필세계의 양상을 탐구하기 위해 필자는 그의 네 권의 수필집을 텍스트로 하여 논의를 진행하였다. 즉 ≪아직도 기다리는 불빛 하나≫, ≪사람을 찾습니다≫, ≪그리운 날엔 창가에 선다≫, ≪하얀 장미의 아침≫이 그것이다. 다만 논의의 편의를 위해 이들 중, 최근의 작품집인 ≪그리운 날엔 창가에 선다≫와 ≪하얀 장미의 아침≫을 중심으로 살펴보았다.

그 결과 첫째로 이향아의 수필에서는 무엇보다도 시인의 순백의 언어가 돋보였다. 이는 산문적 문체에 익숙한 예의 수필작가에서는 용이하지 않은 시적 상상력으로 그가 천착하는 세계의 다양함이라 하겠다. 이런 경향성은 보통의 수필작가에게서는 발견하기 힘든 점이 아닐 수 없다.

둘째로 이향아가 천착하는 세계의 다양성을 들 수 있겠다. 그 중에서도 그의 관심이 집중되는 화소는 그리움에 대한 동경으로 볼 수 있었다.

셋째로, 그의 경우 시적 이미지와 수필적 담론이 별개로 놓여 있지 아니하고 혼용되어 수필의 격을 한층 높이고 있다고 하겠다. 이는 그의 수필의 예술적 미감을 높여주는 미적 장치로써 보다 고양된 수필문학의 경지를 보여주고 있다고 하겠다.

끝으로 이 논의는 텍스트의 제한으로 자가의 전면을 보지 못하고 부분적 고찰이나 주관에 치우친 점도 없지 않으리라 판단된다. 그런 미진한 부분이나 오류는 타 평자에 의해 바로잡혀지길 바라면서 다음 기회를 예비하고자 한다.

-『현대수필작가연구』, 2000

삶의 짙은 목소리

서정범 수필가

이향아 님의 수필집 <혼자 사랑하기>를 읽으면서 산문으로 된 시를 읽는 분위기를 느낄 수 있었고 그가 살아온 인생의 향기를 맡을 수가 있었다. 그의 인생의 향기는 그의 삶의 진실에서 풍기는 것이라 하겠다.

그의 작품에 등장하는 '그대' '당신' '신' '너' 등은 실제의 구체적인 인물이라기보다 자기 자신이 희구하는 연인이며, 그 연인은 진실과 순수한 양심이라 하겠으며 그것은 사랑을 상징한다고 본다.

어머니에 대한 사랑, 그것은 구원의 모성상이며, 존경과 감사의 표현이고 이 세상에서 가장 고귀한 어머니가 되려는 그의 끈끈한 목소리이다. 자식들에게 베푸는 모성애는 가장 아름다운 것들이 모여 이룩된 수정의 결정체를 보는 듯하다.

<약자의 만족>에서

'남자의 갈비뼈 한 개로 빚어진 그 오묘한 생성의 원리를 즐거워하고 여인 속에 잠재한 그 다채로운 창조와 사랑과 눈물까지를 자랑스럽게 여긴다'고 그는 여자가 된 것을 가장 행복하게 여기고 또한 어머니가 된 것을 기쁘게 여기고 있다.

이러한 생각은 그의 진지한 삶의 자세라 하겠는데 주어진 환경과 생활에서 최대 최고의 의미를 발견하고 기쁨을 찾는 그의 생활의 예지라 하겠고 그가 인생을 보는 승화된 관조의 세계라 하겠다.

'나는 사철 외롭지 않고 나는 사철 늙지 않을 것이다. 천지 사방에서
내가 닦은 보석들이 반짝이고 있다.'

- <약자의 만족>

고 그는 교육자로서 걸어온 발자취를 사랑하고 귀하게 여기고 있다.

'몇 번이나 이삿짐을 꾸릴 일이 남아 있을는지는 알 수 없지만, 나는
내 오랜 열망과 노력을 우리 집의 기둥마다 때 묻히어서 뒤에 살아갈
내 자식들에게 알게 하고 싶다.'

- <이사>

그가 닦은 보석을 아끼고 오랜 열망의 노력을 기둥에다 때 묻히어서 자손들에게 남겨주고 싶다고 했는데 이는 그가 삶에 얼마나 성의롭게 최선을 다하고 있는가를 엿볼 수 있으며, 일상적인 것에 눈을 돌리지 않고 오직 그가 살아온 진득한 땀 냄새와 아픔을 사랑하고 있음을 보여 주고 있으며, 그가 내일을 위해 오늘을 살고 있음을 보여 준다.

이렇게 자기가 이룩해 놓은 것을 사랑할 수 있다는 것은 참으로 행복하고 귀한 일이 아닐 수 없다. 그러나 그의 구원의 염원인 사랑이란 그리 쉽게 이루어지는 것은 아니다.

'짝사랑은 부치지 못한 편지다, 썼다가 구기고 다시 썼다 지우는 사연

이다. 써 놓았다가 읽어보면 그 사연이 미진하여 마음의 반의 반도 표
현되지 않아 부치지 않고 우선 내밀한 곳에 은닉해 두고 있다.'

- <혼자 사랑하기>

사랑은 결국 자기 자신의 은밀히 가슴 속에 키워야 한다고 보고 있다. 그
러나 사랑을 짓밟는 요소에 대해 그는 날카로운 화살을 쏜다.

'거짓으로 화장하여, 진실성이 없는 미소만 거리에 가득히 나돌아 댕
긴다. 그래서 사람들은 자꾸 가슴이 비어 가고 고독만 견고해 간다. 우
리가 다 함께 살기 위해 지금 시급한 일은 철갑해 둔 문들을 여는 일이
다.'

- <소통의 문>

서로간의 높은 담을 헐고 허위에 가득 찬 현실을 극복하는 길은 오직 가
슴을 열어야 하며 믿음을 지녀야 한다고 보고 있다.
이러한 진실과 순수가 그의 사랑하는 대상이다.
'철갑'이라는 단어가 서너 군데 나오는데 그는 잠겨 있는, 철갑해 둔 문을
열기를 애절히 바라고 있는 것이다.
<사람을 찾습니다>는 작가 자신이 추구하는 자화상이라 하겠고, 그 '찾
는 사람'은 작가 자신이라 하겠다. 이것은 작가가 수필이라는 거울을 통해서
자기 자신을 확인하려는 작업이라 하겠다.
'억지부리지 않는 삶, 자연의 이법을 좇아 조용히 아름답게 나이 들어가
는 사람이야말로 인생을 2배 3배로 늘여 사는 사람이 될 것'이라고 그는 삶
의 지혜를 고백하고 있다.
반전 작가 레마르크에게 보내는 글에서

'레마르크! 아니 라빅크!,
　사랑할 때나 죽을 때나 언제나 고독하던 남자. 억울했던 사람이여,
　나는 섭섭히 내 꿈의 상자에 열쇠를 채우고 당신과 이별합니다. 내일
　아침 개선문 근처에는 저기압의 눅눅한 기류를 타고 비둘기 떼들이 전
　에 없이 많이 날아들 것입니다.'

라고 지정의가 어울린 서정이 넘치는 산문을 보여 주고 있다.

그는 수필을 그냥 여기로 생각하지 않고 문학자체를 수도자적인 작업으로 여기고 있다.

'과분한 욕심을 부릴 때가 있으며 내 신앙을 삶의 도구로 삼는 일이 종종 있는 일에 대하여 부끄럽게 생각한다'라고 고백하고 있다.

그는 자기의 부족한 점을 털어놓음으로써 자기 성찰을 꾀하고 있다.

이는 그가 문학을 구도자적인 수업으로 여기는 자세를 보여주는 것이라 하겠다.

작자가 모시고 있던 교장선생님이 다른 곳을 전근갈 때. 교사들이 무척 섭섭해하고 눈물을 흘리며 아쉬워하는 것을 보고 '늦기는 했지만, 나도 이별을 위한 연습을 해야겠구나'라며 이별을 준비해야겠다고 다짐한다. 누구나 겪어야 할 이별을 준비한다는 것은 자연의 섭리에 순종하는 겸허한 자세라 하겠다.

　'내게 색깔이 있다면 회색이었으면 한다. 회색 중에서도 맑은 유리창
　에 비치는 흐린 하늘색이었으면 좋겠다.'

- <회색이 되었으면>

회색은 겸손한 색이기 때문에 회색을 좋아하게 되고 마무리에 '지금 내게 긴급한 일은 회색이 되도록 수양하는 일이다'라고 하였다.

이러한 시각적인 면과, 깊숙한 곳에서 흘러나오는 물소리를 듣는 듯한 청각적인 것과, 안개를 헤치고 보이는 것 같은 회화적이며 시각적인 면의 조화를 이루고 있는 문장이다.

> '나는 흰 빨래를 볼 때마다 콧날이 찡해집니다. 그것이 바로 그들 행복의 사소한 빛깔이기 때문입니다. 집안에서 들리는 아이들의 울음소리, 다투는 소리, 그러다가 희희덕거리는 소리. 이것이 행복의 소리임을 그들은 인정하지 않습니다. 부엌에서 나는 구수한 찌개 냄새, 이것이 행복의 향기임을 모르고 있습니다.
> 설거지 물에 손을 담그면 짜릿한 감촉이 핏줄로 스며드는 그러한 사소한 행복을 외면합니다.'
>
> - <사색의 뒤안에서>

행복의 사소한 빛깔, 행복의 소리 행복의 향기 짜릿한 감촉의 행복 등과 같이 행복을 시각, 청각, 후각 미각 촉각의 다섯 가지 감각으로 표현했다는 것은 문장이 평면적인 서술이 아니라, 입체적이고 구체적이며 생동적인 서술임을 보여주고 있다. 이러한 시적 분위기들은 그의 수필적 문학성을 한층 높여주는 것이라 하겠다.

이 한 권의 수필집에서 이향아 님의 삶의 짙은 목소리를 들을 수 있으며 그의 구도자적인 승화된 관조의 세계를 엿볼 수 있는 즐거움을 얻게 되며 정확하고 다듬어진 문장과 시정이 넘치는 그의 삶의 모습을 통해, 우리는 그의 문학적 세계에 젖어들게 된 것이며 사람의 예지를 터득하는 기쁨을 느낄 것이다.

- 수필선집 『혼자 사랑하기』, 1986

李鄕莪 詩의 空間意識 研究
'집'의 이미지를 중심으로

金志娟

본 연구는 이향아의 詩에서 특히 많이 발견되는 '집'을 중심으로 하여 집과 시적 자아의 연관성을 파악하고자 하였으며, 이를 통하여 詩人의 삶과 시 의식을 고찰하는데 목적을 두었다.

이향아의 집은 일반적이고 보편적인 집의 이미지와 크게 다르지 않다. 즉 집은 물리적 건축물인 동시에 육체의 휴식과 정서적 안정의 공간인 것이다. 또 이향아의 집은 그의 삶의 공간인 동시에 이상적 세계로 진출하는 출발점이라 할 수 있다.

그는 복잡한 현실의 집을 唾棄하지도 않으며 일탈하려고 하지 않는다. 그는 가족이 거처하는 집과 가정을 지상의 어느 공간보다도 사랑한다. 그의 빈번한 가출과 출타에 불충분한 것을 보완하려는 지속적인 의지, 새로운 이상세계에 대한 동경과 선망, 그리고 도전과 성취의 의지가 담겨 있는 것이다.

따라서 그의 가출 내지 출타는 이중의 구조를 가지고 있다.

이향아는 비워진 공간을, 그 비워둠으로 말미암아 채워질 수 있는 희망과 가능성의 공간으로 확장한다. 즉 이향아는 비운 공간을 단순한 집착과 욕망이 아닌 자유와 이상, 희망과 소원 등 긍정적 삶의 의지를 배양하는 장소로 발전시키고 있다.

이런 의미로 볼 때 이향아 詩에서 반복되는 '집 떠나기'는 삶의 완성을 꾀하는 하나의 과정이며 다음과 같은 두 가지 목적을 포함하게 된다. 첫째, 현실적 갈등을 지양하기 위한 떠나기와 둘째, 이상을 추구하기 위한 의도적이며 고의적인 비우기이다.

한편 '집으로 돌아오기'는 떠나는 행동에 수반되는 필연적 행위로 안정 공간인 母性으로의 회귀의식을 나타내고 있으며, 그 행동 양상은 순환하는 自然과 宇宙의 질서로 비유할 수 있다. 특히 그의 떠남과 돌아옴의 끊임없는 추구와 반복은 영원회귀의 종교적 행위로 이해될 수 있으며 神으로의 귀착을 통하여 완성하려고 하고 있음을 알 수 있었다.

따라서 이향아 詩에 나타난 의식은 宇宙의 순환원리에 순응하여 얻은 존재의 안정과 겸허한 삶의 자세라고 압축할 수 있을 것이다.

이향아 詩에 대한 고찰은 생존시인이라는 한계성을 인지하여 앞으로 쓰여질 詩人의 작품 전체를 어우르는 새로운 내용의 작업이 필요하리라 본다.

I. 序 論

1. 문제 제기

1960년대 詩는 창작의 주역과 향수자들이 二分된다는 특성을 가진다. 즉 식민지 교육세대와 해방 후 한글세대의 교합과 분리의 전환적 세대라는 것이다. 이것은 60년대 詩人群이 새롭게 형성됨으로써 이 땅의 詩가 식민지 체험, 즉 일본적 감수성을 떨쳐 버리는 한 분화기[1]가 되기도 했다.

또 이 시기는 『60년대 詞華集』(1961), 『現代詩』(1962), 『散文時代』 (1962) 외에도 『詩壇』(1963), 『新春詩』(1963), 여류시인들의 『돌과 사랑』 (1963)과 『女流詩』(1964) 를 비롯하여 『四季』, 『詩學』, 『零度』, 『詩와 詩 論』등 무수한 동인지가 발행되고, 이후 문학지 『月刊文學』, 詩專門誌 『詩 文學』등 문학운동의 열기가 솟구침으로써 본격적인 현대시의 흐름을 형성[2] 해 가기 시작한 시기이기도 하다.

특히 해방 후 데뷔한 많은 여류시인은 1960년대 후반부터 활발한 시작활 동을 전개하면서, 文學史에서 '女流詩人'이라는 새로운 詩人群을 형성하여 한국의 현대시에서 女流詩의 위상이 詩壇의 중요한 하나의 경향[3]으로 자리 잡게 되는 계기를 마련하게 하였다. 이들은 두 동인지 『靑眉』와 『女流詩』 를 발판으로 한결 단단한 토대를 다지게[4] 되었는데, 『靑眉』시단을 중심으로 김선영, 김숙자, 김혜숙, 김후란, 박영숙, 추영수, 허영자 등이 있고, 『女流 詩』동인으로는 강계순, 김윤희, 김지향, 박명성, 유안진, 이향아 등이 문학운 동을 전개[5]하였다.

李鄕莪는 1966년 『現代文學』誌에 「가을은」, 「설경」, 「찻잔」 등의 작품 이 추천되면서 등단하여 현재까지 시집 13권과 수필집 10권을 간행[6]하였다. 그밖에 문학이론서 6권과 수필선집, 시선집을 각 4권씩 펴냈으며 연구 논문 또한 수십 편에 달한다.

그는, 최근에 호남 출신으로 전국에서 활동중인 女流詩人을 규합하여

---

1) 김재홍, 「60년대 詩와 시인 개관」, 『現代詩』 제2집, 문학세계사, 1985, pp. 138 - 139. 참조.
2) 조병춘, 『韓國現代詩評說』, 태학사, 1995, p. 435. 참조.
3) 권영민, 『한국현대문학사 1945 - 1990』, 민음사, 1993, pp. 271 - 277. 참조.
4) 한영옥, 『한국현대시의 의식탐구』, 새미, 1999, p. 412. 참조.
5) 이들의 활동은 1960년대 후반부터 본격화되기 시작하여 전통적인 서정시를 통한 우리 시단
   의 다원화, 활성화에 큰 초석이 되었다. 김재홍, 위의 글, p. 139. 참조.
6) 참고문헌 참조.

『기픈시』同人을 결성하였으며, 이에 앞서 1985년에는 광주 최초의 여성문학 同人인 『시누대』7)를 창설하였다. 또 1980년부터 유안진, 신달자 등과 함께 『文彩』를 14집까지 발행하였으며, 광주·전남의 詩人이 중심이 된 『圓卓詩』8) 동인을 통해 열정적인 창작활동을 꾸준히 해오고 있다.

그러나 그의 열정적 창작활동에 대한 논의는 단편적인 평이 주류를 이루고 있다. 이는 그의 활동무대가 중앙이 아닌 지방이라는 이유도 있지만, 현재 활동하고 있는 현역시인이라는 이유가 보다 클 것이다.

그러나 1960년 대 이래 그의 꾸준한 詩作活動은 괄목할만한 평가의 대상이 되고9) 있으며, 현대시의 흐름을 살펴보는데 한 규범이 되고 있다고 볼 때, 이향아의 詩와 수필을 한데 모아 종합적으로 이해하고 평가하는 연구가 이 시점에서 필요하다고 보여지는 바다.

본고는 이향아 詩를 전체적으로 새롭게 조망해 보려는 목적으로 이향아 詩에 드러나는 공간의식을 분석하고 그의 시의식과 삶의 방식을 밝히는데 주력하고자 한다.

이향아는 현존하는 詩人으로 앞으로도 지속적인 창작활동을 전개할 것이므로 현재까지 발표된 그의 작품에 한정될 수밖에 없지만, 이는 앞으로의 그의 작품과 詩 世界의 전개양상을 이해하고 분석하는 한 초석이 될 것이라고 믿는다.

---

7) 광주광역시사편찬위원회 편, 『光州歷史』, 광주광역시, 1998, pp. 393-400. 참조.
8) 전라남도지편찬위원회 편, 『全羅南道誌』 제21권, 전라남도, 1995, p. 20. 참조.
9) 현재 여류시의 시적 지향과 그 의미에 대해서는 여러 방향의 논의가 이루어지고 있다. 권영민, 위의 책, p. 272. 참조.

2. 先 研究에 대한 考察

이향아의 詩에 대해 지금까지 논의된 글들은 크게 論議의 類型과 觀點
이라는 두 가지 범주로 나누어 볼 수 있다.

첫째, 논의의 유형별로 나누어 보면 다음의 몇 가지로 요약된다.

(1) 짤막한 단평이나 개별적인 詩들을 해석하거나 단편적으로 분석한
글.[10]

이는 수 편의 詩를 읽고 소감을 피력한 것으로, 전문적인 비평이라기보다
는 일종의 감상문적 성격을 가진다. 이러한 글들은 『文彩』同人인 유안진,
신달자 등과 함께 다루어지고 있고 그 詩들도 몇 작품들에 지나치게 편중되
어 있어, 이향아 詩 世界의 전체적인 흐름을 파악하는데는 별로 도움이 되
지 못하고 있다.

(2) 이향아의 단일 시집에 대한 '서평'이나 '해설'의 형식으로 쓰여진
글.[11]

---

10) 서정주, 『황제여』, 선교회출판사, 1970, pp. 4 - 5.
　　신경림, 「日常性과 觀念性의 문제」, 『文彩』 제6집, 영학, 1983, pp. 75 - 83.
　　김재홍, 「實存의 불만과 克己」, 『文彩』 제7집, 오상사, 1984, pp. 77 - 94.
　　유시욱, 「이향아론 - 고통과 사랑과 화해의 의미」, 『詩文學』 6월호, 시문학사, 1987, pp. 35
　　 - 40.
　　전남문학백년사업추진위원회 편, 『全南文學變遷史』, 한림, 1997, pp. 211 - 212.
　　김 종, 「이향아론 - 충만된 시와 실존적 그리움」, 『詩文學』 8월호, 시문학사, 2000, pp. 130 -
　　145.
11) 진순애, 「이향아 시집 - 그리움으로 농축된 삶의 성찰」, 『종이등 켜진 문간』, 문학세계사,
　　1977, pp. 111 - 118.
　　신경림, 「이향아의 詩 世界 - 소시민적 삶의 애환을 형상화한 서정시인」, 『물새에게』, 문지사,
　　1983, pp. 108 - 118.
　　김선학, 「이향아의 시 세계 - 정감에 뿌리내린 삶의 인식」, 『강물연가』, 나남, 1989, pp. 127
　　 - 135.
　　진순애, 「진실을 향한 강렬한 탐구의 서정」, 『그대라는 이름의 꽃말』, 오상, 1999, pp. 149 -

이러한 글들은 앞의 글들에 비해 보다 본격적인 비평 또는 평론의 형식을 취하고 있고, 대상 시집에 있는 작품들을 나름대로의 관점에 따라 비교적 포괄적으로 다루고 있기는 하지만, 단일 시집의 테두리를 벗어나지 못하는 한계점을 가지고 있다.

(3) 詩人보다는 수필가라는데 역점을 두고 평가하는 글.[12]

이는 그가 11권의 수필집을 냈기 때문에 당연한 결과라고 보여지나, 그의 전체 수필작품에 대한 해석이 아니므로 아직은 연구의 진행단계임을 피할 수는 없다.

(4) 종교시인의 관점에서 평가하는 글.[13]

이향아를 기독교적 신앙시인으로 보는 견해로 그의 詩에 대해 최근에 이루어지고 있는 평가이다.

둘째, 이들을 다시 논의의 관점에 따라 나누어 보면,

(1) 詩人의 삶과 시세계에 초점을 맞춘 것으로 서정주, 유시욱, 김선학, 김종, 이은봉 등의 논평을 들 수 있다.

서정주는 "이향아는 소위 날리는 재주로 팔팔 날리는 기분의 사람이 아니라, 말하자면 '大智 閑閑'의 무게와 깊이와 성실로써 그 정신을 이끌어 오고 있는 시인"[14]이라고 하며 이것이 이향아의 詩精神이라고 하였다.

160.

강인한, 「낮은 곳에서 바치는 백합의 향기」,『당신의 피리를 삼으소서』, 크리스챤서적, 2000, pp. 110 - 127.

이은봉, 「상념 혹은 기억의 시학」,『오래된 슬픔 하나』, 시와시학사, 2001, pp. 107 - 126.

12) 서정범, 「삶의 짙은 목소리」,『혼자 사랑하기』, 범조사, 1986, pp. 207 - 211.

한상렬, 「이향아 수필의 시적 이미지와 수필적 담론」,『수필과 비평』제49호, 수필과 비평사, 2000, pp. 152 - 163.

13) 한홍자, 「겸손과 신앙의 조화」,『한국의 기독교와 현대시』, 국학자료원, 2000, pp. 285 - 298.

최미정, 「이향아의 신앙시 연구」,『창조문예』제54호, 크리스챤서적, 2001, pp. 79 - 105.

14) 서정주, 앞의 글, pp. 4 - 5. 참조.

유시욱은 이향아 詩의 작품세계가 상실의 아픔과 지속적인 사랑과 초월적 해방감이라는 삼단계의 의식층을 가지고 있다고 했다. 그는 이 의식단계를 詩의 환상적 순환구조를 형성하는 詩人의 내적 의식이 진행되는 과정[15]으로 보고 있다.

김선학은 "어떠한 경우에 있어서도 시인이 삶을 살아가는 한에 있어서 현실적인 것과 내면적인 것은 맞물고 있음을 간과할 수는 없다"고 하면서 이향아 詩에서 현실과 삶에 대한 詩人의 인식이 抒情的 內面 사항과 밀접히 연관된다고 했다. 그는 또 이향아가 이를 '강물'의 심상을 통하여 인식하고 그 속에서 확연한 詩人의 모습과 시적 의지를 보이고 있다[16]고 설명했다.

김종은 이향아의 詩는 시적 주제로 집착한 인간의 일이 사람과 사람 사이의 기억이거나 체험에서 연유하고 있어서 그의 문학의 중심에 인간이 있으며, 인간을 비상한 관심 앞에 올려 세운다고 보았다. 이러한 관심은 일상적 사물에 대한 구체적인 감응으로부터 시작되며 가장 순수한 '그리움'으로 나타나다가 결국 완전하고 충만한 詩를 이루는데 목표를 두고 있다[17]고 간파하였다.

또 이은봉은 이향아의 詩에 내포되어 있는 상념이 때로 원시적 자연에 대한 그리움의 모습을 취하기도 하고 일부는 아름다움 혹은 진실에의 의지로 표현되지만, 당대의 현실에 대한 반성적 상념 혹은 회고적 상념으로 詩 世界를 이루는 중요한 내용이 된다[18]고 하였다.

(2) 이향아의 서정성을 바탕으로 논의한 것으로 신경림, 진순애, 김재홍 등의 언급이 있다.

---

15) 유시욱, 앞의 글, pp. 35 - 40. 참조.
16) 김선학, 앞의 글, pp. 130 - 134. 참조.
17) 김 종, 앞의 글, pp. 131 - 145. 참조.
18) 이은봉, 앞의 글, pp. 113 - 123. 참조.

진순애는 이향아의 抒情이 삶의 궤도를 꿰뚫는 통찰력에서 비롯되며 힘겹고 고통스러운 것도 그리움으로 바꾼다고 말했다. 그러므로 그 그리움은 관조의 그리움이며 통찰적 그리움으로 삶의 에너지를 닮고 있다[19]고 고찰하였다.

신경림은 이향아의 詩는 그의 한 '소망'을 출발점으로 하고 있다고 보고 이 '소망'의 내용을 따지는 일이 그의 詩를 이해하는 가장 빠른 길이 된다고 하였다. 즉 理想에만 치우치지 않고 현실을 현실로 받아들여 소화하는 삶의 지혜를 담고 있으며, 여기에 나타나는 자화상이 바로 詩人의 시론이라고 말하였다. 다시 말해서 이향아는 소시민적 삶의 애환을 노래한 서정시인[20]이라 규정하였다.

김재홍은 이향아가 도시적 삶, 세속적 삶의 비탄과 절망으로부터 끊임없이 벗어나기를 소망하여 도달한 구원의 장소가 바로 自然의 세계[21]라고 지적하였다.

(3) 詩人의 종교적 진실성을 논의한 것으로 서정범, 강인한, 한홍자, 최미정의 견해가 있다.

서정범은 이향아의 수필에서 "구도자적인 승화된 관조의 세계를 엿볼 수 있는 즐거움을 얻게 되며, 정확하고 다듬어진 문장과 詩情이 넘치는 그의 삶을 통해, 그의 문학의 세계에 젖어들게 되며, 삶의 예지를 터득하는 기쁨을 느끼게 된다"[22]고 말하였다.

강인한은 "이향아의 신앙은 그의 삶과 유리된 별개의 것이 아니라 일상

---

19) 진순애, 「이향아 시집 - 그리움으로 농축된 삶의 성찰」,『종이등 켜진 문간』, 문학세계사, 1977, p. 111. 참조.
20) 신경림, 「이향아의 시 세계 - 소시민적 삶의 애환을 형상화한 서정시인」,『물새에게』, 문지사, 1983, pp. 108 - 114. 참조.
21) 김재홍, 앞의 글, pp. 88 - 94. 참조.
22) 서정범, 앞의 글, pp. 207 - 208. 참조.

의 생활 속에 함께 녹아 있는 삶의 지표다"라고 규정하면서 죄의식 - 참회 - 용서라는 일련의 자기 확인을 통해 겸허한 삶의 자세를 취한다[23]고 말하고 있다.

한홍자는 이향아의 詩의 방향이 神을 향한 겸허한 자세로 일관되고 있음을 지적하며, 信仰詩를 통한 자아의 세계를 사회와 국가의 공간으로 확대하면서 진정한 신의 구원이 임재하기를 기원함과 동시에 그런 과정을 통한 겸손한 신앙이 詩人의 성숙된 모습으로 나타나고 있다[24]고 말했다.

또 최미정은 이향아가 詩와 생활을 분리하지 않는 것처럼, 詩와 信仰, 신앙과 생활을 분리하지 않고 겸손한 마음으로 詩를 쓰고 신앙생활을 하며, 성실하게 삶을 살아가고 있다[25]고 보았다.

(4) 한상렬은 이향아의 시적 이미지가 수필문학에 투영된 것에 대해 논하면서 詩的 이미지와 수필적 담론이 별개로 놓여 있지 아니하고 혼용되어 수필적 격을 한층 높이고 있다[26]고 논하고 있다.

이상을 통해서 우리가 느낄 수 있는 것은 대부분의 글들이 매우 단편적이고 피상적인 차원에 머물러 있다는 점이다.

한 詩人의 문학작품을 올바로 파악하기 위해서는 문학작품의 특성에 따르는 총체적인 연구와 체계적인 분석을 통한 튼튼한 논리적 뒷받침이 있어야 한다고 본다.

---

23) 강인한, 앞의 글, pp. 112 - 126. 참조.
24) 한홍자, 앞의 글, pp. 285 - 298. 참조.
25) 최미정, 앞의 글, pp. 79 - 105. 참조.
26) 한상렬, 앞의 글, pp. 152 - 163. 참조.

3. 研究目的 및 方法

본고는 보다 총체적인 관점에서 이향아의 문학 세계 양상을 파악하고 정리해 보고자 하는 의도에서 출발하였다.

詩人의 시 세계와 詩 意識을 해명하는 방법에는 여러 가지가 있겠으나 필자가 詩人의 공간의식을 통해 이를 파악하고자 하는 것은, 공간에 대한 인식이 자아와 세계 속에서 기본적인 詩 意識의 틀이 되기 때문이다.[27] 또 시적 감성과 상상력은 삶의 공간에서부터 시작하며, 詩의 공간의식은 삶의 의식과 동일한 것이 되기 때문이다.

현대문학의 본질은 그 문학적 구현에 있어 공간화에의 지향에 있으며 단순한 視覺的 재생이나 문학적 언어에 내재하는 時間의 지속성에서가 아니라고 보는 견해[28]가 있다. 이것은 現代詩의 이미지가 단지 시각적 재생이라는 한계성을 탈피해서 공간성의 구축이라는 개념을 지니고 있기 때문이다.

문학연구에 있어 공간적 측면에 대한 연구는 점차 증대[29]하고 있는 추세이며, 공간에 대한 지각과 인식은 시적 상상력의 바탕을 형성한다는 점에서 詩 世界를 이해하는 기본적이고 필수적인 작업[30]이라고 할 수 있다.

---

27) C.N.Schulz, 김광현 저, 『實存・空間・建築』, 태림문화사, 1991, p. 14. 참조.
28) 오세영, 『文學研究 方法論』, 삼우출판사, 1988, p. 77. 참조.
29) 문학과 공간에 관한 중요한 논저는 다음과 같다.
   박태일, 「한국근대시에 공간현상학적 연구」, 부산대 박사논문, 1991.
   오승희, 「현대시조의 공간 연구」, 동아대 박사논문, 1991.
   김은자, 『현대시의 공간과 구조』, 문학과 비평사, 1988.
   오세영, 「현대문학의 본질과 공간화지향」, 『문학사상』, 문학사상사, 1986.
   김현자, 『詩와 想像力의 構造』, 문학과 지성사, 1982.
   이어령, 「文學空間의 記號論的 研究」, 단국대 박사논문, 1986.
   최동호, 「시와 공간」, 『문예비평론』, 고려원, 1984.
   유한근・신상성 공저, 『한국문학의 공간구조』, 양명출판사, 1986.
   송 욱, 「東西詩에 나타난 內面空間」, 『문학평전』, 일조각, 1969.

詩의 대상이 사물이든 작가의 현실적, 또는 상상적 체험의 세계이든 그것
이 문학적 장치를 빌어 형상화될 때 거기에는 반드시 서정 주체의 의식이
투영되기 마련이다. 그런데 그 의식은 같은 대상에 대한 것일지라도 詩人에
따라 각기 독특한 반응으로 나타나 한 작가, 詩人의 고유한 문학세계를 이
루게 된다.

문학 작품이 결국 작가의 자아와 세계와의 관계 속에서 드러내는 생활,
또는 개인적 경험의 의식적 재구성이라 한다면, 그 작품에는 작가의 정신이
투영될 것이고, 관념과 정서, 시간과 공간, 그리고 상상 등이 하나의 지배적
양태로 통합[31]되기 마련이다.

詩文學 속에 나타난 공간은 문학과 현실의 상호 관련성 속에서 작품의
구체적인 대상과 사물을 통해 드러난다[32]고 할 수 있다.

공간에 대한 詩人의 상상력은 현실세계와 작품상의 공간을 연계하며 경
험 공간에 대한 詩人의 자각을 반영한다. 따라서 공간에 대한 이해는 작가
의 내면을 이해하는 하나의 지표가 될 것이다. 허구적이고 추상적인 영역으
로부터 독립되어 창조의 장으로 자리잡은 공간은 詩的 사유가 모여드는 곳
이며 작가와 독자의 상상력이 만나는 자리[33]이기도 하다.

필자는 이향아의 詩的 空間 중에서 특히 '집'을 중심으로 논의[34]하려고
한다. 그러나 그의 시세계에 대한 종합적인 분석이 이루어지지 않은 상태이
므로, 필자는 이향아의 첫 시집부터 현재까지 발표된 시집 13권 모두를 주

---

30) 柳志賢, 「徐廷柱 詩의 空間 想像力 硏究」, 고려대 박사논문, 1998, p. 1. 참조.
31) R.R. Magliola, 최상규 역, 『문학과 현상학』, 대방출판사, 1986, pp. 47 - 50. 참조.
32) 김은자, 앞의 책, p. 17. 참조.
33) 유지현, 앞의 논문, pp. 1 - 12. 참조.
34) 이향아는 그의 글에서 '집'을 표제 혹은 내용으로 하는 글들을 많이 다루고 있다. 그의 홈페
    이지(문학의 즐거움)에 수록된(2001년 12월 현재) 1300여 편의 글들 가운데 '집'을 표제로
    한 글은 25편, 부제로 한 글은 9편이며, 주제어와 내용으로 삼고 있는 글은 479편에 달한다.

텍스트로 삼고 그의 수필작품을 보조자료[35]로 삼고자 한다. 또한 그의 詩를 종합적으로 평가하기 위해서 아래와 같은 방법으로 검토하고자 한다.

첫째, 이향아 詩에 나타난 '집'의 이미지는 집이 갖는 基本的 의미와 개념을 통해 분석하고 정리하겠다.

둘째, 이향아의 詩的 空間인 '집'을 중심으로 '집 떠나기'와 '돌아오기'의 目的과 意味를 알아보겠다.

셋째, 이향아가 지향하는 原形的 回歸意識의 원리와 그에 따르는 삶과 문학적 태도에 대해 논의해 보겠다.

詩人의 내면 풍경은 여러 가지 소재들의 유기적인 결합과 대립으로 표현되기 때문에, 본고에서 詩 意識을 파악하는 과정은 이향아가 그의 13권의 시집에서 빈도 높게 채용하여 쓴 '집'의 의미를 분석하여 그 흐름을 정리하는 순서로 진행할 것이다. 이것은 시집 별로 드러나는 詩의 공간의식이 궁극적으로 詩人의 삶의 본질에까지 결부되어 있어 詩人의 詩 世界와 같은 의미를 포함하게 될 것이기 때문이다.

II. 집(家)의 이미지

1. 現實과 理想의 二重的 構造

인간은 원초의 집이라고 할 수 있는 모성의 자궁으로부터 결별하고 나오

---

35) 이향아는 수필을 쓰는 이유가 "시를 설명하고 싶은 심정과 함께 시로써 표현할 수 없었던 인생의 진실을 표현하기 위해서"라고 했다. 그의 시세계를 고찰함에 있어 수필작품을 보조적 자료로 택한 것은 이러한 이유 때문이다. 이향아, 『혼자 사랑하기』, 범조사, 1986, pp. 6-7. 참조.

는 순간부터 또 하나의 둥지인 집에서 살뿐만 아니라, 죽어서는 다시 무덤이라는 집을 갖게 된다. 인간이 집을 가지려고 하는 것은 최소한의 안정된 생활의 求心點을 찾으려는 근원적인 욕망이 있기 때문이며, 이런 이유로 인간을 집 속의 존재라고 말할 수 있을 것이다.

집은 현실적 생활의 중심이 되며 인간을 庇護하고 행복하게 하는 공간이다. 그러면서도 집은 한편으로는 폐쇄적인 한계나 감금의 장소로 받아들여지기 때문에, 이로부터의 탈출 행위가 중요한 문학적인 모티프36)가 되기도 하는 것이다.

흔히 말하는 '집'은 사람이 거처하는 家室과 그 속에서 살아가는 家族37)을 가리킨다. 이러한 집의 의미는 첫째, 거주의 장소로서의 집. 둘째, 삶의 안락함과 평안함 및 행복의 공간으로서의 집. 셋째, 인간 본질의 원형적 상징으로서 존재하는 집. 넷째, 중심을 대표하는 존재로서의 집. 다섯째, 인간 영혼의 낙원으로서의 집. 여섯째, 휴식의 집38) 등으로 간추릴 수 있다.

집은 가족 구성원간의 정신적 유대를 강화하고 그들에게 공동체로서의 소속감을 부여한다. 또 집은 가족들의 삶의 기초가 되며 세상으로 뻗어나가고 세상으로부터 되돌아오는 공간39)으로 본래의 건축적 구조물일 뿐만 아니

---

36) 이재선, 「집의 空間詩學」, 『韓國文學 主題論』, 서강대 출판부, 1991, pp. 322 - 347. 참조.
37) 유교대사전편찬연구회 편, 『儒敎大史典』, 박영사, 1990, p. 1. 참조.
38) 염창권은 집의 상징적 의미를 아래와 같이 간추리고 있다.
　첫째, 거주의 장소로서 집 - 하이데거는 '거주', '보호', '평화', '자유'라는 말의 어원의 동일성에 대해서 볼노프는 집을 통해 정주하는 법을 알아야 한다고 했다.
　둘째, 안식과 위안을 주는 체험적 생활 공간 - 바슐라르의 '행복의 공간'으로의 집, 볼노프의 '被護性의 공간'으로서 기능 지적
　셋째, 원형상징으로서의 집 - 모성적인 자연의 집에서 확산된 우주로서의 집
　넷째, 세계의 중심으로서의 집 - 초월성을 지닌 신화적, 개인적인 세계의 중심으로서의 집
　다섯째, 길위의 집 - 몽상을 통한 영혼의 집을 향한 휴식의 공간
　여섯째, 머무름과 휴식의 공간 - 상상력의 초월적 시작을 가능케 하는 공간으로서의 집. 염창권, 『집 없는 시대의 길가기』, 한국문화사, 1999, pp. 27 - 30. 참조.

라 육체적·정신적 生命의 토대[40]가 되기도 한다.

따라서 집이라는 공간의 내면을 들여다보는 것은 정신의 뿌리를 들여다보는 것[41]과 같은 뜻이 될 수 있을 것이다. 필자가 現代詩의 의식을 고찰하면서 인간이 영위하는 공간 가운데 특히 '집'을 통해 의식의 변화를 고찰하려는 이유는 여기에 있다.

집은 안주와 휴식과 정착, 그 밖의 광범위한 의미를 가지고 있으며 이향아의 詩에 나타난 집의 이미지 역시 이러한 집의 보편적 이미지와 다르지 않다.

즉 그의 집은 인간의 삶과 자아의 안정이 이루어지는 공간인 동시에 그의 삶이 문학적 발전과 함께 완성되어 가는 공간임을 看破할 수 있다.

> 우리집 복슬이가 가출을 하였다
> 복슬이는 집에서 기르던 개다
> 이름이 슬퍼서 개다
> 그와 내가 눈싸움하듯 마주 바라볼 때면
> 으레 내가 먼저 시선을 거두었다
> 그의 시선 끝에는 동굴이 있었다
> 그의 시선 끝에는 늪이 있었고
> 그의 시선 끝에는 현기증나는 벼랑이 있었다
>
> 그는 나를 뚫어질 듯이 보았다
> 나를 동굴로 끌어들일 듯이
> 나를 늪에 빠뜨릴 듯이 그리고
> 나를 천길 벼랑 아래로 떨어뜨릴 듯이

---

39) O.F.볼노우, 이규호 역, 「인간과 그의 집」, 『實存과 虛無』, 태극출판사, 1979, p. 311. 참조.
40) 유지현, 『현대시의 공간상상력과 실존의 언어』, 청동거울, 1999, p. 30. 참조.
41) 강회진, 「현대시에 나타난 '집'의 의미 연구」, 광주대 석사논문, 2001, p. 5. 참조.

그는 동물이고 나는 인간이다
뻔한 이 사실을 나는 너무 자주 생각했다
뻔한 이 사실을 나는 너무나도 몰랐다
나는 그를 사랑하지 못했다
사랑이라니 그건 내겐 벅찬 일
사랑은커녕 나는 그가 무서웠다

그의 야생과 그의 무지,
그보다도 더 무서운 것은
이런 내 마음을 그가 이미 눈치채고 있다는 것이었다
꽃밭을 종횡무진 휘저으며 달릴 때 그를 원망했으며
꼬리를 흔들면서 달려들 때 그를 나무랐으며
사납게 으르렁거릴 때는 나도 따라 화를 냈다

그가 집을 나갔다
나의 원망을 초월하려고 그는
고상한 방법으로 나를 쓰러뜨렸다.
사랑을 잃은 자는 되레 행복하니까
미워한 자보다 행복하니까
오늘은 하필 날조차 궂다
사랑하지 못했더니 그가 떠났다
무 밑둥처럼 굴러서 그가 떠났다
무 밑둥처럼 굴러서 나도 그를 따라간다

- 「이름이 슬픈 개」 전문

우리가 '산다'는 것은 곧 집이라는 장소를 배제해 놓고 생각할 수 없다.
집은 인간 삶의 삼대 요소인 의식주 중의 하나이다. 집이 있음으로써 人間
은 삶을 安着시킬 수 있으며, 人間은 더불어 사는 존재로서의 사랑의 공
간[42]을 넓혀 갈 수가 있다.

「이름이 슬픈 개」는 시적 자아의 집을 공간적 배경으로 하고 있다. 복슬이는 '집에서 기르던 개'이지만 현재는 가출하고 없다. 그러나 가출하기 전 복슬이는 집안의 구성원이었다. 詩人은 복슬이의 가출 사건을 곧 정신과 육신의 삶을 영위하는 장소인 '집'의 어느 부분의 손실과 훼손으로 바라보고 있다.

집이 실존적인 자의식이 출발되고 확대되는 공간이라고 한다면 자아의 同一性을 확인할 수 있는 공간[43] 또한 집이 될 것이다. 다른 어느 동물보다 인간과 가까운 개는, 동물이지만 집이라는 공동의 공간을 인간과 공유하며 살고 있다. 그러나 화자와 복슬이는 이 공동의 공간인 집에서 '눈싸움'을 하며 서로 응시하며 대립하고 있는 것이다.

이 대립은 '동굴' '늪' '현기증나는 벼랑' 등 혼돈과 두려움을 낳고 있으며, 혼돈과 두려움은 '그는 동물이고 나는 인간이다 / 뻔한 이 사실을 나는 너무 자주 생각했다'고 하는 화자의 분별로부터 시작되고 있다.

그러나 이 분별의 내면에는 정반대의 의미를 내포하고 있는 듯하다. 화자는 동물과 인간을 분리시키지 않고 동일한 가족 구성원으로 인지하려고 노력하고 있음을 대립과 분별의 역설을 통해 강조하고 있는 것이다.

이 詩에서 화자는 '사랑하지 못'한 감정의 결핍이 불러올 가족의 부재에 대한 고통을 동물인 개의 가출을 통해서 호소하고 있다. '개 같은 것이나 무서워하는 인간' '안아 들일 품이 좁은 나'(「개에 대하여」)는 동물인 개조차 '사랑하지 못'하고 무서워하는 자신의 감정적 미숙함을 열등감으로 표현하고 있는 것이다.

집의 보호와 평화와 안락의 기능은 사랑의 감정이 없이는 불가능한 것이

---

42) 이재선, 앞의 책, p. 322. 참조.
43) 강희진, 앞의 논문, p. 4. 참조.

다. 이 詩는 '사랑하지 못했'기 때문에 발생한 '집에서 기르던 개' 복슬이의 가출에 대한 감정을 표면화하면서, 화자의 가족과 삶에 대한 소중함을 재확인시키는 역할을 하고 있다.

한편 복슬이의 가출을 통하여 현실의 불안정하고 고립된 공간을 벗어나 자유를 추구하고 새로운 공간을 획득하려는 詩人의 잠재의식을 표현하고 있다고 할 수 있다.

따라서 이향아 시에서 가출의 이미지는 현실의 불안과 이상세계에 대한 희망, 삶에 대한 위험과 자유의 추구라는 이중적 구조를 가지고 있다.

살던 집 근처에 끌리듯 가면
도둑같이 숨 죽여 열적게 서면
황폐한 넝쿨 장미, 흙먼지

저, 물정 모르는 새 주인을 닮아 세워
내 울적한 망향의 남창(南窓)을
한 뼘 두 뼘 재어 보이고 싶다

모를 것이다
그럴 수밖에 없지
처마께 때때로 얼룩지는 기왓장
다락방의 쥐구멍과 하수도 오지관 반지름을
새 주인 장독대 위
이빨 빠진 항아리에 무엇이 담겼는지
내 알 수 없듯이
새 주인 큰아이 이름도 모르듯이

내 살던 집 구석구석 어디나
지금은

형편없이 텅 비어 있다

-「살던 집」 全文

이향아는 보호와 정주의 공간이라는 점에서 집을 육체인 것은 물론 정서적인 母胎로까지 보고 있다. 따라서 '집'을 잃는다는 것은 삶의 근거지를 잃는다는 것이며[44], 이것은 자아를 잃는다는 것과 동의어로 해석하고 있는 것이다.

위의 詩는 '황폐한 넝쿨 장미, 흙먼지' '얼룩진 기왓장' '다락방의 쥐구멍'과 '이빨 빠진 항아리' 등 생활의 단편적인 사물로 실제 공간을 매우 무겁고 음산하게 표현하고 있다. 이것은 사물자체의 형태적 모습이라기보다 화자의 '살던 집'에 대한 주관적 시각으로 해석한 불만족의 상태를 말하는 것이며, 이는 화자의 '살던 집'에 대한 애착을 역설적으로 표현한 것이라고 할 것이다.

'살던 집'은 현실공간에 존재하면서 화자의 상상력에 의한 '삶'과 연계성을 가진다. 시적 공간을 상상력을 통해 구축된 질서[45]의 형태라고 볼 수 있는 바, 여기에서는 '살던 집'이 바로 詩人의 상상력으로 완성한 感情空間이라고 할 수 있을 것이다.

'살던 집'은 글자 그대로 화자가 과거에 살았던 집이다. 詩人은 현재 그 집에 화자는 물론이거니와 화자의 가족도 살지 않기 때문에 '형편없이 텅 비어 있다'고 표현하고 있지만, 詩에 표현된 '텅 비어 있'음은 사실과는 다를 수도 있다.

따라서 '살던 집'은 현실공간에 존재하면서 화자의 상상과 추억의 세계를

---

44) 유지현, 앞의 책, p. 192. 참조.
45) 유영근, 「김수영詩의 시적 구조에 관한 論」,『목원어문학』 제4집, 목원대 출판부, 1984, p. 78. 참조.

동시에 갖는다는 점에서 二重的 構造를 지녔다고 말할 수 있다.

식구들이 모두 돌아왔을까
이젠 오늘을 마감해도 좋은가
아침마다 가출했다가
저녁마다 참회하듯 돌아와
떨리는 손가락으로 초인종을 누른다
집은 내 열등한 발목, 발목을 잡아끄는 동아줄
사막과 얼음산과 가시덩굴을 넘어
이리와 승냥이와 여우굴을 지나
나 돌아왔노라
시리고 아픈 이름 가족이여
이렇게 돌아올 집이 있노라
저녁 식탁엔 눈물이 안개처럼 자욱하고
그러나, 우린 다시 내일의 가출을 음모하면서
각각 제 방으로 타인들처럼 흩어졌다

- 「집으로 간다」 전문

　이향아의 詩에서는 빈번하게 가출 행위가 나타난다. 그러나 그의 가출 행위가 반드시 삶의 부재나 비워짐을 표현하는 것은 아니다.

　이향아의 가출은 새로운 공간 탐험이라는 의미와 함께 앞날에 대한 적극적인 용기와 의지를 포함하고 있는 자의적인 가출이며, 이는 새로운 삶의 시작과 같은 것이다.

　'아침마다 가출했다'는 것은 가족 구성원들이 공동의 공간인 집에 삶의 基底를 두었지만 그 개개의 삶은 각기 다르다는 것을 의미한다.

　가출한 식구들은 '사막과 얼음산과 가시덩굴', '이리와 승냥이와 여우굴'과 같은 장애와 위험에 노출되어 있다. 그러나 그 장애와 위험은 '가족'과

'돌아올 집'이 있기에 이겨낼 수 있게 된다. '나 돌아왔노라'는 고통과 어려움을 이겨내고 안정을 찾은 화자의 감정의 충일을 표현한 것이다.

집은 인간에 대해 특히 그 구성원에 대해 정신적 육체적인 제 기능을 취할 수 없을 때 존재 가치가 사라지는 것으로, '발목을 잡아끄는 동아줄'은 최후까지 화자와 식구들을 지켜주는 '집'의 역할을 집약시키고 있다.

식구들이 '아침마다 가출'을 하는 것이 삶의 시작을 뜻한다면, 집으로 돌아오는 행위는 떠남이 갖고 있는 방랑과 방황으로부터의 진정과 정돈을 의미한다. 끝없는 방랑과 자유로운 떠남의 이면에는 삶의 근거지와 존재의 근원에 대한 그리움이 내포되어 있다. 그러나 이 그리움을 간직한 채 '우린 다시 내일의 가출을 음모하면서 / 각각 제 방으로 타인들처럼 흩어졌다'는 것은 가족들이 서로 다른 삶의 목표와 방식을 가지고 있음을 나타내는 말이다.

이 詩에서 '집'은 詩人이 갈구하는 정신적 안식처로서 그가 추구하는 '이상'이요 '문학세계'라고 할 수 있으며, 그가 추구하는 이상을 통해 화자는 현실에서 결핍되었던 서정의 회복을 꿈꿀 수 있을 것이다. 현실에서 고갈된 정서는 그리움을 유도하며, 그 그리움은 집으로 가는 행위를 통해 회복될 수 있기 때문이다.

'집'이라는 공간을 통해 '식구들'은 홀로 또는 함께 세계에 대한 용기를 배우고 키워갈 것이며, 이것은 '집'이라는 회복의 중심 공간이 현실이 주는 '공포'의 심리를 정화할 수 있음을 의미한다.

집에는 내 부끄러운 풍속이 있다
밥통 같은, 간장종지 같은, 요강단지 같은
집에는 부스러진 내 비늘이 있다
머리카락 같은, 손톱 같은, 살비듬 같은
집에는 내 아지랑이가 있다

빨주노초파남보 세어 보는 색깔
집에는 슬픈 껍데기 얼룩진 콧물
그보다 치사한 인정이 있다
집에는 내 냄새가, 고집이 있다
앉아서 돌이 되는 집념이 있다

-「아지랑이가 있는 집」 전문

O.F. 볼로우는 "집안에서 불안해하고 쉬지 못하는 사람은 참다운 삶을 지닐 수 없다. 따라서 사람에 대한 진정한 규정은 '집'에서 쫓겨난 방랑자와 아울러 '집'안에 깃들인 거주자라는 이중성을 함께 파악할 때라야만 충족된다"46)고 말하여 집과 사람의 관계를 규정하였다.

위 詩는 집의 기능 가운데 거주와 휴식처로의 기능을 나타내고 있다. 이 기능을 완전하게 할 수 있는 것은 '이상적 집'이다. 화자가 꿈꾸는 이상적 집은 '내 부끄러운 풍속'과 '내 아지랑이가 있'는 집으로, 詩人은 이를 통하여 삶의 안정과 발전을 꾀하려고 한다.

'내 부끄러운 풍속이 있'는 집이 '밥통' '간장종지' '요강단지' '머리카락' '손톱' '살비듬' 같은 보잘것없는 것으로 채워진 현실의 세계라면, '내 아지랑이가 있'는 집은 '빨주노초파남보 세어 보는 색깔'이 있는 동경과 이상이 가득한 세계로 이 詩 역시 집의 이중적 구조를 보이고 있다.

따라서 화자가 말하는 이상적 집은 비현실·공상적인 집만을 지칭하지는 않고 '얼룩진 콧물' '치사한 인정'과 같은 잡다한 삶이 함께 하는 장소이기도 하다. 그리고 그 장소는 '내 냄새, 고집'이 있으며 '돌이 되는 집념'이 공존하는 곳이 되는 것이다.

일상의 사소한 것을 포함하는 삶을 사랑하는 詩人의 마음47)은 현실과 이

---

46) O.F.볼로우, 이규호 역, 『실존철학과 교육학』, 배영사, 1967, p. 36.

상의 두 공간을 왕래하며 이상적 세계를 만드는 원동력이 되고 있으며, 그 세계는 구체적인 삶의 목표와 의지로 충만된 의욕적 공간이라고 볼 수 있다.

> 겨울 바다는 갈가마귀 소리로
> 나를 부르고
> 오늘은 노역하듯 산으로 간다.
> 낙산 벼랑
> 마지막 종소리가
> 쏟아져 내릴 듯한
> 그 절정에
> 나목가지 비틀어
> 집을 지은 까치들
>
> 새들아
> 날개를 달고도 떠나지 않는
> 우리나라 산에 집을 짓는
> 우리나라 까치들아
>
> 어느 골짜기를 헤매다가 왔는지
> 바람은 목이 쉰 울음으로 파고들면서
> 가으내 묵은 낙엽 위에
> 사람보다 푸른 정절을 묻고
> 여기 좀 봐, 나 좀 봐
>
> 겨울 바다는 갈가마귀 소리로

---

47) 이향아는 "시인이 선택한 어휘는 삶을 영위하는 토양이 된다. 특히 이렇다 내세울 것 없는 평범한 생활 속의 작은 감격은 가장 절실하고 진실한 삶의 모습인 일상을 통해 나타나며 이것이 시의 내용이며 시를 대하는 마음이 된다"고 했다. 이향아, 『이별을 위하여 해후를 위하여』, 「짐작과 가늠」, 맥밀란, 1985, pp. 169 - 173. 참조.

나를 부르고
오늘은 힘겨운
산을 오른다

- 「바다는 갈가마귀 소리로」 전문

새의 이미지는 무한한 공간을 옮겨 다닐 수 있는 자유의 상징물로 압축
할 수 있다. 특히 새의 날개 짓은 비상의 속성을 가장 직접적으로 표현하고,
새의 울음은 독자적인 개성을 추구하려는 내적 의지를 표현하고 있다고 하
겠다.

흔히 '갈가마귀 소리'는 고독과 죽음[48]의 의미를 내포해 왔다. 위 詩에서
'갈가마귀 소리'를 내는 주체는 '겨울 바다'이다. '바다'를 강물이 모여드는
공간이라고 볼 때, 화합과 만남의 장소로 따뜻함을 의미하기도 하지만, 위의
詩에서는 '겨울'이라는 계절적 한정에 의해서 그 따뜻함을 약화시킨다.

겨울 바다가 이별을 뜻한다[49]면 갈가마귀 소리는 겨울 바다가 부르는 이
별의 소리이다. 이 소리를 무시하고 화자는 '노역'과도 같은 기다림의 인내
로 '산'으로 향한다. '바다'가 조성하는 불가피한 이별을 무시하고 화자가
산으로 가는 이유는 '나목가지 비틀어 / 집을 지은 까치들' 때문이다.

까치는 우리의 전통사상으로 기쁜 소식을 예고하는 길조로 상징되는데[50]

---

48) 까마귀는 주검을 노래하는 새로 표현되는 경우가 많다. 박정례, 「김현승 시연구」, 인하대 박
사논문, 1991, p. 128. 참조.
김현승은 까마귀의 시인으로 불릴 만큼 까마귀를 좋아했다. 그는 까마귀를 인간의 고독과
천형을 자기 몸에 빛깔과 소리로 집중하여 형상화 한 것으로 보고 까마귀의 검은 빛과 거친
울음소리를 시로 쓰고자 했다. 김현승, 『고독과 시』, 지식산업사, 1977, pp. 35 - 37. 참조.
49) 이향아는 '강'이 물처럼 유연하게 흐르는 각자의 삶이라면 이 강들이 최종적으로 만나는
'바다'는 삶의 이별 혹은 낯설고 새로운 곳으로의 또 다른 출발로 보고 있다. 따라서 이향아
는 이별하는 것에 마음쓰거나 안타까워하지 않고 유연한 기다림의 태도를 보이고 있다. 이
향아, 「기다림이 있는 사랑」, 『고독은 나를 자유롭게 한다』, 자유문학사, 1990, pp. 285 -
291. 참조.

李鄕莪 詩의 空間意識 研究　221

이와 대비적으로 '까마귀'는 죽음과 악을 상징하는 흉조이다. 이 詩에서도 '까치'와 '갈가마귀'의 행위 자체는 매우 대비적이어서 '까치'는 집을 짓고 있지만, '갈가마귀'는 이별이 부르는 소리 즉 가출을 형상화하고 있다.

'낙산 벼랑, / 마지막 종소리가 / 쏟아져 내릴 듯한 / 그 절정'을 피폐한 세계의 무너짐과 극한 상황이라고 볼 때 '날개를 달고도 떠나지 않는' 새들과 '노역하듯 산으로 가'는 화자는 고된 생활을 버리지 않고 삶을 지속하려고 한다. 이러한 詩人의 마음은 '골짜기를 헤매다가' '목이 쉰 울음으로 파고드'는 바람과 고난을 이겨내며 '사람보다 푸른 정절'로 둥지를 트는 까치의 회귀와 그 맥을 같이 한다.

이 詩는 삶이 이루어지는 공간 상황의 표현이다. 가출에 상응하는 '겨울 바다'가 부르는 '갈가마귀 소리'는 현실의 집이 처해있는 상황이지만, '산에 집을 짓는' '까치들'과 '산을 오'르는 화자의 행동은 이상세계의 집에 대한 소망과 기대를 나타낸다. 이 소망과 기대는 화자의 삶의 의미와 목표라고도 할 수 있을 것이다. 화자는 현실의 공간에서 삶과 문학에 대한 소망으로 또 다른 이상의 집을 만들고 있는 것이다.

2. 變換과 自淨의 空間

이향아 詩에 나타난 '집'이라는 공간은 거주와 안식을 위한 '현실의 집'과 상상력을 통한 이상적 삶의 공간인 '이상적 집'으로 양분되었음은 앞에서 언급한 바 있다.

이향아는 현실적 집에서 이상적 집으로의 공간 이동을 현실 세계의 부족과 갈등을 극복하려는 노력을 통해 이루고 있으며, '집'이라는 공간에 대한 의식의 변환과 자정의 과정을 통하여 완성하고 있다.

---

50) 李英姬, 「새(鳥)를 標題로 한 現代詩의 이미지 硏究」, 경희대 석사논문, 1981, p. 20. 참조.

　이향아는 외출, 가출 등 집을 비우는 행동을 통하여 의식을 정화하고 비
워짐에 따른 필연적인 반작용으로 회귀를 가져온다. 특히 그의 詩에서 가족
의 가출은 집의 현실적 기능을 가시적으로 훼손하며 이에 따른 비어 있는
공허감을 극복하려는 작용을 낳음으로써, '떠남과 돌아옴', '비어 있음과 채
움'이 반복적으로 나타날 수밖에 없다.

　　내 걸친 옷이
　　오늘은 더 남루하다
　　겨울 늪을 행군하던 금욕의 장화를 벗어
　　진흙을 턴다
　　곤핍한 등짐을 부리듯
　　울적한 추억을 물리듯

　　새 떼는 무리져 내 인동(忍冬)의 긴
　　묵념 위를 날고
　　비로소 도란거리는
　　은둔의 4월
　　아리한 해면의 하늘이여

　　바람은 고기압
　　시샘도 눕히고
　　간지럼 타는 살구나무 긴 도랑을 굽이쳐
　　보랏빛 아편 향기를 피워낸다

　　꽃이 못된 것들은 죄다 눈을 감아라
　　귓속말로 번져나는 신명
　　질탕한 뒷 소문
　　봄
　　4월

빈 집을 지킨다

-「4월의 빈 집」 전문

화자는 홀로 '빈 집을 지킨다'는 적극적인 방법으로 비어 있음으로부터 오히려 충만한 창의적 원동력을 발견하려고 한다.

이 詩에서 '빈 집'의 의미는 기다림의 내면적 공간[51]이 된다. 빈집을 지키려고 하는 의지는 더 이상은 잃어버리고 떠나보내지 않겠다는 화자의 집념이 강하기 때문에 존재할 수 있다.

화자가 '내 걸친 옷이 / 오늘은 더 남루하다'고 말하고 있지만, 이것은 외형적인 모습에 한정될 뿐 화자의 내면세계는 '겨울 늪을 행군하던 금욕의 장화를 벗어 / 진흙을 털'고 '곤핍한 등짐을 부리'고 '울적한 추억을 물리'는 휴식과 평온이 충만한 상태이다.

그의 내면세계는 '새 떼'가 '인동(忍冬)의 긴 묵념 위를 날고' '도란거리는' 안정감을 가진 장소로, 남루한 외형적 현실에서 벗어난 공간이라고 할 수 있다. 그러므로 화자는 현실에서 '간지럼 타는 살구나무 긴 도랑을 굽이쳐 / 보랏빛 아편 향기를 피워내'는 봄에도 '은둔의 4월'을 자신 있게 보낼 수 있는 것이다.

'봄' 특히 '4월'에 '빈 집을 지키'고 있기 때문에 시각적으로는 폐쇄와 은둔[52]의 생활일지 모르나 충만된 내면의 세계를 품고 있기 때문에 '귓속말로

---

51) 이향아는 인생을 사는 일 중에 기다림은 하나의 수단이라고 했다. 특히 여인의 일생 중 가정을 지키는 주부로서의 역할은 바로 기다리는 역할로 보고 있다. 이런 기다림의 전제 조건은 신념이며, 희망을 품는 기다림 이여야 하고 인내의 어려움을 참아야 한다고 했다. 이향아, 「기다리는 사람들」, 『고독은 나를 자유롭게 한다』, 자유문학사, 1990, pp. 265 - 269. 참조.
52) 밀실을 두려워하는 자는 조그만 장소에서 따뜻한 동료애나 명상을 할 수 있는 장소로가 아닌 속박의 장소로 여긴다. Yi - Fu Tuan, 정영철 역, 『空間과 場所』, 태림문화사, 1995, p. 69. 참조

번져나는 신명 / 질탕한 뒷 소문'들로 가득한 4월의 봄날에도 집을 지키는 인내를 가질 수 있는 것이다.

봄을 만끽하려고 가족들이 집을 떠나 있는 동안에도 화자가 집을 지키는 것은 은둔과 고역이 아닌 든든한 母性으로서 지키고 있는 것이라고 할 수 있으며, 이 詩에서처럼 고유의 영역을 지키는 일은 어렵고 괴로운 일일지도 모르지만, 이는 역으로 자신을 보호하며 나아가 고립된 공간을 친화적인 공간으로 만들어 대립과 오해를 해소하는 변화[53]를 이끌어낼 수 있는 가능성을 가지게 될 것이다.

따라서 '빈 집을 지키'는 화자는 충만한 내면의 감정을 통하여 현실의 권태와 불만족을 변환시키면서 그 자신이 '이상적 집' 그 자체가 되고 있는 것이다.

이향아는 갈등 회복을 위한 변환과 자정을 강물과 같은 물의 흐름[54]으로 이루려고 한다. 강물[55]의 흐름은 일반적으로 되돌릴 수 없는 시간의 흐름으로 비유된다. 특히 강물은 고립된 물로는 존재할 수 없다는 의미에서 그 유동성은 '집'이 내포한 정착의 이미지와는 대조된다.

화자가 빈번하게 강물에 이끌리는 것은 고립의 집, 닫힌 공간에 대한 반발이라고 볼 수 있을 것이다. 한편 고립과 닫힘의 의미보다는 개방과 열림의 의미를 지닌 강물이 '바다'라는 거대한 공간으로 향하여 흐른다[56]는 점은

---

53) 유지현, 앞의 논문, p. 105. 참조.
54) 물은 종교적으로 항상 동일한 기능을 갖는다. 물은 형태를 해체 소멸시키고 죄를 씻어서 정화시키고 재생시킨다. 물의 운명은 창조에 선행하고 이를 소멸시키지 않는다. M.엘리아데, 이재실 역, 『종교사개론』, 까치, 1993, p. 207. 참조.
55) 이향아는 강물을 소재로 한 작품이 많다. 그의 일곱 번째 시집 표제가 『강물연가』이다. "강물은 끝없이 흘러가므로 언제나 새로운 물결이고 새로운 시간이며 바다로 통하는 샛길"이라고 했다. 그는 강물을 통해 "끈기있는 숨결을 배우고 흘러가는 시간의 순리와 순종을 배우며 뒷날을 내다볼 수도 있다"고 했다. 이향아, 「강물은 흘러서 바다로 간다」, 『고독은 나를 자유롭게 한다』, 자유문학사, 1990, pp. 87 - 91. 참조.

시사하는 바가 크다.

즉 바다가 화합과 자정의 이미지를 함유한다고 할 때, 집의 의미를 보다 확대하고 보충하여 自淨的 효과까지도 첨가할 수 있을 것이다.

물을 긷는다
퍼낸 물 높이만큼 돌아 흐르게
퍼낸 물 그 사정만 핏줄로 돌게

물 한그릇 떠 놓고 머리 올리고
물 한그릇 떠 놓고 하늘에 빌어
물 흐르듯 살자고 맹세했었다

살아 가는 일
물을 긷는 일
물안개 무지개로 다리 놓는 일

한 사발의 물로 목을 축이고
한 동이의 물로 몸을 식히고
한 바다 파도 위에
환생을 꿈꾸었다

산다는 것은
물이 되는 일
뼈도 삭아 흙 속에
혼만 건져서
길들여, 길들여서

---

56) 최두석은 서정주의 시 「견우의 노래」를 해석하는 과정에서 흐름의 유동성이 공간의 단절을 극복하고 기다림을 통한 만남의 성취가 이루어진다고 했다. 최두석, 「서정주론」, 『미당연구』, 민음사, 1994, p. 267. 참조.

물이 되는 일

-「물이 되는 일」 전문

　'물을 긷는다'는 행위를 '퍼낸 물 높이만큼' '핏줄로 돌게'하는 일과 연결
함으로써 대지에 흐르는 강물과 신체의 핏줄을 동일시하고 물을 긷는 일이
우주의 순환원리를 행하는 것임을 암시하고 있다.

　'물 한그릇 떠 놓고 머리 올리고 / 물 한그릇 떠 놓고 하늘에 빌어 / 물
흐르듯 살자고 맹세했었다'는 화자의 행동은 종교적 소망57)으로 인간의 生
에 대한 순리에 순종하는 행위일 것이다. 즉 '살아 가는 일 / 물을 긷는 일'
은 '물안개 무지개로 다리 놓는 일'로 비유함으로써 人間과 神, 自然의 원
리가 서로 연결되어 있음을 암시하고 있다.

　이 詩에서 물은 '한 사발의 물로 목을 축이고 / 한 동이의 물로 몸을 식히
고 / 한 바다 파도 위에 / 환생을 꿈꾸었다'고 하듯 기원, 생명, 순환, 정화의
의미를 동시에 나타내고 있다. 특히 人間에게 있어서 물은 생명유지에 반드
시 필요한 것이기 때문에 '산다는 것은 / 물이 되는 일'로 파악할 수 있으며,
물의 不在는 생명의 소실과 동일한 이미지로 인식이 가능할 것이다.

　'뼈도 삭아 흙 속에 / 혼만 건져서 / 길들여, 길들여서 / 물이 되는 일'이라
는 구절에서 볼 수 있듯이 이향아는 죽음의 순간에서 영원의 부활을 추구하
며, 동시에 물을 통한 끊임없는 自淨과 淨化의 삶을 살고자 소망하고 있다.

　　　나는 왜 얼핏하면 눈물이 나는지
　　　어깨를 들먹이며 흐느끼는 구름
　　　꽃다발 연기 속에 가을 강물 불어서

---

57) 물을 떠놓고 비는 것은 한국 전통 기원사상의 종교적 표현이다. 정진홍, 「물과 한국 종교」,
　　『물과 한국인의 삶』, 나남, 1994, pp. 150 - 155. 참조.

물길 따라 바다까지 걸어가고 싶은지
산모롱이 골짜기 쉬어서 보면
처음보는 땅마다 아름다움 뿐인지
눈을 뜨고 바라보는 과분한 햇살에
넘보라 넘빨강색 크레용으로
옛날 걷던 골목마다 그리움인지
나는 왜 걸핏하면 가슴이 저린지
아무것도 아냐,
아니라고 하는데도
나는 왜 잔 걱정
떠날 날이 없는지

-「나는 왜 걸핏하면 눈물이 나는지」 전문

아리스토텔레스가 『詩學』에서 "카타르시스는 감정의 정화를 의미한다"58)고 했듯이 문학에서 카타르시스는 감격을 포함하고 있는 눈물을 통해서 발현된다.

이향아는 눈물이 "진주처럼 깨끗하고 아름다운, 인간 감정의 가장 순수한 표현이다"59)고 하였다. 따라서 그의 詩에서 눈물은 물과 함께 淨化와 自淨의 이미지를 강하게 포함하고 있다.

위 詩에서 화자가 표현하는 '눈물'은 외면의 갈등이 내면세계에 연계하여 일어나는 현상이라기보다는 다정함과 친화의 감정의 극치에서 나타나는 사랑의 표현이라고 할 수 있다.

화자가 '얼핏하면 눈물이 나는' 것은 '어깨를 들먹이며 흐느끼는 구름' '가을 강물'과 함께 '물길 따라 바다까지 걸어가고' 있기 때문이다. 이처럼

---

58) 아리스토텔레스, 우병희 역, 『詩學』, 문예출판사, 1981, p. 62. 참조.
59) 이향아, 「슬픈영화」, 『고독은 나를 자유롭게 한다』, 자유문학사, 1990, p. 72. 참조.

화자와 동행하는 것은 물기를 가득 담고 있는 것들로서, 이것은 화자의 눈물에 담겨 있는 고갈되지 않는 시적 감성을 비유한다고 볼 수 있다.

따라서 화자는 '넘보라 넘빨강색 크레용으로' 그린 것 같은 풍부한 감성 세계에서 '처음보는 땅마다 아름다움 뿐'이고 '눈을 뜨고 바라보'기에는 '과분한 햇살'이 가득한 세상을 만나게 되는 것이다.

이 詩에서 '옛날에 걷던 골목마다 그리움'이 일고 '걸핏하면 가슴이 저린' 이유는 '가을 강물'을 넘치게 하는 동기와도 일치한다.

이향아가 '얼핏하면 눈물이 난다'고 하는 것은 변하지 않는 삶에 대한 진실함이 있기 때문이며, 세상을 바라보는 다정하고 유정한 시선의 표현이라고 볼 수 있을 것이다.

> 흰색은 미뤄 둔 사랑이다
> 백에 하나라도 혹시 몰라서 밑바닥에 깔아 둔 명주 짜투리이다
> 흰 말 타고 오려나 오늘쯤 그대는
> 멀쩡한 하늘 아래 칼빛처럼 번뜩이는 흰색은 예감이다
> 이젠 끝났다, 다시 시작
> 흰색은 낯선 출발이다
> 찬서리 낮게 깔린 새벽의 고요
> 뿌연 길 걸어서 가출하는 마음이다
>
> 흰색은 가난이다
> 이른봄 엎드려서 쑥을 캐는, 엎드려 밭두렁에 쑥을 캐는
> 온 들판에 너브러진 우리들의 입성이다
>
> 흰색은 절망이다
> '이제는 여기 아무것도 없음' 손을 저어 보내는 흰색은 거절이다
> 어제같고 그제같은 나날, 지치도록 바라보면 흰색은 순종이다

외로운 탐색도 끝난 좌정
수 천 수 만으로 떨어지는 나비 떼
흰색은 황홀한 어지럼증이다

물가루 안개 비는 치근거리고
아무 생각도 없이 뜨고 사는 눈이여, 흰색은 무심이다
아니다 아니다. 흰색은 무지다
비어 있음으로 눈물나는 순결이다

함박눈 쏟아지는 고향 언덕엔
겨울 바람 펄럭이던 흰 치맛자락
불을 켜고 기다리는 어머니의 깃발이다
흰색은 초월, 초월하는 슬픔
하얗게 목을 늘여 투항하고 싶은 오후 세시 바닷가
미칠 듯한 적막이다, 흰색은

-「 흰색에 대하여」 전문

흰색은 일반적으로 순수·순결·정직·신선함·완전성·미래 지향성[60] 등을 함축하기도 하며 세상과 타협하지 않는 고고함[61]을 나타내는 것으로 보고 있다.

이 밖에도 이향아는 흰색을 '사랑' '명주 짜투리' '예감' '낯선 출발' '가출하는 마음' '가난' '온 들판에 너브러진 우리들의 입성'이며 '절망' '거절' '순종' '외로운 탐색도 끝난 좌정' '어지럼증' '무심' '무지'임과 동시에 '불을 켜고 기다리는 어머니의 깃발' '초월' '초월하는 슬픔' '적막' 등이라고 말하였다.

---

60) 오생근, 「한 자유주의자의 떠남과 돌아옴 - 마종기의 시세계」, 『그리움으로 짓는 문학의 집』, 문학과지성사, 2000, p. 135. 참조.
61) 정진희, 앞의 논문, p. 47. 참조.

즉 흰색은 '모든 색깔을 수용해 들일 수 있는 가능성의 여백'이며 '어떠한 색깔도 거부할 수 있는 절대의 영지'로 상반되는 두 가지 의미를 갖고 있는 색인 것이다. 또 이향아는 흰색을 때묻지 않은 열정과 무한한 가능성을 가진 젊음의 색[62]으로 보고 이를 아름다운 것과 동일시하기도 한다.

특히 이 詩에서 흰색은 젊음이 갖는 모든 현상학적이고 감정적인 상태를 나타내고 있다. '미뤄 둔 사랑'으로 언제든 '다시 시작'하는 '출발'이며, '가난'하지만 '절망'만을 품지 않고 '이른 봄' '쑥을 캐는' 생명을 가진 것이라고 그는 해석하고 있다. 또 '절망'의 상태에서도 '거절'하는 용기가 있으며 '비어 있음으로 눈물나는 순결'이라는 것이다.

이것은 '함박눈'이 갖는 흰색의 이미지와 포근함을 겸비한 '어머니의 깃발'로도 비유되고 있는데, 흰색 자체는 연약하지만 깃발은 어머니와 같은 강인함을 表象하는 것이라고 할 수 있다. 결국 흰색은 '초월'이며 '초월하는 슬픔'인 동시에 '가난'과 '절망'을 극복할 수 있는 색일 것이다.

화자는 '흰색'이라는 색채를 自淨의 최종단계에 위치하게 하였다. 특히 위 詩에서 '흰색은 미뤄 둔 사랑이다'라고 한 것은 현실적 세계인 '집'에서 표현 불가능했던 감정을 유보해 두었음을 나타냈다고 볼 수 있다.

따라서 흰색은 삶을 自淨하려는 화자의 의지를 대변하고 있는 색채이며 동시에 변환된 그의 최종 모습이라고 생각된다.

3. 無限的 想像力과 안정된 自我

집은 일반적인 사물이라기보다는 生命과 감각과 감정이 있는 人間을 수용하고 유지시킨다는 점에서 유정한 사물로 볼 수 있다. 그런 점에서 인간이

---

62) 이향아, 「푸르고 하얀 계절」, 『고독은 나를 자유롭게 한다』, 자유출판사, 1990, pp. 206 - 210. 참조.

빠져나간 빈집을 영혼이 빠져나간 육체처럼 공허와 공포를 주는 공간으로 인식하는 것은 당연한 일일 것이다.

오생근이 집과 상상력을 논하면서 "집이 현실성에 묶여 고정된 이미지가 아니라 커지고 늘어나는 신축성과 가벼움을 보이면서, 때로는 수직적인 존재로, 때로는 응집되고 확산되는 형태로 변용 되는 성향을 보인다"[63]고 말한 것도 이상의 관점에서 볼 때 충분히 이해될 수 있는 사실이다.

이향아는 영혼과 육체가 빠져나간 집을 채우고 지키려고 하였다. 이것은 부족함과 혼란이 없는 이상적 집을 추구하려는 노력으로 이어지면서 無限한 想像力을 확장시키고 있다.

이러한 노력이 있는 한, 이향아의 현실적 집은 더 이상 불완전한 세계가 되지 않고 오히려 빈집을 채우기 위한 의지를 지닌 공간으로 발전되면서 이상적 공간에 대한 창의적 원동력의 모태가 될 것이다.

> 미술시간에는 주홍이라 배웠지만
> 집에서는 편하게 기명색이라 했다
> 사전에는 없는 말, 기명색, 기명색
> 커서는 멋지게 오렌지색이라 했어도
> 오렌지색보다야 능소화 빛깔이지
> 무슨 색을 좋아하느냐
> 누군가 내게 물어주었으면
> 여름 저녁 노을빛
> 초가을 볕에 익은 꽈리
> 서리 맞은 감
>
> ─「무슨 색을 좋아하니」 전문

---

63) 오생근, 「'집'과 시적 상상력」, 『그리움으로 짓는 문학의 집』, 문학과지성사, 2000, pp. 28 - 29. 참조.

집은 모든 사람에게 동일하게 인식되지는 않으며 각자의 개성, 안목, 체험에 의해 다양하게 나타날[64] 수밖에 없다.

이 詩의 소재로 쓰인 '미술시간'은 수업시간 이외에 전통적·원형적, 또는 사회적 관습에 의해 정해진 개념적 시간이다.

이미 '주홍이라'고 확고히 정해진 것에 대해서 '집에서는 편하게 기명색' '능소화 빛깔' 등 새로운 견해를 피력하는 것은, 시적 상상력의 확장과 발전을 의미한다. 그 확장과 발전이 이루어진 최초의 공간은 화자의 집이라고 할 수 있다.

'집에서는' '기명색'이라고 하였다는 것은 집의 본래적 기능에서 볼 때, '집'의 자유[65]와 상응하지만 좀더 구체적으로 분석하면 '집'은 가족 구성원이 공유하는 커뮤니케이션의 지역[66]이므로 詩人이 집에서 듣게 된 '기명색'이라는 명칭은 그에게 무엇보다 깊이 각인되었을 것이다. 그러나 詩人은 이 공간으로부터 벗어나 '누군가가 내게 물어주었으면'하고 이것을 객관화시키기를 욕망하고 있다.

기명색으로부터 파생된 상상력은 '능소화 빛깔'과 '여름 저녁 노을 빛' '초가을 볕에 익은 꽈리' '서리 맞은 감' 빛으로 발전하면서, 그의 詩 도처에서 빈번하게 나타나는 시각적 배경의 확장에 기여[67]하고 있다.

다음의 詩들은 '지하도'와 '사막' 이라는 구체적 공간을 통해 '집'의 의미를 확대시킨 것이라고 할 수 있다. 이때 '지하도'와 '사막'은 거주 공간이

---

64) 강회진, 앞의 논문, p. 3.

65) 하이데거는 '거주', '보호', '평화', '자유'라는 말의 어원이 동일하다고 보고 있다.
M.Heidegger, 『Bauen Wohnen Denken』, 1954, p. 23 : C,Norberg‐Schulz, 『實存·空間·建築』, 김광현 역, 태림문화사, 1991, p. 80. 재인용.

66) 염창권, 앞의 책, p. 20. 참조.

67) 「큰죄」, 「연한 보라색」, 「측백나무와 별이 있는 길」, 「겨울 나무를 바라보며」, 「해어스름 골짜기 푸른 기운은」, 「가을에는 흰 옷을」, 「황색 그리스도」 등의 시에 서 이러한 면모를 구체적으로 엿볼 수가 있다.

아니며 시간적 한계와 공간적 한계를 초월한 상상의 공간이다.

　　　지하도에 내려 서면
　　　연방죽 지나온 바람 같은 것
　　　향내나는 현기중에
　　　나는 갇힌다

　　　저승 같기도 하고
　　　옛날에 꾸었던 꿈 속 같기도
　　　하다

　　　사람이나 물건이나
　　　달빛보다 푸른 인광에 젖어
　　　난생 초면인 듯 낯이 설고
　　　해 아래서의 약속이
　　　잠결엔 듯 희미하다

　　　여기는
　　　어머니의 자궁 같은
　　　세상 모를 수심
　　　나는 그 태초에 잠겨
　　　아무 걱정도 없다

　　　지하도에 들어 서면
　　　으레 길을 잃는다
　　　가끔 죽었다가 다시 살아나는
　　　사람도 있다지만
　　　어림없다 나는
　　　한 번 죽으면 그뿐

내 무딘 길눈으로는

다시 돌아오지 못할 것이다

-「지하도에 내려 서면」 전문

'지하도'는 공포[68]와 신비[69]라는 이중의 대비구조를 이루며 이 두 어휘를 조화시키는 공간이 되고 있다.

이 공간은 화자에게 '저승 같기도 하고 / 옛날에 꾸었던 꿈 속 같기도' 한 곳이며 '어머니의 자궁 같은 / 세상 모를 수심'이 있는 곳으로, '저승'과 '자궁'을 동시에 포함한 곳으로 나타나고 있다. 또 1, 2연의 '갇힌다'와 '저승', '향기나는 현기증'과 '꿈 속'은 같은 계열의 의미군를 포함하고 있으므로, 지하도는 죽음과 탄생이 공존하는 공간으로 이해될 수 있다.

이는 공포와 신비의 장소이며, '길을 잃'듯 '죽었다가 다시 살아나는' 일이 이루어지는 生死가 넘나드는 공간이다.

그러나 이향아의 '지하도'는 더 이상 어둠의 공포와 칩거[70]의 공간이 아니며 끊임없이 순환하는 자연적 공간, 삶과 죽음을 인지하는 곳, 초시간적 공간으로 변환되어 있다.

---

68) 정신분석가 C.G 융은 집에 늘 따라 다니는 공포를 분석하기 위해 지하실의 이미지를 이용하고 있는데 그는 지하실을 무의식으로 보고 이는 어둠이 밤낮으로 몰려다니는 공포의 원시성과 특수성이 살아나는 공간으로 보고 있다. G.바슐라르, 곽광수 역, 『공간의 詩學』, 민음사, 1990, pp. 134 - 135. 참조.

69) 앙리 보스코(Henri Bosco)는 지하실을 영혼의 신비한 근저를 상징하고 비밀이 머무는 장소로 보고 있으면서 집이 지하실을 통해 자연과 교류하고 있고 지하실 계단은 생명을 통과시키는 현관으로 보고 있다. 이재실, 「Henri Bosco의 작품에 나타난 집의 이미지 연구」, 이화여대 석사논문, 1983, p. 38. 참조.

70) 김완은 칩거성을 "더욱 더 안정된 깊이를 찾으려고 집의 깊은 곳으로 내려가는 것"이라고 하였다. 김완, 「Alain - Fournier의 Le Grand Meaulnes에 나타나는 '집의 이미지' 연구」, 서울대 석사논문, 1983, p. 15. 참조.

초원 지나, 사막 지나
무지개 지나, 신기루 지나
국제 특급열차
서른 두 시간
별점 치며 그리던 낙원은 멀어
도달하지는 못할 곳
꿈꾸던 나라

해 넘어간 노을 아래에도
천국이 하나
추억의 등불 속에도
천국이 하나
마유주 부글거리는 부엌 근처에
꿈나라 하나 걸어 두고 간다

늙은 낙타 떼 필름처럼 스쳐가고
모래 냄새 그으른 캬라반의 이마 위로
은혜로워라, 흐르는 시간
흐르는 시간에 섬처럼 떠서
이방의 나그네로 실려가는 자유

나는 아직 지도 안에 있는가
마른 바람 괴벗은 몽고 안에 있는가
지구는 돌아 멈추지 않아
있을 것은 모두 제 자리서 저무는가
무사하다, 무사하다고
안일을 고백하는
사막의 한가운데
천진한 하루

-「고비사막을 지나며」 전문

이 詩에서 詩人의 상상력은 도처에 낙원[71]을 설립하고 있다. '도달하지는 못할 곳, / 꿈꾸던 나라'는 의식 속에 구축해 오던 낙원이며, '해 넘어간 노을 아래' '추억의 등불 속' '마유주 부글거리는 부엌 근처' 등 화자는 꿈꾸는 공간 어디든지 그 낙원을 만들고 있다. 화자가 지나온 사막까지도 낙원이 될 수 있는 것은 이 때문이다.

'꿈나라 하나를 걸어 두'기만 하면 도처에 낙원을 설립할 수 있는 화자는, '모래 냄새 그으른' 사막에서도 '은혜로워라'고 외치면서 '이방의 나그네로 실려가는 자유'를 누릴 수 있게 된다.

특히 '지도 안'이나 '마른 바람 괴벗은 몽고 안'이나 화자가 있는 모든 공간은 낙원이 되기 때문에 '지구는 돌아 멈추지 않'는 생명성과 '있을 것은 모두 제 자리서 저무는' 안정까지도 얻을 수 있게 되는 것이다. 또 이것은 삶이 이루어지고 있는 지구의 모습으로 삶의 공간이 자연과 동일한 장소임을 강조하는 것이라고 할 수 있다.

이때 화자의 낙원을 세우는 의지는 '초원 지나, 사막 지나, / 무지개 지나, 신기루 지나 / 국제 특급열차 / 서른 두 시간'의 어떠한 상황의 한계에도 구애받지 않고 시간과 공간을 초월하여 자유를 구가할 수 있게 한다.

특히 詩人이 '부엌 근처'까지 낙원을 만들어 이상적 세계를 이루려고 하는 태도에서 우리는, 그가 '천진한 하루'로 표현되는 단순한 人生의 과정에서도 자연으로부터 자아의 안정을 얻으려고 하고 있음을 알 수 있다.

'지하도'라는 것이 生과 死의 원리를 따르는 시간을 함축한다면, '사막'은

---

71) 한국문학의 낙원사상은 전통적으로 현실세계의 탈출을 전제로 하지만 현실세계의 탈출만으로 낙원 회복을 이룰 수 있다고 보기는 어렵다. 김석하, 『한국문학에 나타난 낙원사상 연구』, 일신사, 1973, pp. 1 - 7. 참조.
낙원의식은 동양적 전통정신의 선험적인 관념에 의해 나타나므로 그 원래의 꿈이 낙원으로 표현되는 경우가 많다. 박주택, 『낙원회복의 꿈과 민족정서의 복원』, 시와시학사, 1999, p. 70. 참조.

집으로 회귀하는 목적을 응축한 공간이다. 즉 끊임없이 변화하는 자연현상을 '지구는 돌아 멈추지 않아'로 표현함으로써 詩人은 공간의 연속성을 단적으로 보이고 있다.

이처럼 화자의 상상은 집, 지하도, 사막 등을 변화 발전하는 자연현상에 비유함으로써 그 연속성을 부여받게 하고 동시에 자연과 같은 순환적 안정감을 얻게 한다. 이때 상상력의 확장과 함께 얻은 안정감은 이향아의 '집'이 가지고 있는 본질적인 특성을 투사하고 있다고 보여진다.

이향아의 '집'을 중심으로 하는 상상력은 현재까지 살고 있거나 과거에 살았던 체험적 장소로부터 출발하며, 미래의 집은 제외하고 있다. 이러한 경험적 집에서 시적 자아는 의식의 안정을 도모할 수 있게 되며, 특히 오래된 집, 혹은 태어난 집에서는 보다 더 평온한 안정을 누릴 수 있게 되는 것이다.

이상한 일이다
내가 오기 전에
스위스가 먼저 나를 찾아왔었다
옛날이었다
그는 내 잠 속에 스며
유년의 내 손에 크레용을 쥐어
나지막한 구릉
뾰족한 지붕
지붕 밑 다락방 레이스의 커튼
하얀 판자 울타리에 빨간 장미 넝쿨을
아이들은 풀밭에서 깔깔대며 뛰놀고
부부는 건초를 펴서 일광에 말리었다
스위스는 내 유년의 도화지
살고 싶은 집

무작정 그렸던 행복이었다

- 「유년의 그림」 전문

　대부분의 詩人들이 개인적 체험에 의한 가족 단위의 집의 이미지에 사로 잡히는 경우가 많은데[72] 이향아의 경우에도 이런 면이 나타난다.

　'크레용'은 화자의 유년의 감성을 그림으로 표출하는 중요한 도구가 된다.

　그가 그린 그림 속의 집은 미학적, 몽상적 집이며, 현실의 어느 시간과 공간에도 구속되지 않고 화자의 상상에 의해 나타날 수 있는 현실의 이상적 집이기도 하다. 왜냐하면 작품 속에 나타나는 대상과 사물은 현실세계의 직접적인 재현이나 모사에 그치지 않고 상상력에 의해 변용되어 광활하게 나타나기 때문이다.

　화자가 '잠 속에 스며' '유년의 내 손에 크레용을 쥐여'들고 그리게 되는 '살고 싶은 집'은 '무작정 그렸던 행복'이라 부를 수 있는 안정과 평안의 공간에 대한 소망이라고 보여진다. 화자가 그리고자 하는 것은 유년의 집에 대한 자연스런 회상과 함께 그의 소망을 구체화하는 행동이라고 할 수 있을 것이다.

　즉 화자의 소망의 표출인 그림은 성인이 되어 직접 접하게 된 '스위스'라는 공간을 축소한 이미지로 표현되었던 것이다. 따라서 '스위스'라는 공간은 현재로 시·공을 초월한 '유년의 집' 그 자체와 일치하기 때문에 화자는 현실의 어느 공간에서도 안정과 행복을 느낄 수 있게 될 것이다.

---

72) 오생근, 앞의 책, pp. 25 - 26. 참조.

III. 原形的 回歸

1. 떠남 - 비워둠과 소망의 관계

삶은 안주와 모험 그리고 집착과 자유 사이의 변증법적인 움직임[73]이라고 말한 사람도 있거니와, 삶의 영역을 확장하기 위해서는 모험과 도전이 필요하며 그 도전 가운데서 자신의 존재성을 입증해야 할 것이다.

이향아 詩는 현실의 불안과 갈등을 淨化하고 이상적 자아의 안정을 획득하고자 하는 의지로부터 출발한다. 이 의지는 떠나는 행위로 형상화되고 떠나는 행위의 유랑과 방황은 돌아오는 행위로 정착한다고 볼 수 있다.

즉 그의 떠남과 돌아오기는 반복되는 하나의 패턴을 이루며 떠남은 성숙한 삶에 도달하기 위한 출발로 해석할 수 있다.

집을 이해하고, 확실히 파악하기 위해서는 집의 내부로부터 외부로 나서야 할 것이다. 다시 말해서 현재의 외형적 틀은 자유를 한정하고 그 협소성이 상상력을 제한하기 때문에, 구애받지 않는 자유를 구가하기 위해서는 현실 삶에 대한 집착을 버려야 한다는 것이다. 이향아는 집이라는 공간을 떠남으로써 집착의 대상을 버리고 정신공간을 확대하려고 한다.

그의 詩에서 '집 떠나기'는 두 가지 목적을 포함하고 있다. 하나는 현실세계의 갈등과 불안을 해소하기 위한 떠나기이고, 다른 하나는 삶의 부활과 회복을 통해 이상을 추구하려는 의도적 비우기이다.

> 뒷굼치만 눌러도
> 길이 트인다

---

73) 유지현, 앞의 논문, p. 123. 참조.

밀폐된 방으로부터 뻗어간
저 숲 속 나무들의 잡다한 기도

귀먹어 늙어가는 껍질 벗듯이
머리 감아 빗고
문을 밀고 나선다

밀물처럼 신나게 안겨드는 하늘
가로수에 펄럭이는 놀라운 소문
해후로 가득 차 연연한 거리

젖은 발로 늦게
내가 돌아와
몇 배나 숙성하여 울고 돌아와

잔잔한 낮은 천장
너그러운 방

-「외출」 전문

외부세계로 나갈 수 있는 통로라는 점에서 '길'은 고립의 '집'과 대비되는 열린 공간[74]이라고 할 수 있으며, 또한 떠남과 돌아옴이 교차되는 곳으로도 볼 수 있다.

위의 詩에서 '밀폐된 방'은 '귀먹어 늙어가는'이라는 표현과 함께 폐쇄된 공간을 의미한다고 할 수 있다. 이 공간으로부터 화자는 '머리 감아 빗고 /

---

74) 김용희는 길의 상징성을 요약함에 첫째, 정신적인 세계와 물질적인 세계, 즉 형이상학적인 세계와 형이하학적인 세계를 다 포함시킬 수 있는 공간. 둘째, 시간적인 계기성과 공간적인 계시성이 동시에 나타나는 공간. 셋째, 선적인 요소와 면적인 요소를 다 함유하고 있는 공간으로 정의했다. 김용희, 『현대소설에 나타난 '길'의 상징성』, 정음사, 1986, pp. 3 - 4. 참조.

문을 밀고 나’서는 행동으로 외부세계로 나오게 되며, 화자는 ‘밀폐된 방으로부터 뻗어간 / 숲 속 나무들의 잡다한 기도’로 그 외부세계에 존재하고 있는 화자의 소망까지도 들을 수 있게 된다. 이때 ‘문’은 공간을 차단하는 장애물이기도 하지만 ‘문을 밀고 나’가는 행동과 함께 소통의 기능을 하는 ‘길’과 동일한 이미지로 이해될 수 있다.

화자의 소망이 뻗어나간 외부 공간에는 ‘밀물처럼 신나게 안겨드는 하늘,’이 있고 ‘가로수에 펄럭이는 놀라운 소문,’이 무성하지만, 화자는 그곳을 해후와 그리움이 가득찬 ‘연연한 거리’로 느끼고 있다. 이 해후와 그리움은 화자가 ‘젖은 발로 늦게,’ ‘몇배나 숙성하여 울고 돌아’오는 행위의 필연적 이유가 되고 있다.

위 詩에서 이향아는 닫힌 공간을 벗어나 보다 넓은 공간으로의 도약을 목적으로 외출한다. 그러나 그 세계에서 그는 젖은 발로 울면서 ‘잔잔한 낮은 천장 / 너그러운 방’으로 돌아오게 된다.

즉 화자는 외출을 통해 폐쇄되었다고 느끼던 ‘밀폐된 방’이 세상의 노역과 어려움을 안을 수 있는 ‘너그러운 방’인 것을 알게 되었다. 또한 ‘문을 밀고 나서’ 외출함으로써 집이 얼마나 안락하고 소중한가를 깨닫게 되었음을 알 수 있다.

ⓐ 꿈에
　신발을
　자주 잃어버린다

　맨발로 절뚝이는
　광야와 절벽
　목숨 걸고 쫓기는
　극지에서도

나는 용케 죽지 않고 살아나
새벽 현관 흩어진 주름진 신발 속에
추억보다 슬프게 발을 담근다

ⓑ 가자하면 가리라
두 발을 딛고
천지팔방 눈을 감고 순례하리라
진흙과 돌자갈의 밤길을 지나
재수없는 지난 밤의 꿈을 씻어서
이제는 내가 네게 복종하리라

- 「신발」 전문75)

'신발'은 이승의 삶을 의미하는 상징물이며 육체와 지상의 표면을 연결시키는 매개체가 된다. 때문에 우리의 민속에서는 신발을 잃어버리는 것은 흉조76)라고 여겨왔다.

'신발'은 자유로운 이동과 함께 떠나는 행위에 필요한 중요한 삶의 도구이다. 신발을 잃어버리는 행위는 화자를 고난과 어려움에 처하게 만들지만 신발을 신으면 그러한 두려움이 없는 완전한 자유로 낯선 어디든지 찾아 갈 수 있게 된다.

한편 '신발'은 '집'이 가지는 보호 기능과 동일한 역할을 맡고 있다.

ⓐ는 그 보호물을 잃어버림으로 해서 생겨나는 고난과 어려움을 설명하고 있다. '맨발로 절뚝이는 / 광야와 절벽'으로 고난을 나타냈고 '목숨 걸고

---

75) 부호는 필자가 부기 한 것임.

76) 물에 빠져 죽거나 절벽에 투신한 여인 설화에서는 '신발만이 남아 있더라'는 말로 죽음을 비유하며 특히 음력 설에 신발을 잃어버린 사람은 새해에 죽거나 중병을 앓게 된다고 하여 어린아이의 신발을 안방이나 대청에 감추는 풍습이 있다. 최래옥, 『우리민속의 멋과 얼』, 동흥문화사, 1992, pp. 54 - 55. 참조.

쫓기는 / 극지'는 생명이 위협받는 극한 위험을 나타내고 있다. 그러나 '꿈에 / 신발을 / 자주 잃어버린다'는 행위는 화자의 잠재의식의 반영일 것이며, 현실적 생활의 안정을 훼손당하는 것을 상징한다고 할 수 있다.

'신발'은 화자의 삶인 동시에 소망과 의지의 집적체라고 할 수 있음에 반하여, 신발을 잃어버린다는 것은 삶의 훼손에 대한 두려움을 준다는 점에서 집이 가진 중요한 기능의 상실과도 연결시킬 수 있다고 할 수 있다.

이향아는 신발을 잃어버리는 꿈을 통하여 오히려 자신의 삶과 소망을 지키고자 하는 굳은 의지를 다짐하게 된다.

즉 ⓑ에서 '두 발을 딛고'가는 화자는 분실로 인한 두려움을 벗어나 '천지 팔방 눈을 감고 순례하'는 용기와 자신감을 갖게 되며, 이 용기를 통하여 '진흙과 돌자갈의 밤길'과도 같은 불리한 상황뿐 아니라 '재수없는 지난 밤의 꿈'까지도 이겨낼 수 있게 되는 것이다.

　　　　내 잔은 가득 채우지 마십시오
　　　　열 가운데 서너 칸은 비워 두세요
　　　　내 잔에 따르는 무슨 향내로도
　　　　독으로도
　　　　그 슬픔으로도
　　　　어떤 술수로도
　　　　이 반쯤 비인 잔에 내려와 쉬는 빛을
　　　　정지된 생애의 한 순간을
　　　　아름다운 희망을 막을 수 없습니다

　　　　아직 살아보지 못한 여생을 담을 자리
　　　　아, 어느 날 무엇인가 되어서
　　　　당신이 다시 돌아올 자리
　　　　어둠의 개울을 견뎌 새벽에 고인

속 깊은 눈물 몇 방울도 함께 섞을 자리

반짝이는 유리잔의 벌거벗은 고통
그대로 비워 두세요
열 가운데 서너 칸쯤은

풍편에 묻어오는 어지러운 소문
더디고 낯선 어느 노래로
비인 잔의 소망이라며 채우게 될지라도
설령 그렇게 되고 말지라도

-「반쯤 빈 잔」 전문

이향아는 가득 찬 것보다 오히려 비어있기를 바란다. 가득 찬 것은 넘침의 위험을 내포하고 있지만, 비어있음은 채울 수 있는 기대와 소망을 담고 있기 때문이다.

이향아의 경우 떠나는 것은 자의적 비우기의 발로이다.

'향내' '독' '슬픔' '술수' 등이 현실적 화자의 잔을 엿보고 있지만, 그는 이를 거부한다. 화자는 그의 잔에 '빛'과 같은 '정지된 생애의 한 순간', '아름다운 희망'이 채워지기를 바란다.

화자가 비워둔 잔은 '아직 살아보지 못한 여생을 담을 자리', '당신이 다시 돌아올 자리'이며 '속 깊은 눈물 몇 방울도 함께 섞을 자리'이다. 이러한 자리를 남겨 놓으려는 것이 화자의 삶의 자세이며 소망이다. 이 소망은 유혹과 욕망[77]을 이겨내고 삶의 생명과 활력을 줄 것이다.

---

77) 이향아는 "욕망은 사람을 발전시키기에 욕망이 없는 젊음은 무기력하지만 절제를 벗어난 욕망은 야생의 짐승보다 무지하여 욕망을 다스리지 못하면 욕망에 의해 침식되고 만다"고 경고한다. 이향아, 「홀로 크는 나무처럼」,『고독은 나를 자유롭게 한다』, 자유문학사, 1990, p. 63. 참조.

화자는 반쯤 빈 잔이 '벌거벗은 고통'과도 같은 현실의 수치와 모멸감을 감내하고 이겨내기를 바라며, 고통을 이겨내고 빛으로 채워진 '반짝이는 유리잔'이 되기를 소망한다.

'풍편에 묻어오는 어지러운 소문'이나 '더디고 낯선 어느 노래'로 채워지고 말지라도 '열 가운데 서너 칸쯤은' 비워두는 화자의 의지는, 끊임없이 희망을 채우며 노력하려는 자세라 할 수 있으며, 이것은 비워짐을 채우고 노역을 극복하려는 이향아의 삶에 대한 도전정신을 나타내는 것이라고 말할 수 있다.

기적은 바라지 않겠습니다
퍼낸 만큼 물은 다시 고이고
달려온 그만큼 앞길이 트여
멀고 먼 지축의 끝간 데에서
깨어나듯 천천히 동이 튼다면

날마다 다시 사는 연습입니다
연습하여도 연습을 하여도
새로 밀리는 어둠이 있어
나는 여전히 낯선 가두에
길을 묻는 미아처럼 서 있곤 했습니다

눈을 감고 살기를 복습하면서
꿈을 위해 비워둔 항아리처럼
꿈도 비워 깊어진 항아리처럼
내 영혼에 새겨진 그 약속만
기적보다 눈부시게 돌아오기를
옷깃 여며여며 기다리겠습니다

-「비운 항아리처럼」 전문

이향아는 눈을 뜨는 행위를, 보고, 이해하고, 깨닫고, 해체하는 일련의 의미와 연결시키고 있다. 눈을 뜨는 행위의 목적은 "정직한 감각의 부활을 위함이고 미숙한 애착과 잊지 못함에서의 해방[78]을 위해서"라고 자신의 글에서 밝히었다.

'눈을 뜨는 일'과 상반되는 '눈을 감고 살기'는 현실적 집착과 욕망에서 벗어나기를 바라는 심리의 표현일 것이다. 화자는 이 행위의 객관적 이해를 얻기 위해 '연습'과 '복습'을 한다.

그는 고난과 인내를 통과하지 않는 요행과 기적은 바라지 않는다고 하였다. 기적은 '퍼낸 만큼 물이 다시 고이고 / 달려온 그만큼 앞길이 트여 / 멀고 먼 지축의 끝간 데에서 / 깨어나듯 천천히 동이 튼' 일이 아니기 때문이다.

화자는 고난과 어려움을 극복하여 얻은 열매만이 '기적'이 아닌 '기적보다 눈부시게 돌아오'는 결실이라고 생각한다. 즉 '돌아오기'는 고난과 같은 '비우기'를 극복해낸 열매로 비유되고 있다. 돌아옴의 세계는 '동이 튼'것처럼 밝고 '앞길이 트'인 무한공간의 세계이며 결국 무한 공간의 세계를 얻을 수 있었던 것은 '비워둔 항아리'가 있었기 때문이다.

이향아 시에서 비워진 공간은 의도적인 노력과 비우기의 연습을 통해 만들어진 공간이다. 이 공간은 집착과 욕망으로부터 벗어나 자유로운 삶의 의지와 시의식을 배양하는 장소가 되는 것이다.

이향아는 채워진 충만보다는 비워둠으로 기대할 수 있는 이상적 공간의 확장을 추구한다. 떠나기, 비워두기는 자율적인 의지에 기인하며 비워둔 공간을 보다 이상적인 것으로 채움으로써 아름다움을 이루려고 하고 있다. 이러한 경향은 이향아 詩 전반에 나타난 특성으로 집착과 욕망으로부터의 자

---

78) 이향아, 「눈을 뜨는 연습」, 『고독은 나를 자유롭게 한다』, 자유문학사, 1990, p. 141 - 142. 참조.

유라는 시의식을 형성하고 있다.

2. 돌아오기 - 母性의 回歸

필자는 앞에서 떠남이 돌아옴을 전제 조건으로 하는 것일 때 '집'이라는 공간을 떠난 화자가 돌아올 곳은 과거에 이미 체험했던 공간이 된다고 말하였다.

즉 이 공간은 건축물의 형태로서 존재하는 집이 아니라 가장 근원적인 장소, 모성적 공간인 것이다. 그리고 이 공간은 인간의 성장과 함께 모성에서 고향으로, 고향에서 국가와 세계로 점차 그 범위가 확대되어 나가게 될 것이다.

심리학에서 인간의 성격이나 지능은 유년기에 모두 형성된다[79]고 하거니와 그 중에서도 유년기에 체험한 기억[80]은 詩人의 상상력의 원동력이 된다고 할 수 있다.

특히 모성에 대한 기억[81]은 정서적 안정성을 좌우하며 원초적이며 잠재적인 의식을 형성하게 될 것이다.

> 이제 나도 한 채 집이 되고 싶다
> 까치 떼 날아드는 철든 대숲에

---

79) 신현락, 「김종삼 시의 공간구조에 관한 연구」, 한국교원대 석사논문, 1993, p. 10. 참조.
80) 채희성은 보들레르의 '이상의 집'을 과거 지향적인 유년기적 이상 공간, 현재 또는 미래지향적인 동양적 이상 공간과 열대적 이상 공간으로 요약하여 정리하고 있다. 특히 유년기적 집은 회귀할 수 없는 곳이며, 따라서 이 집은 귀소본능만 자극시킬 뿐이라고 하고 있다. 채희성, 「보들레르 시에 나타난 공간 연구」, 경북대 박사논문, 1994, pp. 71 - 72. 참조.
81) 이향아는 "어머니란 말은 함축적, 상징적인 말로 존재의 근원이며, 언제고 돌아가 쉬고 싶은 따뜻한 고향을 의미한다. 유년시절 어머니는 만능의 열쇠였고 슬픔과 억울함, 눈비와 바람을 막아주는 아늑한 의지처였다"고 말하며 그 의지처인 유년의 어머니의 품을 그리워했다. 이향아, 「먹이는 사랑」, 『하얀 장미의 아침』, 영학, 1998, p. 86. 참조.

머리카락 쓰다듬는 구름 아래 섰고 싶다
굴뚝이 낮으막한 집
흙 이겨 바른 옴팍한 구들에서
있는 듯도 없는 듯도 끄느름하게
풀무질로 솟는 맵겨처럼 타고 싶다
추억의 저녁 안개 낮게 흐르고
아이들이 어미 품에
고물처럼 묻어갈 때
나는 너무 건방지게 쇠어버렸구나
우리 동네 공회당 북소리 맞춰
한 발 두 발 아이처럼 걸어가고 싶다

-「추억의 집」 일부

이향아가 천진난만한 어린아이의 눈을 통해 도달하고자 한 세계는, '아이들이 어미 품에 고물처럼 묻어' 가는 곳으로 어른이 된 지금은 회귀 불가능한 유년의 세계이다. 화자는 몽상과 기억이 혼합된 옛집의 행복한 이미지를 끌어와 그 집을 추억하면서 떠남의 상황에서 겪은 불안감이나 상실감을 치유[82]하려고 하고 있다.

이향아가 생각하는 세계는 '한 생애가 다리 뻗을 햇살'(「씨앗 속에는」)이 있는 세계이다. 이 곳은 '치맛자락 뒤집어 콧물 닦아 주'(「내 이름을 쓸 때」)며 '즐겁게 내 껍데기가 되셨던 당신'(「껍데기의 노래」) 즉 어머니가 함께 있는 곳으로 '버리기 싫은 추억'이 가득하여 '부활을 꿈꾸는 집'(「헛간을 지으며」)이라고 할 수 있다.

이런 의미로 볼 때 그의 詩에 나타나는 '추억'은 과거 세계와 모성에 대한 그리움을 전개하는[83] 일로 볼 수 있을 것이다.

---

82) 정진희, 앞의 논문, pp. 35 - 36. 참조.

‘한 채 집이 되고 싶다’는 詩人의 소망은 ‘집’으로 표현된 母性을 말하고 있다. ‘까치 떼 날아드는 철든 대숲’이 있는 집은 ‘흙 이겨 바른 옴팍한 구들’이 있는 생활의 공간이며 동시에 ‘아이들이 어미 품에 고물처럼 묻어갈’ 생명력 넘치는 이상적 공간으로 화자가 그리워하는 母性의 품과 동일한 곳이라고 할 수 있다.

女性은 자녀이면서 다른 독립된 모성이 되고 싶은 이중적 심리를 가지고 있다. 따라서 ‘너무 건방지게 쇠어버’린 ‘추억의 집’의 화자는 과거를 그리워하면서 보다 성숙된 자세로 새로운 모성으로 ‘한 발 두 발 아이처럼 걸어가고 싶다’고 말하게 되는 것이기도 하지만, 한편 이것은 화자 자신이 유년으로 돌아가고 싶은 소망을 나타내고 있는 것이라고도 해석할 수 있을 것이다.

또 이 詩人이 집이 되고 싶은 심리적 저변에는 ‘까치 떼’가 갖는 자유로움에서 유추된 ‘방랑’이, ‘휴식’과 ‘안정’의 이미지로 변환되고 있음을 나타낸다고 볼 수 있다. 따라서 과거를 회상하고 그리워하던 화자가 ‘한 채 집’으로 정착하려고 하는 것은 집으로 되돌아가려는 자연적인 회귀, 곧 집으로의 중심의식을 표현한 것이라고 할 수 있다.

이때 ‘한 채 집’은 생명성을 가진 것들의 집합의 장소로 바슐라르는 이를 ‘생명의 집[84]’이라고 요약하였다. 생명의 집은 떠났던 ‘까치 떼’가 날아드는 곳이며, 아이들이 어미 품에서 평온하게 양육되는 최초의 거소인 여성의 존

---

83) 과거에 대한 그리움을 노래하고 있는 시들은「추억이라는 말에는」,「지금이 그때」,「사과꽃」,「문을 열면」,「나는 얼마나 그림 같은지」,「시계」,「내 이름을 쓸 때」,「먼 곳에 있는 나라」,「시계」,「불면」,「하얀 그림자」 등이 있다.

84) 바슐라르는 새집의 ‘새’의 이미지에게는 따뜻하고 아늑한 거소를 지니고 있으며 이것이 ‘생명의 집’이 된다고 했다. 따라서 우리는 새집을 발견했을 때 새집은 우리를 어린시절로 되돌려 주며 새집이야 말로 현실의 새집, 자연속에서 발견된 새집에 대한 현상학을 도입하게 할 수 있는 것이며, 이것으로 우주적 상황의 밑바탕이 될 수 있다고 했다. G.바슐라르, 곽광수 역, 앞의 책, pp. 223 - 231. 참조.

재 즉 모성으로 치환할 수 있다.

이제 그만 집으로 가자
쫓기다가 넘어지다가 이제는 가자
비단실 그물이 나를 묶어서
조이는 핏줄엔 듯
끌리어 가자
부끄러움 부벼 삭일 언덕이 있는
평생을 속아 사는 어머니
어리숙한 기다림이 아랫목 같은
집으로 가자
얼룩진 상처 이부자리 끌어 덮고
유순한 짐승처럼 이마를 맞대
눈물 콧물 문질러서 파묻어야지
날은 차츰 어두워지고
나도 다리 절며 돌아갈 데 있구나
집으로 가자

-「이제 집으로 가자」 전문

앞의 詩「추억의 집」에서 화자는 '이제 나도 한 채 집이 되고 싶다'고 첫 행에서 집이 되고 싶은 의지를 강하게 피력하였다. 마찬가지로「이제 집으로 가자」에서 화자는 '이제 그만 집으로 가자'고 거역할 수 없을 만큼 강한 주장을 하고 있다. '이제'라는 말은 시간적 분계점에 대한 자각임과 동시에 '이제'를 기준으로 전후의 행동에 대한 깊은 반성과 각오를 포함하고 있다고 볼 수 있다.

'비단실 그물에 나를 묶어' '조이는 핏줄엔 듯 끌리어' 등은 동의의 의미를 갖는다. 핏줄의 생명력은 집으로 회귀하는 필연성으로 발전하여 화자는

'집으로 가자'고 타이르고 있다. '부끄러움 부벼 삭일 언덕' '어리숙한 기다림이 아랫목 같은'에서 우리는 어머니로 대변되는 가족의 따뜻함을 엿볼 수 있으며, 휴식, 위로, 사랑, 격려 등 집이 함축하고 있는 의미까지도 엿볼 수 있을 것이다.

'얼룩진 상처 이부자리 끌어 덮고 / 유순한 짐승처럼 이마를 맞대 / 눈물 콧물 문질러서 파묻'는 것은 가족과 사랑을 나누는 일이다. 집에서 위로와 행복을 느낄 수 있기 때문에 '날은 차츰 어두워지고' '다리 저'는 상황에서도 집으로 돌아가는 행위는 곧 마음을 안정시키는 일이 될 것이다. 또 화자가 반복적으로 '집으로 가자'고 하는 것은 화자 자신에게 하는 혼잣말이기도 하지만, 모든 사람들에게 하는 말이기도 하다.

결국 인간이 회귀하는 것은 집과 모성이며 그것은 인간의 본향인 동시에 원초이기 때문일 것이다.

집으로 돌아가고자 하는 것들로 저녁거리가 바쁘다
너 나 없이 기를 쓰고 돌아가고자 한다
하염없이, 저 집으로만 가는 구슬픈 것들
집으로 가서
무엇을 하나?

비 오는 날 학교 앞에서 버섯같은 우산을 끈끈히 쳐들고
솔개처럼 자식을 나꾸채어 가려는 어미들이 서 있다
겨우
집으로 데려 가려고 서 있는 것이다
아침이면 껍질 벗듯 집을 버리지만
보다 확실한 집을 찾기 위함이다
새들은 더 깊은 깃털 속에 묻히기 위해
꽃들은 씨앗으로 돌아가려고

야단들이다
밤낮없이 아우성이다

집으로 가서는 무엇을 하나
시퍼런 미련의 날 선 칼을 간다
핏줄을 더 아프게 죈다
집을 **빠져** 나오기는 갈수록 힘겹고
오늘 저녁은 집으로 돌아가고자 하는 것들로
어제보다 좀더 시끄러울 것이다

-「귀가」 전문

집이 모성을 상징하기 때문에 이향아의 '집으로 돌아가기'도 역시 모성
으로 돌아가는 것으로 해석될 수 있을 것이다.

위 詩에서 '비 오는 날 학교 앞에서 버섯같은 우산을 끈끈히 쳐들고 / 솔
개처럼 자식을 나꾸채어 가려는 어미들이 서 있'는 것은 '겨우 / 집으로 데
려 가려고 서 있는 것'이며, 또 집은 '너 나 없이 기를 쓰고 돌아가고자' 하
는 목적지로 나타나고 있다.

'아침이면 껍질 벗듯 집을 버리'는 이유를 화자는 '보다 확실한 집을 찾기
위함이다'고 하였다. 즉 '새들은 더 깊은 깃털 속에 묻히'기 위해서고 '꽃들
은 씨앗으로 돌아'가기 위한 것으로, 돌아가기의 최종공간은 어미의 품 혹은
자궁이 된다. 이것은 '땅 끝이 땅 끝을 서로 당기'(「집으로 가려고 난리들이
다」)는 일처럼 자연적이며 절대적인 회귀의식을 포함하고 있다고 할 수 있다.

이러한 회귀의식 때문에 '밤낮없이 아우성'대며 집으로 돌아가려고 '야단
들'을 하는 것이며, '시퍼런 미련의 날 선 칼'을 가는 고단한 생활에서도 아
프게 죄어오는 '핏줄'의 이끌림으로 돌아오기를 반복한다고 詩人은 역설적
으로 말하고 있다.

이처럼 이향아의 詩에서 집을 떠나 집으로 돌아오기는 자아의 완전한 안정 공간인 모성으로의 끊임없는 회귀의식을 포함하고 있는 것이다.

한편 그는 자연의 집을 산으로 설정하고 있다. 산은 '자연의 집'인 동시에 육신이 영혼으로 돌아가 누울 수 있는 '종교적인 집'이기도 하다.

그의 詩에서 '산'은 두 가지 의미를 지니고 있다. 하나는 詩的 화자가 현실세계에서 결핍되었던 것들이 회복되기를 바라는 공간 ─ 자연의 집이고, 다른 하나는 사모의 공간, 바로 성전[85] ─ 종교적인 집을 뜻한다. 따라서 산은 방황하던 이들의 정착과 안정의 장소인 동시에 새로운 생명력을 잉태하고 성숙시키는 모성적 공간이기도 하다.

다음 詩에서의 산도 이상과 같은 이미지를 나타내고 있다.

山밖에는 더 없다
빠져 가는 머리 수그리고
찾아갈 곳은

골백 번 시먹은
광활 천지에
문 밖만 나서면 갈 데라곤 없다

바다는 멀미로 흔들리어
환상의 그 섬 묻어버리고
들판은 저물도록
나를 부린다

---

85) "산은 사랑하고 싶은 남성을 연상하게 하지만 그 자체가 하나의 종교적 대상으로 자리하여 시간의 증인으로 역사의 목격자로 그 자리에 자리잡고 있는 사랑과 연모의 대상인 신을 상징하기도 한다"고 하였다. 이향아, 「산을 연모합니다」, 『고독은 나를 자유롭게 한다』, 자유문학사, 1990, pp. 92 ─ 97. 참조.

바다 끝, 들판의 끝
한 절정
소슬 대문 달아 둔 믿을 만한 집
너그러운 주인의 뼈대 있는 집

山밖에 없다
물어물어 걸어가도
해 전에는 닿겠지
백 가지 소원 중에
오직 하나 확실한
山밖에는 더 없다
갈 데라곤 없다

-「山으로 가면」 전문

　'산 밖에는 더 없다' '문 밖만 나서면 갈 데라고 없다'는 것은 산으로 향할 수밖에 없는 필연성을 강조하고 있다. 산은 하늘과 땅이 만나는 지점[86]으로 수직으로 뻗는 천향성이 종교적 상징성이 부여하기도 한다. 이와 대조적으로 '바다'와 '들판'은 수평적 공간의 이미지를 나타낸다는 점에서 '산'과는 대조적이라고 할 수 있다.

　'산'은 '빠져 가는 머리 수그리고 / 찾아갈 곳' 즉 종교적 제단이지만 '바다'와 '들판'은 '멀미로 흔들리'게 하고 '저물도록 나를 부'리는 혼란과 노역의 괴로운 현실로 상징되어 있다. 이같은 이중 대조는 산으로 가야 하는 이유를 강하게 강조하는 역할을 한다.

---

86) 산은 초월성에 대한 공간적 상징이며 성현의 영역이다. 산은 하늘과 땅이 만나는 지점이기 때문에 세계의 중심에 위치하며 지상에서 가장 높은 곳임이 확실하다. 그런 이유로 성지, 사원, 궁전 등은 산과 동일시되어 그 자체가 중심이 된다. M.엘리아데, 이재실 역, 앞의 책, pp. 112 - 113. 참조.

'바다 끝, 들판의 끝 / 한 절정 / 소슬 대문 달아 둔 믿을 만한 집 / 너그러운 주인의 뼈대 있는 집'은 종교적 집인 '산'이라 할 수 있다. 결국 화자가 산으로 가려고 하는 것은 '믿을 만한 집'과 '뼈대 있는 집'으로 비유된 안정과 평화의 모성의 집으로 돌아가려고 하는 것이다.

한편 '너그러운 주인의 뼈대 있는 집'은 신념과 확신을 가지고 살아가는 현실의 긍정적 사고가 포함된 詩人의 자의식이라고 볼 수도 있을 것이다.

수직과 수평적 공간의 대응은 '꿈'과 '삶'이라는 의미로 전환되며, 삶에서 얻고자 소원하는 것은 정신의 안정이라고 할 수 있다. 이향아의 정신적 안정은 '神'으로의 귀착이며 이것이 바로 '꿈'이 된다.

그에게 '산'은 성전이며 위안의 장소로 현실세계의 '집'의 역할을 대신함과 동시에 그 공간을 확장하여 또 하나의 거대한 '집'이 되는 것이다.

다시 말해서 삶과 꿈이 공존하는 종교적 집인 '산'은 현실의 어려움에 흔들리지 않고 '물어물어 걸어가도 / 해 전에는 닿'을 수 있는 확신을 주는 곳으로 神 또는 宗敎라는 절대적 연결체를 통해 안정과 위안을 얻을 수 있는 장소이다.

파도가 기슭에 몸살을 풀어 놓듯
산맥은 마을쪽에 다리 뻗는다

달밤에는 산들이 앞마당까지 와서
허한 가슴 울렁거릴 풍장을 놀고
도깨비에 홀리었나 불려나가면
비몽간의 물안개로 흘러가는 산

산맥이 마을쪽에 다리를 뻗듯
마을은 산쪽으로 머리를 둔다

산으로 울을 친 동네에서는

야금야금 감춰 둔 쓸개를 헐어
뜬눈으로 몇날 밤 서서 새워도
별탈 아니다
죄될 것 없다

- 「산을 안고 서서」 전문

위의 詩에서 '산'은 성전이며 천상과 지상의 연결체[87]로서 천상의 생명력을 지상으로 전달해 주는 다리 역할을 한다.

'산맥은 마을쪽에 다리를 뻗듯 / 마을은 산쪽으로 머리를 둔다'는 것은 인간과 자연의 자연스런 교류와 완전한 융합을 의미한다. 이것은 모성이 갖는 보호의 기능, 神이 허락하는 절대적 안정과 평온의 이미지를 나타내고 있기 때문에 '산을 안고 서' 있음은 시인이 자아의 중심과 모성으로 돌아오는 과정이다.

특히 '도깨비에 홀리었나 불려나가면 / 비몽간의 물안개로 흘러가는 산'은 '도깨비'라는 환상적 존재를 끌어들임으로 人間과 自然의 혼연일체로 경계가 불분명해진 물아일체의 세계를 환기시킨다. 따라서 '산으로 울을 친 동네에서는' '야금야금 감춰 둔 쓸개를 헐어 / 뜬눈으로 몇날 밤 서서 새워도' '별탈'도 '죄될 것'이 없다고 시인은 주장한다.

'산'은 自然과 人間의 합일을 통한 완전한 평온이 이루어지는 공간으로 종교적 안정의 장소라고 할 수 있으며, 이것은 詩人이 끊임없이 집으로 돌아가기를 반복함으로써 추구할 수 있는 이상세계라고 볼 수 있을 것이다.

---

87) 정진홍은 산이 지상과 천상의 두 공간을 매개하는 역할을 한다고 하였다. 정진홍, 「산과 한국인의 종교」, 『산과 한국인의 삶』, 나남, 1993, p. 41. 참조.

李鄕莪 詩의 空間意識 研究　257

나는 시아버님의 무덤 앞에 무릎을 꿇었다
그것이 빈 무덤이라는 것을 알면서도
그를 애통하는 눈물만이 묻힌 곳
추억할 세월의 그림자를 묻은 곳
시아버님은 애초부터 묻힌 적이 없었다
그래도 나는 명령하였다
"할아버지시다, 절들을 해라"

바다에서 가신 지 30년도 넘는다는
육신은 지금껏 바닷물로 서 계시고 객사의 넋만 겨우 건져 올렸다는
뵌 적 없는 시아버님께 절을 하였다
청솔밭 언덕, 작년 재작년 그재작년의 상수리 나뭇잎만 버스럭대는 곳
새 소리 적막하여 산허리 흙덩이가 절로 굴러내리는 곳
시아버님이 거기 오실 것을 나는 잘 안다

옛날 일을 기억하는 이들이 나를 보았고
항심을 약속한 삼라만상과
하나님도 물론 나를 보셨다
하나님이야 어떠랴
그 분은 다 아신다, 걱정도 없다

마른 잔디 젯상 앞, 빈 무덤에 나는 무릎 꿇어 절을 하였다
빈 무덤이라니, 어림도 없다
그 앞에 시아버님이 오셨음을 나는 믿었다

내 남편을 처음 만났을 때처럼 젊은 이마의 청년 시아버지
바다에서 건진 넋을 묻었다지만 넋조차 훨훨 승천한 다음
붉은 흙 찰지게 신발 아래 엉기어
가지마라 가지마라 붙잡아 쌓는
나는 마른 잔디 빈 땅 위에 무릎을 꿇었다

들고 온 술병을 기울이어서 찰랑찰랑 소리나게 따라 부었다
되도록 오래오래 날 보시라고 먼 산을 바라는 척 얼굴을 들었다

-「빈 무덤 앞에 무릎을 꿇고」 전문

'바다에 가신 지 30년도 넘는다'는 시아버지는 자의에 의해 집을 나갔으나 외부의 환경으로 인해 집으로 돌아오지 못하는 존재가 되었다. 이때 바다[88]는 집으로 돌아오는 행위의 장애물로 존재한다.

'무덤'은 죽은 자(死者)의 집이다. 무속에서 육체는 부패하지만 영혼은 무덤에 깃들어[89] 있다고 했듯, 무덤은 외출했던 영혼이 다시 돌아오는 집으로 볼 수 있다.

화자는 '바다에서 건진 넋을 묻었다'는 무덤을 육체가 없는 '빈 무덤'으로 보지 않고 '그를 애통하는 눈물' '추억할 세월의 그림자'까지 묻힌 복합적 공간으로 보고 있다.

따라서 '육신은 지금껏 바닷물로 서 계시고 객사의 넋만 겨우 건져 올렸다는' 무덤에 '시아버님은 애초부터 묻힌 적이 없었'지만 詩人이 '할아버지시다, 절들을 해라'고 명령한 것은 시아버님의 영혼이 집으로 돌아오듯 무덤을 찾아 올 것을 알기 때문이다. 이것은 '하나님이야 어떠랴, / 그 분은 다 아신다, 걱정도 없다'는 변함없는 믿음에서 기인하는 것이라고 할 수 있다.

육체가 존재하지 않는 '빈무덤'은 자연의 환원성이 파괴된 비자연적인 공간이지만, '하나님'이라는 절대자를 통해 자연과 친화를 도모하고 있다고

---

88) 이향아는 바다를 생명과 죽음이 함께 있는 곳으로 보고 시작과 끝을 가진 순환의 의미를 일깨워준 공간이라고 했다. 이향아, 「바다연가」, 『아직도 기다리는 불빛 하나』, 융성출판사, 1987, pp. 12 - 16. 참조.

89) 무속에서 무덤을 이승의 생활세계를 그대로 저승의 생활세계로 옮겨 놓은 곳으로 보고 '저승집'으로 인식하고 있다. 장철수, 『옛무덤의 사회사』, 웅진출판주식회사, 1995, pp. 72 - 86. 참조.

볼 수 있다.

이 詩에서 화자는 '무덤'이라는 사체 공간이 주는 거부의 느낌을 '산'이 갖는 종교적 이미지로 상쇄시킨다. 이향아가 추구하는 삶의 목표와 시 세계는 宗敎와 연계되고 있으며, 母性과 神을 통한 정신적 안정을 이루려고 하는 자세를 통해 이해할 수 있게 된다.

3. 宇宙的 還元原理

집으로부터 출발하여 집으로 돌아오는 것이 인간 삶의 전형[90]이며 자연적 행위라는 것은 이미 앞에서 언급한 바 있다. 끊임없이 변화하는 자연 역시 그 변화의 양상이 일정한 패턴과 방법으로 순환한다는 점에서 볼 때, 집에서 출발하여 집으로 돌아오기와 같은 유형임을 알 수 있다. 그리고 집으로 돌아오기는 원초적 공간인 모성으로의 회귀의식과 통합된다고 볼 수 있다.

집이 가지는 기능, 즉 휴식과 보호와 양육은 모성성과 연계되며, 모성성이란 자신의 생명력을 타인에게 확산시키고 이들의 생명력을 보호하는 역할[91]이라는 점에서 이 모성 공간이 집을 통해 구체화된다면, 모성 곧 자연이라는 공식이 성립된다.

이향아가 선택한 자연은 인간의 삶과 우주적 원리가 합일된 공간이라는 특징을 가진다.

> 껍질 벗어 던지듯이
> 집을 벗고 나와 보면 안다

---

90) O.F.볼노우, 이규호 역, 「인간과 그의 집」, 『實存과 虛無』, 태극출판사, 1979, p. 311. 참조.
91) "여성의 정서, 어머니의 정서, 이것은 정서가 여성 그 한 사람에게서 머무르다가 끝나지 않는다는 데 그 중대성과 위험성이 있습니다." 이향아, 「여자여, 예민한 악기여」, 『아직도 기다리는 불빛 하나』, 융성출판사 1987, p. 214. 참조.

들판에 뒹구는 사금파리와
사금파리에 떨어진 넘보라 넘빨강살
놓아 먹인 염소 새끼 말라붙은 똥과
무지개 퍼지는 작은 물방울
소리쳐 들판을 가로질러 보면 안다

들판에서 나서 들판에서 자라
들판에서 시드는 풀잎들의 이름과
돌 틈새 비집는 샛노란 싹의
노란 싹의 부러질 듯 연한 허리와
고물고물 숨어 사는 땅벌레에 대하여

해는 왜
땅 밑바닥에 바짝 내려앉는지
바람은 왜
저리 숲덤불을 휘젓는지
우리가 아는 것은 아무것도 없고
알고 있는 그것들은
아무것도 아니어

돌아가는 지구 위에
죽은 듯이 엎드리노니
들판에는 가득 퍼지는 소문
봄이야 가을이야 퍼지는 소문
내가 어떻게 여기 있는지
비로소 조금은 눈치를 챌 것도 같다

- 「들판에서」 전문

'껍질(표피)'92)은 사물의 외부에 위치하므로 인간의 의복에 해당한다. 의

복은 벗고 바꾸기 쉽다는 점에서 '껍질'과 그 의미가 통한다고 할 수 있다. 그러나 '껍질'은 한편 사물을 외부의 환경으로부터 보호하는 역할도 한다.

'껍질 벗어 던지듯이 / 집을 벗고 나'오는 행동은 외부세계로의 진출이다. 이러한 행동은 닫힌 공간에서 열린 공간으로의 진입이며 동시에 닫힌 현실로부터 열린 현실로의 발전이라고 할 수 있다.

여기서 열린 공간은 '놓아 먹인 염소 새끼'를 양육하고 '들판에서 시드는 풀잎들'이 '돌 틈새 비집는 샛노란 싹'으로 자라고 '고물고물 숨어 사는 땅벌레'가 있는 자연이다.

'들판에서 나서 들판에서 자라 / 들판에서 시드는' 것은 '놓아 먹인' 즉 방목의 이미지와 대응하지만, 양육의 공간이라는 점에서 들판 역시 집과 의미를 같이한다. 1, 2, 3연의 '들판'은 생명의 상승을 꾀하는 공간이며, 4연에서 '돌아가는 지구' 모습으로 구체화되면서 생명의 끊임없는 환원이 일어나고 있음을 천명하고 있다. 화자가 생명과 함께 '똥'을 언급한 것은 신체의 배설물로서 다시 자연으로 회귀함을 의미하는 것이며, 이는 즉 자연의 거대한 순환을 지적한 것이라고 할 수 있다.

'해는 왜 / 땅 밑바닥에 바짝 내려앉는지 / 바람은 왜 / 저리 숲덤불을 휘젓는지' 폐쇄 공간을 벗어나 생동하는 宇宙의 眞理에 대해 깨닫게 되는 화자는 '돌아가는 지구 위에 / 죽은 듯이 엎드리'는 행동으로 우주의 순환에 겸손하게 순응하게 된다. 자연 앞에서 '우리가 아는 것은 아무것도 없고 / 알고 있는 그것들은 / 아무것도 아니어'라고 깨닫게 되는 것은 '집을 벗고 나와' 봄으로써 가능하게 된 것이다. 이런 점에서 열린 현실인 집밖은 닫힌 현실인 집의 역할보다 상위에 존재하고 있음을 알 수 있다.

---

92) 이향아는 자녀에 대한 보호의 차원으로 자기 자신을 "나는 너의 표피(겉껍질), 그리고 너는 나의 내용과 결정(알갱이)이다"라고 표현하기도 했다. 이향아, 「나는 너의 겉껍질」, 『표현은 침묵보다 아름답다』, 청아출판사, 1992, p. 222. 참조.

지금까지 화자의 삶이 이루어지는 공간이 협소 공간에 한정된 것이었다면, 집을 나오는 것으로 삶의 공간을 자연으로 확장함과 동시에 자연의 원리, 즉 우주의 원리에 눈을 뜨게 되었다고 할 것이다.

특히 이 詩의 '들판'은 공간의 한계성을 벗어난 광활한 자유의 영역이다. 화자가 이상으로 삼았던 공간, 즉 이상세계의 공간인 '들판'은 자연의 생명력을 지닌 곳으로 우주의 세계와 연결되고 있다.

> 요람 속에 누워 움키던 하늘
> 내 우주
>
> 내 키는 커서 토담보담
> 두 배나 슬프게 커서
>
> 돌밭을 쏘대다 아픈 다리로
> 그리워 돌며 돌며
> 나는 놀랐네
>
> 손어림하여 세치
> 가슴보다 옹색한
> 하늘이라고
>
> 얕은 토담
> 남루한 내 우주여

- 「토담」 전문

이향아의 '집'은 점차 확장되어 더 이상 단순한 주거지가 아닌 우주가 되었다. 즉 이제 시인은 우주에 살게 되었으며 다른 방식으로 말해, 우주는 시인의 집에 와서 살게 된 것이다.

바슐라르가 "집은 하늘과 삶의 뇌우들을 거치면서도 인간을 붙잡아 주는 육체이자 영혼이며, 인간 존재의 최초의 세계이므로 인간은 세계에 내던져지기에 앞서 집이라는 요람에 놓여진다"[93]고 말했듯 '요람 속'은 '집'과 동의의 존재 가치를 갖게 된다.

위의 詩는 우주와 인간의 교통을 보인 시로 우주의 크기와 인간의 마음과 정신의 크기에 대한 시인의 대결의식이 내포되어 있다.

'요람 속에 누워 움키던 하늘 / 내 우주'는 성장하기 전의 크고 넓은 우주의 존재에 대한 자각이라고 할 수 있다. 그러나 커갈수록 요람 속에서 모르던 험난한 세상의 은유인 '돌밭을 쏘대다 아픈 다리로' 보았을 때는 '손어림하여 세치 / 가슴보다 옹색한 /하늘'이라고 느끼게 된다. 즉 고통을 겪은 뒤에 바라본 우주적 공간을 정신의 수용성보다 오히려 옹색하고 작은 공간으로 느끼게 된 것이다. 다시 말해서 초자연적인 마음이 자연보다 더 광활하여서 상대적으로 우주의 협소함과 남루함을 깨닫게 된 것이다.

이향아의 우주에 대한 인식은 육체를 우주와 동일시[94]함으로써 이루어지며, 그 정신과 마음을 삶에 연계하여 그 광대함을 일관성 있게 지속한다고 할 수 있다.

ⓐ 수도꼭지에서 쏟아지는 물이 낯설지가 않다
ⓑ 옛날에 내가 버린 바로 그 물이
　오랜 이별에도 죽지 않고 왔나 보다
ⓒ 아수라 지옥 같은 시궁창을 지나

---

93) G.바슐라르, 앞의 책, p. 118. 참조.
94) 인간이 소우주라면 인간(人)과 우주(天)는 상관성을 가지게 되고 따라서 인체안에는 천지(天地)를 모방한 현상이 발생하게 된다. 劉安, 이재호 역, 『淮南子』, 세계사, 1992, pp. 151 - 156. 참조.

저승 다리 개천을 열두 번 넘어
사방객지 눈물나는 큰 바다에서
구름으로 안개로 이슬로 비로
환생하러 오는 길도 캄캄했겠지
ⓓ 물통에 비린내 넘치게 두고
걷어 올린 두 손목 시리게 담가
사기 그릇 흰 사발 윤이 나게 헹구면
돌아온 얼굴이여 눈에 익어라
ⓔ 구정물 되어서 떠나는 길엔
우리의 해후도 잘 흘러갈 것
물 갈기 맑은 속을 들여다 보며
질정할 수 없는 가슴
이 아득한 천둥소리

-「돌아온 물」 전문95)

ⓐ 부분은 이 詩의 주제를 내포하고 있다. '수도꼭지에서 쏟아지는 물이 낯설지가 않다'는 것은 물을 의인화시켜 그 물의 회귀성과 인연을 연관시키고 있다. 여기에 ⓑ 부분을 정리해 보면 물과 삶의 순환성을 한 눈에 볼 수 있다.

먼저 '수도꼭지'까지 도달한 물의 회귀성을 보면 '내가 버린 바로 그 물' → '시궁창' → '큰바다' → '구름' '안개' '이슬' '비'로 순환하였다. '낯설지가 않'은 인연은 '옛날' → '오랜 이별' → '저승' → '환생'으로 순환한다. 이렇게 시어들만 연결해 보아도 위 詩의 심상이 범우주적으로 순환하면서 인간의 인연을 따라 회귀하고 있음을 보여주고 있다.

ⓒ 부분에서 '비린내'를 물로 '헹구'는 것은 물의 자정능력을 통한 새로운

---

95) 부호는 필자가 부기 한 것임.

생명력 부가로 보여진다. 마지막 ⓓ 부분은 주제를 좀더 간단히 설명하여 강조하고 있다. '구정물'이 자연적 순환과정을 거쳐 '맑은' 물이 되듯, 인생도 반드시 순환과 회귀의 과정을 거쳐 '해후'하게 된다는 것이다. 이 일련의 과정은 영원을 통한 회귀[96]로 하늘의 '천둥소리'와도 같은 자연의 일이요, 우주의 일이며, 신의 일이라는 것이다.

이향아는 또 이별과 만남, 떠남과 돌아옴의 과정에 대해 자연의 현상인 '밀물'을 예로 설명하고 있다. 그는 다음의 수필에서 이를 뒷받침하듯이 말하고 있다.

> 나는 밀물을 보면서 떠나는 것들은 반드시 돌아오게 된다는 이법을 깨닫게 되었다. 해도 달도 커다란 싸이클 안에서 회전하고, 바람도 세상도 세상의 생명들도 순환하여서 정지해 있는 것은 아무것도 없다는 진리. 사람의 거취도 인심도 사랑도 변하고 영원한 것은 아무것도 없다는 진리. 그러나 반드시 다른 모습을 하고 언젠가는 다시 돌아온다는 진리.(생략) 이런 때 나는 우주의 섭리를 생각하게 되고 신의 의지를 생각하게 된다.[97]

이향아 시의 회귀 양상은 자연의 이치와도 같아 영원한 것이며 떠났기 때문에 돌아오게 되는 것이다. 이것은 이향아의 인생을 사는 방법이기도 하다.

따라서 화자는 떠남에 대해 두려워하지 않는다. 떠난 것은 반드시 다른 모습을 하고 언젠가는 다시 돌아오는 영원한 회귀구조를 가지고 있다고 믿기 때문에 사람과의 인연 역시 일정한 궤도에서 생기는 만남으로 파악하고 있다.

---

96) 엘리아데는 "영원회귀 설은 모든 존재가 이전의 삶을 주기적으로 회복하는 것"이라고 말하였다. M.엘리아데, 정진홍 역, 『宇宙와 歷史』, 현대사상사, 1976, pp. 125 - 133. 참조.
97) 이향아, 「밀물 곁에서」, 『고독은 나를 자유롭게 한다』, 자유문학사, 1990, pp. 98 - 103.

ⓐ 우리는 손을 잡고 안부를 물었다.
　　남편과 자식들과 지난 세월을
　　'나는 집에서 썩어'
　　친구는 말했고 나는 갑자기 추웠다
　　우리반 반장이었고 일류대학을 수석으로 졸업한
　　친구가 '썩는다'고 말하는 동안
　　그날사 저녁노을은 미치게 타올라
　　그녀의 둥근 이마 위로 미끄러지고
　　나는 갑자기
　　썩는 냄새로 진동하는 세상을 보았다
ⓑ 김치는 냉장고 안에서 시시각각 익어가고
　　아침에 먹은 밥은 창자 속에서 으깨어지고
　　어두운 극지 이름 모를 곳에서 물고기들이 떼죽음하는
　　진실한 생명 중 썩지 않는 것이 있으랴
　　썩는다는 것은 숨는다는 것일 뿐
　　아, 썩는다는 것은 흐른다는 것일 뿐
　　흘러서 잊힌다는 것일 뿐
　　몸 구석구석 피가 잘 돌아서
　　나도 탈없이 썩고 있는 중
　　나도 시시각각 잘 삭고 있는 중

- 「썩음에 대하여」 전문98)

　　ⓐ 부분이 필자가 썩음에 대해 인지하는 계기를 설명하는 것이라면 ⓑ 부분은 구체적인 해석으로 썩음에 대한 정의를 내리고 있다. 화자가 '남편과 자식들과 지난 세월을' 묻자 '나는 집에서 썩어'라고 상대방이 말하였다. 이것은 나만 '집에서 썩'는 것이 아니라 그 '썩음'에 '남편' '자식' '세월'의 모든 것을 포함시킨 것이다.

---

98) 부호는 필자가 부기 한 것임

화자에게 썩음을 인지시키는 친구는 '반장이었고 인류대학을 수석으로 졸업한' 현실 상황에서 유리한 조건을 가졌던 인물이다. 그러한 인물과 생물학적으로 정의 내려진 '썩는다'는 말은 전혀 연관성이 없어 보인다. 그러나 화자는 친구가 썩는다는 말에 정서적 한기를 느낀다.

여기에서 화자가 느끼는 추위는 썩음에 대한 거부의 증후임과 동시에 전혀 생각지 못했던 새로운 사실에 대해 느끼는 놀라움의 표현인 것이다. '추웠다'와 '타올라'의 두 시어는 상반되는 감각어이지만 의미는 한줄기 동일한 흐름으로 흐른다.

화자가 인지하는 '썩는 냄새'는 오히려 정상적으로 회전하고 있음을 나타내는 것으로 단순한 부패의 의미와는 다른 불가피하고 필요불가결한 현상이다. 그것은 ⓑ 부분에 나타났듯이 김치가 알맞게 익고, 밥이 소화되는 것처럼 보이지 않는 순환의 움직임을 내포하고 있다.

화자가 '진실한 생명 중 썩지 않은 것이 있으랴'라고 했듯이 '썩음'은 생명의 순환에서 필연적인 과정이며 썩는 행위가 살아가는 행위[99]라는 의미임을 알 수 있다.

'썩는다'는 것은 생명의 자연적인 흐름이요, 시간에 순종하는 것이요, 우주의 법도에 순응하는 것이며 탄생에서 죽음으로의 왕복운동을 하는 것과 같다. 이 회귀적 운동은 생명의 자유를 추구하는 움직임으로 영원을 지향[100] 하는 태도와 맞물린다.

이향아의 떠남과 되돌아옴, 이별을 거쳐 재회를 이루는 환원의 구조는 그

---

99) 진순애는 썩음이 인간에게 있어서 살아가는 행위라고 했다. 진순애, 「그리움으로 농축된 삶의 성찰」, 『종이등 켜진 문간』, 1997, pp. 117 - 118. 참조.

100) "일상의 사물을 통하여 삶의 애환을 심도 있게 형상화한다. 인생 문제를 확대와 분석의 과정을 통해서 제기되는 자기 응시, 그 허무와 가치의 상극, 그 영원성 등을 추구한다." 세계 문예대사전에 이렇게 서술되어 있듯 이향아는 영원 지향의 태도를 가지고 있다. 문덕수, 『世界文藝大辭典』, 교육출판공사, 1994, p. 1488. 참조.

중심에 여성성을 내포[101]하고 있다. 이 여성성이야말로 생명을 생산하는 영원의 기저로 끊임없는 환원의 회귀구조를 형성할 수 있을 것이다.

IV. 結 論

본고는 이향아의 詩에서 특별히 자주 나타나는 '집'을 중심으로 집과 시적 자아의 연관성을 파악하고 이를 통하여 시인의 삶과 시의식을 고찰하였다. 이제까지의 논의를 요약해 보면 다음과 같다.

첫째, 이향아 詩에 나타난 '집'의 이미지를 집이 갖는 기본적 의미와 개념을 통해 분석한 결과 집은 물리적인 건축물인 동시에 육체의 휴식과 정서적 안정의 공간이다.

집을 나가는 가출의 행위는 집이 가지는 기본적인 의미에 만족할 수 없기 때문에 나타나며 동시에 새로운 세계에 대한 도전과 이상의 추구로 이해된다. 따라서 현실의 집과 이상적 집이라는 이중구조를 낳게 된다.

집은 이향아의 삶의 공간인 동시에 상상력의 출발점이다. 집이 갖는 공간성의 한계는 오히려 탈공간화의 광활한 집을 생산하며, 이때의 집은 유기적 존재로 확대, 발전하는 공간이 된다.

둘째, 이향아의 詩에서 반복되는 '떠나기'와 '돌아오기'는 집을 구심점으로 반복된다.

---

101) 이향아의 시는 여성성을 내포한 모성에 대한 시들이 특히 많다. 그 예로는「가출」, 「타관에서 며칠」, 「아름다운 약속」, 「집 속에 갇히려고 야단들이다」, 「큰비와 강물」, 「돌아오는 소리」, 「강물 소리는」, 「날계란」, 「내가 사는 거리」, 「밭두렁에 서서」, 「간절하게 하소서」, 「방랑의 새」 등이 있다.

그의 '집 떠나기'는 삶의 완성을 꾀하는 하나의 과정이며 다음과 같은 두 가지 목적을 포함하고 있다. 하나는 현실적 갈등을 지양하기 위한 떠나기이고, 다른 하나는 이상을 추구하기 위한 의도적이며 고의적인 비우기이다.

이향아는 채워진 충만보다는 비워둠으로 기대할 수 있는 이상적 공간의 확장을 추구한다. 그의 詩에서 비워진 공간은 집착과 욕망으로부터 벗어나 자유로운 삶의 의지와 시의식을 배양하는 장소가 된다.

한편 그의 '집으로 돌아오기'는 떠나는 행동에 수반되는 필연적 행위로 안정 공간인 모성으로의 회귀의식을 포함하는 것이다. 끊임없이 집을 떠나고 돌아오는 행동 양상은 자연의 순환적 흐름으로 이해되며, 삶과 죽음, 만남과 이별의 반복적인 우주의 순환질서로 비유하고 있다.

셋째, 이향아의 회귀의식은 우주의 순환궤도의 질서로 반복되며, 특히 그의 떠남과 돌아옴의 끊임없는 추구와 반복은 神에 귀착함으로써 안정을 얻으려고 하는 기본적인 자세로 볼 수 있다. 이 과정을 통한 그의 회귀는 종교적 소망과 위안을 동시에 품고 있는 것이라고 할 수 있다.

이향아의 詩에 대한 고찰은 생존시인이라는 한계성을 인지하여 앞으로 쓰여질 시인의 작품 전체를 어우르는 새로운 내용의 작업이 필요하리라 본다.

한편 본 논문에서 밝힌 이향아의 삶에 대한 방식과 시의식은 '집'이라는 한정적 공간을 통한 시세계의 인지라는 점에서 한계성이 있다. 이향아 시에 나타난 공간을 종합적이고 다각적으로 살피는 일과 이향아를 시사적으로 자리매김하는 작업은 앞으로의 과제로 남겨둔다. -참고문헌 생략-

-湖南大學校 大學院 論文集, 2001

이향아 시 연구
그리움의 이미지 분석을 중심으로

송병화

1. 서 론

(1) 문제 제기

이향아는 1966년에 문단에 올라 근 40년 동안 한국시단을 지속적으로 지켜온 우리문단의 중견시인이다.

그는 1961년 여성교양지 『女苑』이 주관하는 '여류신인상공모'에서 시 <기폭(旗幅)아래서>로 신인상을 수상한 바 있다. 그리고 다시 1963년부터 『現代文學』誌에 시 <설경(雪景)>으로 초회 추천을 받은 후 그 이듬해 가을에 <가을은>으로 2회 추천을, 1966년 5월 <찻잔>으로 3회 추천을 완료하여 문단에 등단하였다.

그는 2002년 11월 현재 13권의 시집과 11권의 수필집, 그리고 5권의 문학이론서를 펴냈으며, 시선집과 수필선집까지 합하여 40권에 달하는 저서를 발간하였다. 충청남도 서천에서 태어났지만 자신의 경력을 소개하는 글에서 줄곧 '전북 군산에서 성장'이라는 말을 강조하고 있는 것으로 보아 출생지에 못지 않게 성장지에 대한 애정이 강렬하다는 것을 엿볼 수 있겠다.

그는 열 두 번째 시집『당신의 피리를 삼으소서』를 출간한 후 월간『창조문예』와의 인터뷰에서 다음과 같이 자신의 모습을 피력한 바 있다. 필자는 다음의 말에서 이향아의 문학관 내지 시론을 파악하는 중요한 단서를 발견하려고 한다.

① 저는 그 동안 "오로지 시만을 위해 산다', 혹은'좋은 시 몇 편만 쓴다면 지금 죽어도 한이 없겠다'는 그런 마음으로 시를 쓰지는 않았습니다.'나는 열심히, 아름답게, 성실하게 살겠다','하나님이 보실 때도 사람이 볼 때도 부끄러움이 없이 살고 싶다'는 것이 삶의 슬로건이요 목적이었습니다.

아름다운 삶이 아름다운 예술을 낳을 수 있다는 것이 제 지론입니다.

② 문학상이라는 것도 그렇습니다.'어느 날 눈을 떠보니 내가 유명해졌더라!'는 말이 있는 것처럼 열심히 살고 열심히 살다 보니 어느 날 자기도 모르는 사이에 세상이 인정해 주고 평가해 준 것이어야 의미가 있습니다. 시인은 어느 누구보다도 자존심과 고집을 지켜야 한다고 생각합니다. 저는 베스트셀러의 주인공이 되고 싶어 고민해 본 적도 없고 문단의 교제나 사회적인 사교를 위해 특별히 노력해 본 적도 없습니다.

③ 시인은 많지만 좋은 시는 없다는 한탄의 소리가 높습니다. 시인이라는 명예를 운전면허증을 취득하듯이 얻으려고 하기 전에 시를 사랑하는 마음부터 길렀으면 합니다. 시인이라는 자리는 돈을 벌 수 있는 자리도 아니고 남들이 높이 보아주지도 않는 외로운 자리입니다. (중략) 시인이 되려고 했다면 그 소망 그것 한 가지만으로도 그는 이미 아름답습니다. 그러나 시인이 된 그날부터 그가 견뎌야 하는 고통과 좌절은 클 것입니다.

④ 열심히 읽고 열심히 연습하고 열심히 사랑하는 훈련을 하십시오. 인간을 사랑하고 삶을 사랑하고, 하나님을 사랑하고, 만물을 사랑하십

시오. 사랑이 없이는 시를 쓸 수가 없습니다. 시인임을 감사히 여길지라
도 자랑하지 마십시오. 시인이라는 명칭은 감당하기 어려운 두려운 이
름이라고 여길 때 당신은 비로소 시인입니다.

(①②③④는 필자가 논지를 피력하는 데 편리하도록 임의로 붙인 것임)

①을 통하여 우리는 '문학이냐' '인생이냐'는 질문에서 문학의 편에 거수
하겠다고 말하는 이향아의 면모를 발견하게 된다. 그는 '시와 생활은 먼 거
리에 떨어져 있지 않다. 더구나 대치하고 있다는 것은 말이 안 된다. 시는
생활과 현실을 윤택하게 해주며, 생활과 현실은 시를 건강하게 북돋아준다.
시와 생활은 서로가 서로를 돕는다.'[1]고 말해 왔거니와 삶의 불성실은 곧장
문학의 불성실로 통하는 것이라고 말한다. 아름다운 삶이 아름다운 문학을
낳을 수 있다는 그의 주장은 예술지상주의와는 거리가 있다.

②에서는 현재 우리 문단의 고질적인 병폐를 지적하는 격앙된 목소리를
들을 수 있다. 여기에 담긴 그의 자세는 단호하며, 문학의 자존심을 중히 여
기는 뜨거운 애정과 함께 문학의 순수성을 지키려는 지극하고 고답적인 자
세를 엿볼 수 있다.

③에서는 시를 쓰는 어려움과 외로움을 느끼면서, 그리고 시를 쓰는 사람
으로서의 우월감을 느끼면서 그가 극복하지 않으면 안될 고통과 좌절을 시
인이라는 사명감으로 극복할 것을 당부하고 있다.

④에서는 시의 본질이 성실과 사랑임을 역설하였다. 또한 시인이 시인임
을 감사히 여길 것, 그러나 감사히 여기면서도 겉으로 자랑하지 말 것을 당
부하였다.

시를 향해 열려 있는 그의 자세는 매우 경건하고 진지하다. 한 때의 멋이

---

1) 이향아. 수필집『두엄과 꽃』1987. 융성출판사, pp.239 - 241

아니고 일생 동안 짊어져야 할 짐으로서 그러나 행복한 짐으로서 생각하고 있음에 틀림이 없다.

이향아는 1966년 5월 미당 서정주의 추천을 받아서 순수문예지『現代文學』의 추천을 완료한 후, 지금까지 꾸준하고도 열성적으로 문단활동을 해왔다. 1960년대 후반에는『女流詩』[2]동인으로, 80년대에는『문채』[3]동인으로 중앙문단에서 활약하였다. 또 1980년 중반부터 원탁시 동인으로 활동하고 있으면서 1998년부터는 전국 각지에서 활동하고 있는 호남출신 여성시인들을 모아『기픈시문학회』를 결성하는 등 활발하고 적극적인 문학생활을 지속하고 있다.

그는 1982년 호남대학교 교수로 광주에 온 후 1985년 광주의 여성문인들을 규합하여 <시누대>를 결성하였고, 1987년 YWCA 문학창작 강의를 담당하면서 문학동인 <가교> 조직하였다. 또 최근에는 호남대학교 평생교육원 <이향아문학교실>에서 <청미래>문학회를 운영하는 등 다방면으로 후진양성에 주력하고 있다.

그동안 이향아의 작품 세계에 대한 문학계의 언급을 다음과 같이 정리할 수 있다.

> '이향아는 소위 날리는 재주로 팔팔 날뛰는 기분의 사람이 아니라, 말하자면 대지 한한(大智閑閑)의 무게와 깊이와 성실로써 그 정신을 이끌어 오고 있는 시인'[4]

---

2) 『女流詩』는 1964년에 결성되었으며 박현령, 박덕매, 박정희, 김지향, 김윤희, 박명성, 강계순, 이향아 등이 참여하였다. 1963년에 시작한『靑眉』와 함께 한국여성시 동인의 쌍벽을 이루었다.

3) 신달자, 유안진, 이향아가 결성한 여성 시인 3인의 동인지로서 총 14집을 발간하였다. 아직도 동인들의 모임은 지속되고 있으나 최근 몇 년 동안 작품집 발간을 쉬고 있다. 3인은 합동수필집도 발간하였는 바 <그대 영혼 앞에 꽃잎으로 지리라>, <지란지교를 꿈꾸며> 등이 그것이다.

4) 서정주, 이향아 첫시집『황제여』서문, 선교회줄판사, 1970, pp.4 - 5

이향아 시의 작품 세계는 상실의 아픔과 지속적인 사랑과 초월적 해
방감이라는 삼단계의 의식층을 가지고 있다.[5]

이향아의 시는 갈등하고 소용돌이치는 현실을 서정적으로 대응하려
는 시인의 모습을 확실히 읽게 해 준다.[6]

이향아의 시는 시적 주제로 집착한 인간의 일이 사람과 사람 사이의
기억이거나 체험에 연유하고 있어서 그는 문학의 중심에 인간을 올려
세운다. 이러한 관심은 일상적 사물에 대한 구체적인 감응으로부터 시
작되며 가장 순수한 '그리움'으로 나타난다.[7]

이향아의 서정은 삶의 궤도를 꿰뚫는 통찰력에서 비롯되며 힘겹고 고
통스러운 것도 그리움으로 바꾼다. 그 그리움은 관조의 그리움이며, 통
찰적 그리움으로 삶의 에너지를 담고 있다.[8]

이향아의 시는 한 소망을 출발점으로 하고 있다. 그러나 이상에만 치
우치지 않고 현실을 현실로 받아들여 소화하는 삶의 지혜를 담고 있으
며 여기에 나타나는 자화상이 바로 시인의 시론이다.[9]

이향아가 도시적 삶, 세속적 삶의 비탄과 절망으로부터 끊임없이 벗
어나기를 소망하여 도달한 구원의 장소가 바로 자연의 세계다.[10]

---

5) 유시욱, <이향아론 - 고통과 사랑과 화해의 의미>, 「시문학」, 1987 6월호, pp.35 - 40
6) 김선학, <정감에 뿌리내린 삶의 인식 - 이향아의 시 세계 - >, 『강물연가』, 나남, 1989,
   pp.127 - 135.
7) 김종, <이향아론 - 충만된 시와 실존적 그리움>, 「시문학」, 2000년 8월호, pp.130 - 145.
8) 진순애, <이향아 시집 - 그리움으로 농축된 삶의 성찰>, 『종이등 켜진 문간』작품해설, 문학
   세계사 1997, p.111.
9) 신경림. <이향아의 시 세계 - 소시민적 삶의 애환을 형상화한 서정시인>, 『물새에게』작품해
   설, 문지사, 1983, pp.108 - 114.
10) 김재홍, <실존의 불만과 극기>, 「文彩」제 7집, 오상사, 1984, pp.77 - 94.

이향아의 수필에서 구도자적인 승화된 관조의 세계를 엿볼 수 있는
즐거움을 얻게 되며, 정확하고 다듬어진 문장과 시정이 넘치는 그의 삶
을 통하여 삶의 예지를 터득하는 기쁨을 느끼게 된다.[11]

이향아의 신앙은 그의 삶과 유리된 별개의 것이 아니라 일상의 생활
속에 함께 녹아 있는 삶의 지표다.[12]

이향아의 시의 방향은 자아의 세계를 사회와 국가의 공간으로 확대하
면서(중략) 그런 과정을 통한 겸손한 신앙이 시인의 성숙된 모습으로 나
타나고 있다.[13]

이향아는 시와 생활을 분리하지 않는 것처럼, 시와 신앙, 신앙과 생활
을 분리하지 않고 겸손한 마음으로 시를 쓰고 성실하게 삶을 살아가고
있다.[14]

이향아의 글은 시적 이미지와 수필적 담론이 별개로 놓여 있지 않고
혼용되어 수필적 격을 한층 높이고 있다.[15]

앞으로도 이향아는 물론 문학수업과 작품활동을 지속할 것이며 그에 대
한 평가도 계속될 것이다. 그러나 이향아도 이제는 耳順의 나이를 넘긴 이
쯤에서 지금까지의 중간집계를 받아보는 것도 전혀 어색하지 않을 것이라고
생각된다. 연구자인 필자가 모델을 삼을 선연구가 부족하다는 어려움을 무

---

11) 서정범, <삶의 짙은 목소리>,『혼자 사랑하기』, 범조사, 1986, pp.207 - 211.
12) 강인한. <낮은 곳에서 바치는 백합의 향기>, 『당신의 피리를 삼으소서』, 그리스챤서적,
    2000, pp.110 - 127.
13) 한홍자, <겸손과 신앙의 조화>, 『한국의 기독교와 현대시』, 국학자료원, 2000. pp.285 -
    298.
14) 최미정, <이향아의 신앙시 연구>, 『창조문예』, 제 54호, 크리스챤서적, 2001, pp.79 - 105
15) 한상렬, <이향아 수필의 시적 이미지와 수필적 담론>, 『수필과 비평』, 제 49호, 수필과 비
    평사, 2000, pp.152 - 163.

릅쓰고 이향아론에 접근하게 된 것은 그의 업적이 주는 자극이 그만큼 필자를 독려했기 때문이며, 그의 독특한 시적 성향을 나름대로 정리하고 싶은 욕심이 있기 때문이다.

(2) 연구의 목적과 방법

필자는 그의 시에 빈번하게 등장하는 그리움의 이미지를 1) '집'과 '혈연'의 이미지, 2) 자연과 향토에 대한 이미지로 분류하여 분석해 보고자 한다.

이들 두 항목은 개별적으로 독립된 것이 아니라 상호 긴밀한 관련을 가지고 연결되어 있다. '집(家)'은 사람이 기거하는 가옥이라는 의미를 가지며, 그 가옥에서 생활하는 '가족', 그리고 가옥과 가족의 생활을 어우르는 '가정'이라는 의미까지 함축한다. '가족'은 단순히 가옥에서 거주하는 것만이 아니라 '혈연'으로 연결된 가정의 구성원이다. 다시말해서 '집'은 혈연이 모여서 생활하는 기본적인 공간이다.

'집'과 '혈연', 즉 가정과 가족에 대한 지속적인 사랑은 결국 가족 삶의 근원이며 생명의 터라고 할 수 있는 '향토'와 '자연'이라는 공간으로 확대되고 발전하게 된다. 그리고 이들 '집', '혈연', '향토', '자연'을 둘러싼 삶은 진실한 가치관을 추구하는 시인의 진지성과 연결된다고 할 수 있을 것이다.

이향아는 흔히 여성시인으로서 선택하기 쉬운 소재, 가정과 가족, 그밖에 여성 주변의 친근한 소도구를 즐겨 선택하였다. 그가 시작 노트로 기록한 다음 글은 이러한 자신의 면모에 대하여 자세히 해명하고 있다.

> 내가 고른 대표작 13편을 소리내어 읽어보았다.
> 그리고 거기서 하나의 공통점을 발견하였다. 콩나물을 다듬고(<콩나

물을 다음으면서>), 빨래를 널고(<빨래를 널며>), 음식을 만들고(<식
탁>), 차를 끓이면서(<찻물을 얹어놓고>), 자식들을 걱정하는(<내 가
슴의 피리>) 모습, 죽을 때까지 버릴 수 없는 자화상이 내 시에 여실히
투영되어 있었다.

나는 내 모습을 속일 수도 감출 수도 없구나, 나는 실소하였다.

지난 학기 모 대학 박사논문에서 '한국시가에 나타난 가족관계 연구'
를 논의하면서 내 시를 모성 시의 주요 자료로 채택한 것을 보았다. 나
는 타인의 눈을 통해서 새삼스럽게 내 시의 면모를 정립하였다. 아이
낳고 기르고 밥하고 빨래하고 근심하고. 화를 내며 토라지고 화해하고
눈물짓는 시시한 모습들.

여성 작가 중에는 여성 작가적 특성을 가지고 있다는 것을 모욕으로
받아들이는 사람도 있는 모양이다. '여성 작가', '여성 시인'이라는 명칭
자체를 거부하고, '여성'이라는 말을 빼고 그냥 '작가'이며 '시인'이라
고 할 것을 요구하기도 한다. 몇 년 전 '한국 여류문학인회'에서는 '여
류문학인회'라는 명칭이 성차별을 반영하는 것이라 하여 여성문학인회
로 개명하였다. '여류'와 '여성' 사이에 어떤 차이가 있는가는 모르겠다.
그러나 여성작가들이 여성작가를 분류되어 평가되는 것을 탐탁하게 여
기지 않는다는 사실은 충분히 반영된 셈이다.

나는 밥하고 빨래하고 아이 기르는 모습이 여실하게 드러난 소위 나
의 대표작을 보면서 어느 눈먼 사람도 나를 남성이라고는 하지 않겠구
나 생각하였다.

나는 독자가 내 시에서 남성적 톤을 발견하였다고 해도 나는 그것을
칭찬으로 받아들일 수는 없다. 내 모습 그대로 드러났을 때 그것이 정
직한 시라고 생각한다.16)

위의 글에서 발견할 수 있는 것은 첫째 이향아는 여성시인으로서의 성향
을 극복하려고 하거나 탈피하려고 하지 않는다는 점, 둘째 여성시인의 특성
을 부정적으로 느끼지 않는다는 점, 셋째 여성적 성향과 기호를 자신의 특성

---

16) 이향아, <대표작이 무엇입니까>, 「원탁시」30주년 기념집, 대표작 모음 시작 노우트

으로 수용하려고 한다는 점이다.

그리고 이향아는 자신의 대표작으로 스스로 선별한 작품을 통하여 '콩나물을 다듬고(<콩나물을 다듬으면서>), 빨래를 널고(<빨래를 널며>), 음식을 만들고(<식탁>), 차를 끓이면서(<찻물을 얹어놓고>), 자식들을 걱정하는(<내 가슴의 피리>), 모습을 일러 죽을 때까지 버릴 수 없는 자화상'이라고 자신을 규정하였다.

필자는 이향아 연구에 있어서 시인의 이 발언을 비중 있게 수용하면서 실제의 작품 분석으로 증명해 보려고 한다. 텍스트로서는 이향아 시집, 13권, 수필집 11권이며, 동인지로서는 「원탁시」(1990년 이후 현재까지), 「시누대」15권, 「문채」14권, 「기픈시」5권 등이다.

그리고 근래 이향아 시인이 부지런히 작품을 등재하고 있는 인터넷 사이트, 문학의 즐거움(www.poet.or.kr)의 홈페이지와, 한국전자도서관(www.kll.co.kr), 그리고 한국여성문학인회(www.pen-hi.com) 홈페이지를 참고 자료로 활용하였다.

이 중에서도 그의 수필집 11권은 매우 유익하고 중요한 자료가 될 것이다.

이향아의 수필은 이향아가 시로서 표현할 수 없어서 속으로만 품어두었던 말이다. 그는 첫 번째 수필집 서문에서 발레리의 '시는 무용이요, 산문은 도보'라는 말에 곁들여 '내 수필은 춤추기 위해서 무대로 나가면서 혹은 무대에서 들어오면서 내딛은 걸음걸이다. 나는 물론 아름답게 춤추려고 했다. 그러나 보통의 걸음걸이도 춤 이상으로 곱게 걸으려고 힘썼다. 목적은 무대 위의 춤이었을지라도 그 전후의 도보 역시 춤 이상으로 중요하다고 여기기 때문이다.'17)라고 하였다. 위의 말에서 우리는 그의 수필을 향한 표정을 알 수가 있으며, 시와 동일한 질량이면서 다만 표현상에서 변화된 것임을

---

17) 이향아, 첫 번째 수필집『지금이 영원인 것처럼』1978. 미소출판사, 서문

충분히 이해할 수 있다. 따라서 이향아가 많은 수필집을 상재하였다는 것은 어떤 참고자료보다도 정확한 자료가 된다.

이향아를 본격적으로 연구한 논문으로 김지연의「이향아 시의 공간의식 연구」[18]가 있다. 이 논문은 시적 공간의 일부로 '집(家)의 이미지'를 다루었다. 그러나 이 논문은 필자의 접근의 방법과 다르다.[19]

2. 이향아 시의 그리움의 이미지

(1) '집'과 '혈연'에 대한 그리움

1) 가출과 귀가의 끝없는 반복

한국의 현대시인 가운데 이향아만큼 집과 가족을 많이 읊고 있는 시인도 많지 않을 것이다. 그는 집과 가족을 주요소재 혹은 주제로 선택하기도 하고 아예 표제로 삼기도 하였다. 그리고 이러한 성향은 특정한 어느 기간으로부터 어느 기간에 한정한 것이 아니고 데뷔 이래 오늘에 이르기까지 꾸준히 지속되고 있다.

인간으로 태어나서 맨 처음 대면하는 집단은 가족이라는 공동체이며, 처음 목격하는 장소는 집이라고 하는 안식처이다. 가족은 생명과 연결된 혈연으로 결속된 관계이며, 집은 그 가족들이 생명을 존속시키는 기본적인 공간

---

18) 김지연,「이향아 시의 공간의식 연구 - 집의 이미지를 중심으로」, 호남대학 대학원 석사논문, 2002. 2.
19) 김지연의 논문은 '집(家)의 이미지'를 1. 현실과 이상의 이중적 구조. 2. 변환과 자정의 공간, 3. 무한적 상상력과 안정된 자아로 나누어 논지를 펴고 있다.

이다. 집은 모든 행위의 출발점이며 원점인 동시에 귀결점이며 집합소라고
도 할 수 있다.

집의 상징적 의미에 대하여 염창권 교수는 다음과 같이 일곱 가지로 정리
하였다.

① 거주의 장소로서의 집이다. 공간의 인식 가운데서 집처럼 구체적
인 것은 없다. 우리가 '산다'는 것은 곧 집이라는 물리적인 장소를 배제
해 놓고 생각할 수 없기 때문이다.
② 삶의 안락과 평안함을 주는 공간이다. 집은 사람을 유동의 삶으로
부터 정주시키고 외부 세계의 협박으로부터 보호해 주며, 안식과 위안
을 준다.
③ 원형 상징으로서의 집이다. 인간은 본질적으로 집 속의 존재라고
말할 때 집은 원형적 상징으로서의 의미를 가진다. 인간은 원초의 집인
자궁으로부터 나와서 무덤이라는 집을 가진다.
④ 세계의 중심, 축으로서의 집이다. 집은 지상의 중력을 극복하고자
하는 인간의 몽상이 도달한 최상의 공간이라고 할 수 있다.
⑤ 길 위의 집을 생각할 수도 있다. 길 위에서 머무름은 자신을 세계
의 중심에 정위시키는 것이며 스스로의 육체를 빌어 영혼의 집을 구축
하는 것이다.
⑥ 피투의 세계를 표상하는 집이다. 어머니의 자궁이나 요람이 최초
의 집이라 할 때 그것은 세계에 처음으로 피투하는 것이다.
⑦ 정지와 휴식의 의미로서의 집이다. 가옥이라는 외형적 형체에 국
한하지 않고 경계에 의해 분절되는 내 공간은 집이라는 속성을 가지게
된다.[20]

물론 집에 관련된 이향아의 시들도 이들 범주에서 벗어나지 않는다. 거주
의 장소로서의 집인 동시에 안식과 정착의 집이며 원형적 상징으로서의 집

---

20) 염창권. <집과 가족, 삶과 존재의 심연>,「시와 사람」, 2002년 겨울호, pp 89 - 92 요약

이다. 또 최상의 공간인 세계의 축이며, 스스로를 던지는 피투(被投)의 공간인 동시에 내적 공간으로서의 집이기도 하다. 그리고 이들 상징적 의미는 각기 분류되거나 개별적으로 나타나지 않고 복합되고 종합된 이미지로 나타난다. 필자는 염창권이 정리한 집의 상징성을 이해하면서 이향아가 표현한 집의 세부를 정서적 측면에서 분석해 보려고 한다.

이향아의 집은,

첫째, 끈끈한 인력으로 시인을 끌어당기는 집이다. 시인은 이런 집으로부터 출타하고 귀가하기를 반복하면서 운명적인 연민과 사랑을 느낀다. <이제 집으로 가자>, <집으로 간다>, <약도>, <귀가>, <집> 등의 작품이 여기에 해당된다.

둘째, 안위와 은신처로서 평화를 제공하는 집이며 <가출>, <살던 집>, <조갑지 같은 집 한 채> 등이 이 범주에 해당한다.

셋째, 질긴 인연으로 나를 가두고 구속과 의무를 촉구하는 현실의 집이다. <소등하면서>, <집 속에 갇히려고 야단들이다>, <집으로 가려고 난리들이다>, <집, 내 부빌 언덕>, <아지랑이가 있는 집>이 여기 해당된다.

넷째는 시인 자신을 한 채 집으로 환치하여 객관적 시선으로 세상을 바라보는 장소로서의 집이다. <빈 집>, <한 채 집이 되고 싶다> 등이 이에 속한다. 그러면 다음에서 실제 작품을 읽어보자.

> 이제 그만 집으로 가자
> 쫓기다가 넘어지다가 이제는 가자
> 비단실 그물이 나를 묶어서
> 절로 끄는 사슬엔 듯
> 몽유에도 더듬는 굴딱지 같은
> 집으로 가자

부끄러움 부벼 삭일 언덕이 있는
어리석은 어미, 시끄러운 새끼들
이대로는 못 죽을 미망의 동굴
기적처럼 내게도 집이 있었구나
집으로 가자
상처로 얼룩진 누더기 끌어 덮어
유순한 짐승처럼 이마를 맞대
눈물 콧물 문질러서 파묻어야지
날은 어두워지고
나도 다리 절며 돌아갈 데 있구나
이제는 그만 집으로 가자

- <이제 집으로 가자> 전문

　시인은 서두에 대뜸 '이제 그만 집으로 가자'고 말한다. '이제 그만'이라
는 표현에서 우리는 밖에서 시달릴 만큼 시달려서 지치고 피곤한 화자의 어
조를 감지할 수 있다. 시인이 집으로 돌아가고자 하는 것은 '집'이 그의 모
든 피곤을 풀어주고 슬픔을 위로할 안식처로서의 존재이기 때문만은 아니
다. 이 시인에게 있어서의 집은 처음부터 '돌아가야 될 곳'으로 규정된 곳이
며, 돌아가지 않고서 '이대로는 못 죽을 미망의 동굴'처럼 나를 아프게 끌어
당기고 있기 때문인 것이다.

　집으로 돌아가는 것은 본능이다. 시인은 이 본능에 따르는 자신의 행위를
'비단실 그물이　나를 묶어서 절로 끄는 사슬엔 듯' 간다고 하였다. 시인이
돌아가는 집은 '몽유에도 더듬는 굴딱지 같은' 집이며, '부끄러움 부벼 삭일
언덕이 있는' 집, 그리고 '어리석은 어미'와 '시끄러운 새끼들'이라는 혈연
이 있는 집이다.

　시인은 '기적처럼 내게도 집이 있구나'라고 돌아갈 집이 있음을 기뻐한다.

우리들은 생존경쟁의 현장에서 쫓기고 넘어지면서 날마다 상처를 받고 산다. 눈물 콧물로 얼룩진 우리들은 날이 어두워져서야 유순한 짐승처럼 다리를 절며 집으로 돌아갈 수 있다.

시인이 집으로 돌아감으로써 모든 고뇌와 슬픔으로부터 떠날 수 있는 것은 아니다. 오히려 집이 부과하는 새로운 과제와 만나게 되지만 시인은 집으로 돌아가는 일을 결코 포기할 수가 없다. 그러나 우리가 여기서 발견하게 되는 것은 이 시인이 끝없이 집으로 돌아가고 있음에도 불구하고 집으로 완전히 돌아가지 못하고 있다는 사실이다.

시인이 돌아간 곳은 외형적인 가옥일 뿐이라는 것, '존재의 중심이 아니라, 하나의 건물이며 구조라'는 데에 그 이유가 있을 것이다.[21]

> 집에는 내 부끄러운 풍속이 있다
> 밥통 같은 간장종지 같은 요강단지 같은
> 집에는 부스러진 내 비늘이 있다
> 머리카락 같은, 손톱 같은, 살비듬 같은
> 집에는 내 아지랑이가 있다
> 빨주노초파남보 세어 보는 색깔
> 집에는 슬픈 껍데기 얼룩진 콧물
> 그보다 치사한 인정이 있다
> 집에는 내 냄새가 고집이 있다
> 앉아서 돌이 되는 집념이 있다
>
>   - <아지랑이가 있는 집> 전문

그가 생각하고 있는 집은 호화롭고 아름다운 집이 아니다. 유전하는 우리들의 풍속과 치부로 가득한 장소이며 고집과 집념과 냄새로 얼룩진 집이다.

---

21) 노철, <집과 가족, 삶과 존재의 심연>, 「시와 사람」 2002. 겨울호, p.127 참조

그러나 집은 이들 모든 결함을 끌어안고 쓸어 덮고도 남는, 인정이 있는 공간이라는 데에 의미가 있다.

부스러진 비늘과 손톱과 살비듬이 떨어져 있는 집, 거기에는 동시에 빨주노초파남보 일곱가지 색깔을 분산하는 무지개 같은 희망이 있다. 그리고 이 희망을 존재하게 하는 이유는 가족 구성원들 사이에 있는 사랑이다. 그 사랑은 가슴을 설레게 하는 사랑이 아니라, 우리가 짊어지고 가야할 책무로서의 사랑이며, 운명으로서의 사랑이다. 시인이 그 사랑을 '치사한 인정'이라고 폄하하고 있는 것은 그 때문이다.

> 집으로 갑니다. 내가 집으로 가는 일은 하늘에 떠 있는 연이, 감기는 연줄에 끌려가는 듯한 일입니다.
>
> 우리집으로 가는 익숙한 골목. 우렁 속처럼 구부러진 골목. 조선종자 탱자나무가 울타리 쳐진 좁은 골목, 골목 속에 채마밭이 있고 두레박 우물물을 긷는 여인들의 목소리가 들리는 골목.
>
> 옛날보다 훨씬 어리석어지고 옛날보다 훨씬 단순해지고 나는 옛날보다 몇 배나 불분명해졌습니다.
>
> 그러나 나는 옛날보다는 조금 따뜻해지고 옛날보다는 조금 너그러워졌습니다.
>
> 나는 내 어린 것들이 벗어놓은 껍질.
>
> 나의 우직을 아무도 칭찬해 줄 사람은 없지만 나는 내 촉감을 믿고 집으로 갑니다.
>
> 감기는 연줄에 끌리듯 눈감고도 갈 수 있는 집으로 갑니다.
>
> — 시 <집>의 시작노트 <눈감고도 갈 수 있어>[22] 중에서

우렁속처럼 구부러진 익숙한 골목, 좁은 골목에 기울이는 시인의 사랑은

---

22) 이향아. www.poet.or.kr/ha(이향아 홈페이지) 장르 메뉴, '시인의 수첩'

이 시인을 평범하면서도 행복하게 살리는 에너지가 되고 있다. 시인은 그 집으로부터 체온을 얻고 그 집으로부터 삶의 의미를 얻는다. 집에서 나와서 집으로 돌아가는 끊임없는 반복 속에서 시인은 '옛날보다는 조금 따뜻해지고 옛날보다는 조금 너그러워'지는 인격적 단련을 하고 있을 것이다. 그러면서도 시인 자신은 '나는 그저 내 어린것들이 벗어놓은 껍질'일 뿐이라고 생각한다. 그리고 한결같은 자신의 행위들이 혹시 어리석은 것은 아닌가 하는 일말의 회의도 품는다.

그는 고백적인 글 <나 이렇게 침잠하는가>에서

> '겨울이면 나는 은둔을 즐긴다. 문밖 바람이 싫어서 동면하는 짐승처럼 눈감고 숨어 있으면 참 평화롭다. 홀로라는 것이 외롭지 않고 오히려 충만하다. 갇혀 있건만 세상이 답답하거나 부자유하지 않다. 아주 광활하게 트여 있다. 비교할 것도 없고 경쟁할 것도 없으니 부유할 수밖에 없다. 그러나 걱정이 아주 없는 것은 아니다. 동면하는 짐승들이야 봄을 위한 에너지를 적립하듯이 힘을 벼르고 있겠지만, 나는 지금 무엇을 비축하는 중인가? 불완전한 사람이라서 그러겠지만 때로는 생각이 얽히고 산만해지기도 한다. 특히 '나는 이대로 침잠하거나 소진하는 것이 아닌가'하는 데에 이르면 갑자기 두려움이 생기기도 한다. 침잠하면 어때서 그러는가? 소진하면 어때서 그러는가? 나는 나를 모르겠다. 은둔이야 원래 침잠이 아니던가? 은둔하다 보면 결국 소진밖에 더 할 것이 있던가? 나도 내 속을 알 수가 없다.'[23]

라고 말하여 스스로 은둔자라고 밝히고 있다. 위의 글에서는 '겨울이면 나는 은둔을 즐긴다'라고 하여 '겨울이면'이라는 단서를 붙였지만 겨울이 아닌 여름에도 시인은 마찬가지라는 것을 그의 다른 작품들에서 알 수 있다.

---

23) 이향아 www.poet.or.kr/ha(이향아 홈페이지) 위와 같은 항목 '나 이렇게 침잠하는가'.

그리고 이 은둔과 칩거는 '집'과 '혈연'을 소중히 생각하는 이 시인의 당연
하고도 자연스러운 징후라 보여진다. 시인은 은둔하고 칩거하면서 내면으로
응축한다. 그리고 스스로 에게 물음표를 던진다.

바람이 불고 문풍지가 떨리었다
문풍지는 홀로 된 숫부엉이 울음
애들이 어디서 들불을 놓았을까
마을은 가득
콩 가지 타는 냄새로 출렁거렸다
콩 가지 타는 냄새로
푸르고 매운 불길로
저무는 물결 아래 마을은 잠기었다
오늘이 며칠인가
소문에는 내일도 혼사가 두엇
날새면 바작바작 날짜만 지나갔다
나의 은둔은 이대로 별 탈이 없는 건지
남들은 지금 무엇들을 하는지
바람이 불고 함석 채양이 몸부림을 했다
시장기인가 속이 매슥거리더니
어김없이 또 저녁 밥 때가 되었나 보다
나는 이대로도 괜찮을는지
죽은 듯 숨었다가도 살아날 수 있을는지
석유등잔 무명 올 심지를 꼬듯
뒤틀리는 몸을 꼬고 생각하고 있었다

- <은둔자의 노래> 전문

오늘이 며칠인가, 시인은 모르고 있다. 그러나 알 필요도 느끼지 않는다.
다만 소문으로 내일도 마을에 혼사가 두엇 있다는 말을 들었을 뿐이다. 자신

은 은둔하고 있으면서 문밖의 다른 세계 사람들은 어떻게 살고 있는지, 은둔하는 이대로 나는 탈이 없는 것인지, 존재의 의미를 생각하는 시인의 마음은 편하지 않다. '날 새면 바작바작 날짜만 지나'가고, 때가 되면 밥이나 먹는 자신을 돌아다보면서 이렇게 '죽은 듯이 숨었다가도 살아날 수 있을는지' 의심을 한다. 타인의 강요에 의해서 갇혀 있는 것이 아니고, 자발적으로 선택한 생활방식 속에서 부자유와 구속을 느끼는 시인은 반대급부로서의 꿈을 높이 설정하고 그 꿈을 수시로 점검하기에 이른다. '석유 등잔 무명 올 심지를 꼬듯 뒤틀리는 몸을 꼬고, 자신의 참 모습을 들여다보고 있다.

    지붕 위로는 꼭
    손바닥만한 회색 하늘이
    널려 있는데

    한 뼘 마당에는
    나무 한 그루 심어 놓고
    일곱 해를 좋이 기다려야 열매가 연다는
    고단한 나무를 심어 놓고
    방안은 호젓하기 짝이 없는데

    벽 허물어
    창 하나 장만하리라　생각는 것은
    해 돋는 풍경을 잊어버려서
    별똥별 은꼬리가 궁금하여서
    아니, 그보담은
    심은 과일나무
    싹 오르는 것을 보기 위해서

    거리에는 지금쯤

가로수가 푸르다는 오뉴월 사연이랑
귓결 간지르는 슬픈 음악이랑
물가가 올랐다는 저자의 이야기랑
부산한 소식들도 들릴 테지만

방안은 혼자라
외로움도 없고
빼꼼히 쳐다뵈는 회색빛 좁은 하늘에
그래도 주섬주섬 섬겨 보는 건
지금은 소식 감감한
돌아간 이의 눈익은 이름이며
산나리 씀바귀꽃 많이도 피던 동네

하늘을 한 아름 보듬고 싶은데
씀바귀꽃 피던 동네 가고 싶은데
마루 앞에
작은 마당 하나 만들고
벽 허물어 창 하나 장만하고
과일나무 싹 트는 걸 보고 싶은데

- <방안의 시> 전문

이향아는 <방안의 시>에 <갇힌자의 노래>라는 부제를 달았다. <방안의 시>에서 시인은 최대한으로 응축한 자신의 모습을 내보이고 있다. 이제는 집(가옥)도 아닌 집의 일부분인 '방'에 갇혀서 '벽 허물어 창 하나 장만하고', '한 뼘 마당에 나무 한 그루 심어 놓고' 일곱 해를 기다려야 열매가 연다는 과일 나무 싹이 오르는 것을 기다리고 있는 것이다.

시인은 고향의 자연도 아니고 집도 아닌, '지붕 위로는 꼭 손바닥만한 회색 하늘이 널려 있는' 방안에서 그리운 이름들을 생각하고 있는 것이다. 그러나 우리는 시인이 비록 방 속에 갇혀 있지만 그는 정신으로 벽을 허물고 울타리를 허물고 멀리 비상하고 있다는 것을 알 수 있다. 그것은 가로수가 푸르다는 계절의 소식을 넘보면서, 씀바귀꽃 피던 과거의 마을을 지나 별똥 별이 은꼬리를 길게 끌던 유년의 시간을 만나는 멀고 아득한 공간을 포괄하는 세계다. 그것은 오늘도 아니고 내일도 아닌, '일곱 해를 좋이 기다려야 열매가 연다는 고단한 나무를 심어놓고'도 지루함이나 조바심을 느끼지 않는 요원하고 광활한 공간인 동시에 가능성의 세계인 것이다.

2) 가족, 그 핏줄과 껍데기

이향아에게 비중이 크고 의미가 있는 공간이 '집'인 것처럼 그에게는 집에 기거하는 가까운 살붙이 피붙이 – '혈연' – 를 노래한 작품이 현저하게 많다. 이러한 현상은 현실에 긍정적이고 삶에 성실한 그의 생활을 반영하는 것이라 보아도 틀림이 없을 것이다.

혈연에 관련된 시는 크게 자식에 경도하는 시, 부모를 생각하는 시로 집약된다. 끊으려해도 끊어지지 않는, 아니 절대로 끊어서는 안되는 혈연. 그 때문에 상처를 입어도 그 상처에 길들여질 수밖에 없는 인정. 그것이 곧 혈연간의 사랑인 것이다.

> 어제는 타관에서 아들이 다녀갔고
> 오늘 아침 눈을 뜨자 전화로 물었다
> 잘 도착했느냐, 너를 만난 어제가 꿈속 같구나
> 그까짓 말을 하는데도 눈물이 나왔다
> 세상만사 그 중에도 사랑하는 일이여
> 그러나 전화니까
> 내가 우나 어쩌나 그 앤 몰랐을 거다

(중략)
나는 요새 병신처럼 잘 운다
진실하게 말하려면 눈물이 나온다

- <진실하게 말하려면 눈물이 나온다> 중에서

자라면서 어미의 품을 벗어난 자식들은 어쩌다가 만나더라도, '너를 만난 어제가 꿈속 같구나' 생각될 만큼 곧장 다시 곁을 떠난다. '나는 요새 병신처럼 잘 운다 진실하게 말하려면 눈물이 나온다'라고 하여 시인은 진실함 뒤에 따르는 눈물을 변명하고 있다.

이향아에게는 <아들에게>, <아들에게1>, <아들에게2>, <껍데기의 노래>등 아들을 직접 시의 표제로 삼은 시가 많다. 그의 모성애가 보통의 모성애와 다르거나 모자간의 사정이 특별한 것은 아니다. 그러나 자식에 대한 그의 당부와 염려와 느낌은 유별하다. 그는 성장하는 자식에게 수시로 새 신을 갈아 신기면서 떠날 것을 권장한다.

아들아
자, 어서 새 신을 신으렴
활개치는 나무들의 들판
유리성 같은 햇살의 합창을 지나
네 망설이는 환절기의 몸살을 딛고
이제는 컸구나 혼자 가야지
강동 삼백 리에 그림자 번쩍이며
바람소리 휘파람 되게 달려가야지

아침저녁 날마다 발이 크는 아들아,
신발이야 어느 때나 갈아 신을 수 있지만
여름으로 우거지는

가을로 씨 맺는
너의 휘황한 봄, 바쁜 갈림길
요 며칠 이슬비에 목소리가 패여
어미를 억지로 늙히는
날마다 다르게 발이 크는
아들아

- <아들에게> 중에서

자라는 아들의 키와 발을 보면서, 우렁우렁 변하는 아들의 목소리를 들으면서 먼 바다로 떠나는 한 척의 배를 보듯이 시인은 객관적 타자가 되려고 노력한다. '이제는 컸구나 혼자 가야지'라고 체념 섞인 노래를 읊조리는 것이 그것이다. 그는 '웅덩이 건너면 여우굴이 있느니라 여우굴 지나면 칡덩쿨이 있느니라 (<아들에게2>)'라고 아들의 앞에 전개될 낯선 이정표를 미리 일러주면서 아들의 출발을 독려하기도 하고, 아들과 자신의 관계 그 돈독함을 생각하면서 '이후로도 우리를 그윽하게 하소서, 이후로도 우리를, 이후로도 우리를' 이라고 시인이 믿는 절대자에게 간곡한 목소리로 당부하기도 한다. 그는 <떠나보내는 연습>이라는 산문에서 다음과 같이 말하여 아이들이 성장한 이후 더 외로워진 자신의 모습을 토로한다.

벗어놓은 아이들의 신발이 큽니다. 내 아이들 신발 같지 않게 문득 낯이 섭니다.
어느새 아이들이 많이 자랐습니다. 많이 자라서 저 큰 신발들을 가볍게 신고서 스스로 먼 길을 걸으며 내가 가보지 못한 세계의 흙을 묻혀옵니다. (중략)
그러나 나는 그들이 어렸을 적보다 한가해지거나 편안해지지 않았다는 사실에 놀랍니다. 오히려 더 심각하고 무거운 문제들에 시달리고 있다는 것이 이상합니다. 나는 그들이 어렸을 적보다 훨씬 외로워졌습니

다. 작은 발로 아장아장 걸어다닐 때는 행여나 나를 잃어버릴까 봐 치
마꼬리를 잡아당기던 저 애들이 오늘은 나를 떼어놓고 저희들의 약속
장소로 나갑니다. 나는 신을 신는 그들의 뒷모습에서 먼 바다로 가기
위해 닻을 올리는 배를 봅니다.[24)

　　위에서 인용한 <떠나보내는 연습>은 시 <아들에게>의 시작노트를 겸
한 산문이다. 이향아는 모성적 본능을 스스로 제어하고 수습하기 위하여 이
별 연습을 하고 있는 것으로 보인다. 이제는 자라서 각자의 발로 걸어서 그
들의 약속 장소를 향해 집을 나가는 자녀들을 바라보는 시인, 그는 바다로
나가는 한 척의 돛단배를 바라보듯 보고 있는 것이다.

　　　　내 살 중의 살, 뼈 중의 뼈라고 말하지 않으마
　　　　나는 네가 벗어놓은 껍데기일 뿐
　　　　공연히 성가신 눈물은 글썽여 쌓고
　　　　아름다워라, 사람의 일이여
　　　　네 머리 위에는 광채가 서리어 있느니
　　　　네가 딛는 자리마다 생수가 솟아나느니
　　　　이상한 나라 어미 독수리의 시력으로
　　　　나는 아노니, 지켜 보았느니
　　　　너는 모를 것이다 아들아, 몰라도 된다

　　　　나는 이 세상 고조선의 삼간 띳집
　　　　암청의 피를 찍어 계시록을 새겨
　　　　긴긴 내력으로 바람벽을 쌓은 집
　　　　하늘 아래 무슨 말이 또 있을까
　　　　어제는 물 묻은 내 치맛귀를 붙잡더니
　　　　너는 오늘 그 손으로 신들메를 지거라

24) 이향아. www.poet.or.kr/ha 장르 메뉴 '시가 있는 에세이', <떠나보내는 연습> 중에서 발췌함.

시시한 고향 하나 다시 뒤에 남으리니

자다가도 눈을 뜨고 천리 밖을 생각한다
먼 나라로 통하는 예감의 지평선에
아름다워라, 사람의 일이여

어머니
유전하는 이 노래를 용서하여 주십시오
즐겁게 내 껍데기가 되셨던 당신

- <껍데기의 노래> 전문

'살 중의 살 뼈 중의 뼈라고 말하지 않으마'라고 하는 것은 살 중의 살이요, 뼈 중의 뼈임을 재삼 각인하는 말이라고 해야 한다. 모두 떠나고 '시시한 고향'처럼 뒤에 남을 자신의 모습을 상상하면서 시인은 자신의 어머니를 생각한다. '유전하는 이 노래를 용서하여 주십시오 즐겁게 내 껍데기가 되셨던 당신'을 생각하는 것이다. 자신이 자녀의 껍데기가 되었듯이 시인도 일찍이 자신의 어머니를 껍데기 벗듯 벗어버렸음을 새삼스럽게 발견한다. 자식을 통하여 비로소 어머니에게 죄스러운 마음을 가지게 되었으며, 그것을 솔직하게 고백하고 있는 것이다. 그리고 이러한 질서는 오래 전부터 지금까지 유전하는 아름다운 사람의 일임을 생각하는 것이다.

이향아의 시가 특별히 가깝게 다가오는 것은 생활을 진솔하게 표현할 뿐만 아니라 가깝고 쉬운 소재, 누구나 알고 경험한 보편적인 진실을 읊고 있기 때문이다. 그의 시는 형이상학적인 추상도 아니고 손에 잡히지 않는 관념도 아니다. 그의 시는 바로 그의 생활이다. 그는 자녀들이 자라면서 시인 자신이 자녀가 벗어놓은 껍데기로 존재하게 된 것을 한탄하거나 슬퍼하지 않으려고 자신을 수시로 순치하고 있다.

반호장 저고리 꽃분홍 시절에는
어서어서 늙고지고 말씀하셨지요
세월을 건너 뛰어 어서 늙으면
저 어린것들 무엇이 되려는지
어느 날을 태산처럼 믿으셨지요

오늘은 일흔 일곱 생신 날
꿈처럼 바람처럼 늙으신 어머니
성근 머리카락 눈물나게 희고
우리들은 무엇인가 되었습니다
당신을 살얼음에 세워두고서
그 마음에 날마다 바늘을 꽂는
아직도 불효한
무엇인가 된 우리들
이만하면 됐다, 너무 오래 살았다
돌아보면 젊은 날이 청대밭 같고
고개 들어 다시 내어다 보면
이별의 푸른 강도 아름답구나
오늘 일흔 일곱 생신을 맞으신 당신
일곱 살 소녀처럼 맑은 어머니
달려와 늙으셨 듯 다시 젊어지소서

- <무엇인가 된 우리들> 전문

‘저 어린것들 무엇이 되려는지’ 걱정하면서 어느 날을 태산처럼 믿었던 어머니. 우리들은 소원했던 것처럼 각각 무엇인가가 되기는 되었다. 아직도 ‘당신을 살얼음에 세워두고서’ 어머니의 가슴에 날마다 바늘을 꽂고 있을지라도 우리들은 옛날 그대로의 ‘어린것들’은 아닌 것이다. 그러나 ‘이만하면 됐다’고 칭찬하면서 ‘너무 오래 살았다’고 마음을 접는 어머니는 ‘성근 머리카락 눈물나게 희'게 이미 노쇠하였다.

응갯돌 빨래터 방망이 소리는 사육제 마당의 북소리 같았다.
그 소리에 바위들은 몸을 더 웅크려서 굳은 살 힘줄을 퍼렇게 떠올
렸다.
어머니는 해를 향해 빨래를 펼쳤다.
빨래를 펼칠 때의 어머니의 키는 옛 얘기의 거인처럼 솟아오르고,
나는 어머니가 남처럼 낯설었다.
응갯돌 빨래터 널브러진 바위에 어머니는 빨래를 제상처럼 널었다.
해보다 눈부시던 어머니의 빨래.

어머니는 빨래에 순결을 걸었다.
어머니는 빨래에 승부를 걸었다.
어머니는 빨래에 지조를 걸었다.
아, 빨래는 어머니의 과업

나는 언덕에 걸터앉아 노래를 불렀다.
다리를 흔들며 목청을 돋구면 마디마디 슬프던 노래의 곡조
빨래는 마르고 나는 목이 쉬었다.
다 저녁 풀밭으로 여치들은 모여들고,
내 목이 쉬어서야 여치들이 울었다.

응갯돌 빨래터 돌자갈 깔린 길로 찌그덕거리며 돌아오는 길
나는 심심하여 돌을 차며 걸었다. 발끝에 채이는 자갈 같은 목숨,
낡은 내 호주머니 깊숙히에는 빨랫길에서 얻은 자갈 같은 보물들.

그림자는 길게길게 뻗쳐 있었다.
지금은 없어진 응갯돌 빨래터,
그날의 명예라고 이끼라도 피었으면,

전설처럼 아슴한 언덕받이에서
어머니의 빨래방망이 소리 아직도 들려오고
내 맥은 전에 없이 빠르게 뛴다.

-＜풍경에 기대어＞ 전문

이향아에게 있어서는 어머니가 항상 자애롭고 따뜻하게 나타나는 것만은 아니다. 위의 글에서 응갯돌 빨래터의 어머니는 마치 제사장처럼 엄숙하고 장대하다. 시인은 빨래에 순결을 걸고, 승부를 걸고 지조를 건 것처럼 마치 빨래가 자신의 과업인 것처럼 너럭바위에 펼쳐 널던 어머니의 눈부신 빨래를 기억한다. 그 날의 어머니는 의지의 인물처럼 보였고 거인처럼 보였을 것이다. 시인은 빨래터 어머니의 곁에서 지루함과 동시에 노역과 슬픔도 느꼈다. 그리고 그 빨래터의 추억은 후일 이 시인의 윤기 있는 정신의 한 부분이 되었음에 틀림이 없을 것이다.

이향아의 핏줄에 관한 작품은 아들에 대한 시보다 부모에 대한 것이 훨씬 많다. ＜사친가＞ 연작시 10편은 일찍 사별한 아버지께 살아 있는 가족들의 근황을 보고하듯이 읊은 시이며, ＜아버님전 상서＞는 사별 당시를 회고한 시이다. ＜큰 비와 강물＞, ＜화투＞, ＜한 오백년, 한 오백년＞, ＜무엇인가 된 우리들＞, ＜어머니께＞, ＜지금이 그때＞, ＜어머니와 밥＞, ＜풍경에 기대어＞, ＜이 절 받으시옵소서＞, ＜찬송가＞, ＜우리나라 어머니＞, ＜지금이 그때＞, ＜병든 세상은 내 탓입니다, 어머니＞, ＜가을 강물 소리는＞, ＜큰 죄＞는 모두 어머니를 읊은 시작품이다. 그리고 산문으로는 ＜어머니 송(頌)＞, ＜나는 속으로만 생각하였다＞, ＜먹이는 사랑＞, ＜나는 지금 어디 있는가＞, ＜두려운 행복＞, ＜어머니, 당신은 최초의 학교입니다＞가 있다. 그리고 어머니를 주제로 여성집필자 8인이 펴낸 『나의 어머니』[25)]에는 200字 원고지 120매에 달하는 장문의 어머니 회상과 추억의 글이 실려 있다.

이향아에게는 부모와 자녀 외에도 할머니를 읊은 <영일(寧日)>과 <다듬잇돌>, <할머니의 추억>이 있고 시부모에 대한 글 <사향(思鄕)>, <빈무덤 앞에 무릎을 꿇고>가 있다. 인륜과 인정에 무심하지 않은 시인의 일면을 보여주고 있다 하겠다.

　그는 어머니를 유년의 아름다운 가옥으로 생각한다. 그러나 자신도 역시 그 자녀들의 가옥이라면 오막살이 삼간누옥이 분명할 것이라고 걱정하면서 '내가 낳은 아이야, 나 큰 일 저질렀다 '(<큰 죄>)'라고 고백한다.

> 내 자란 항구 서해 바닷물 퍼서
> 내가 만든 요리는
> 조금씩 짜다
> 잊은 듯 행여 행여 더 끓다가
> 피도 눈물도 남들보다 더 짤 것이다
>
> 애 가뭄에 독오른 고추
> 내가 만든 요리는
> 조금씩 맵다
> 쏘아 붙이는 내 외마디 소리
> 밋밋한 숨결 중에
> 솟구치는 기운
> 속의 열기다
>
> 솥 뚜껑을 열 때면
> 알리딘의 요술 램프
> 번번이 밥은 질고 숭늉은 쓰다

---

25) 이향아, <나의 어머니>, 도서출판 답게, 2001, 5,『나의 어머니』(김이연, 김지연, 김후란, 이향아, 정연희 등 8인)이 펴낸 어머니를주제로 쓴 산문집

어른 아이할 것 없이 자리에 앉아
먼 산을 우러르듯 그립게 둘러 앉아
땀흘려 이 질긴 요리를 씹자
나는. 그대들 산호 보석 같은 입을 벌리어
오늘도 겨우
아프고 질긴 맛이나 저며 먹인다

- <식탁> 전문

평범한 일상생활에서 소재를 취한 위의 시에 대하여 신경림은 세 가지 측면에서 조명하였다. 첫째로 이상에만 치우치지 않고 현실을 현실로 받아들여 삭힐 줄 아는 시인의 지혜를 지적하였고, 둘째로 이 시는 시인의 자화상으로 읽힐 수 있다는 것, 셋째로 이 시는 시인의 시론으로서의 일면을 가지고 있다는 것이 그것이다.26)

시인은 한도 슬픔도 남들보다 크니까 자신이 이룩하는 삶도 남들보다 짜고 더 매워야 마땅하다고 말한다. 여기에서 우리는 현실을 인식하고 대응하는 시인의 태도를 엿볼 수 있다. '솥뚜껑을 열 때면' '번번이 밥은 질고 숭늉은 쓴 것'이 현실이지만 시인은 절망하지 않는다. '먼 산을 우러르듯 그립게 둘러앉아 땀 흘려 이 질긴 요리를 씹'을 줄 아는 시인의 지혜는 곧 시인의 자화상이라고 할 수 있다.

성실한 인간으로서 최선을 다했지만 그 성과가 별로 두드러지지 않을 때 포기하거나 낙담할 수도 있지만 '땀흘려 질긴 요리를 씹'을 줄 아는 시인. 산호와 보석 같은 가족들의 입을 벌리어 '아프고 질긴 맛'을 저며 먹이는 시인은 강인한 의지와 뜨거운 눈물을 가진 시인이다. 그리고 이 강인한 의지

---

26) 신경림, <이향아의 시 세계> - 소시민적 삶의 애환을 형상화한 서정시인 - 이향아 시집「물새에게」, 문지사, 1983, pp.108 - 118 참조

와 뜨거운 눈물은 가정과 가족을 소중히 여기는 데서 유발된 특별하고도 비상한 에너지인 것이다. 이향아는 평범한 생활 속에서 진실을 구가하는 삶을 행복이라고 여긴다. 이에 대하여 강인한은 다음과 같이 해설하고 있다.

> 밥 짓고, 빨래하고, 아이를 낳고 기르는 일과 같은 어찌 보면 너무나
> 도 하찮은 우리들의 일상 속에 사실은 인간적인 진실이 담겨 있다. 시
> 인은 결코 격앙된 어조로 그 삶을 노래하지 않는다. 언제나 강물처럼
> 낮고 잔잔한 소리로 자신의 삶을 고백하고 그 속에서 하나님의 존재를
> 찾는다. 시인의 이러한 인생관, 시인의 철학이 바로 그 시인의 시를 낳
> 는다. 그러므로 좋은 시는 반드시 좋은 삶에 바탕을 두며, 시인이 영위
> 하는 삶이 바로 시를 싹티우는 토양이 될 수밖에 없다고 그는 믿고 있
> 다.[27]

인간 세계의 가장 기본적인 공간이며 절대절명의 단위라고 할 수 있는 가족과 가족이 모여 사는 집 - 가정에 대한 시인의 애정이 이 시인을 좋은 시인으로 우뚝 서게 한 비결이라고 할 수 있을 것이다.

(2) 향토와 자연에 대한 그리움

1) 부끄럽고 아름다운 유년의 향토

시인이 집과 혈연으로부터 한 발자국 벗어 나와 유심하게 마주치는 것은 자연과 향토이다. 스스로 칩거하고 있다고 말하기를 즐기는[28] 이향아가 자

---

27) 강인한, <낮은 곳에서 바치는 백합의 향기>, 이향아 시집 「당신의 피리를 삼으소서」p.110, 작품해설.

28) 이향아는 그의 수필 <내 이름을 부르는 소리>, <묻혀 사는 행복>, <문을 열 때까지>, <가장 아름다울 때> 기타 여러 작품에서 자신이 은둔과 침잠을 즐기고 있음을 고백하고

연과 향토를 바라보는 것도 일종의 외출이라고 할 수 있지만 향토와 자연도 자아와 가옥을 확대한 일종의 집이라고 할 수 있다. 그리고 '향토' 혹은 '자연'이라고 하는 커다란 집은 '이웃'이라고 하는 한 단계 높은 단위의 또 하나의 가족과 마주치게 우리를 인도할 것이다.

시인은 막연히 '고향'이라고만 하지 않고 보다 구체적인 지명을 표명한다. 그것은 '군산'이라는 서해연안의 항구다. 충남 서천에서 출생하여 전북 군산에서 성장하였으며 서울에서 대학을 다니고, 전주에서 9년, 다시 서울에서 10년 이후 광주에서 20년이 넘게 생활하고 있는 이 시인의 삶의 경로 가운데서, 군산에 대한 기억의 편린들은 특별하다. 그것은 가장 중요한 소년기를 군산에서 지냈기 때문이기도 하겠지만, 가장 고통스럽고 어려운 시절을 군산에서 지냈기 때문일 것이다.

> 금강물은 그동안 별탈 없는지
> 갈매의 파도 색깔 제대로 빛이 나고
> 물갈기 피었다가 싸리꽃처럼 날리는지
> 벌겋게 끓어오르는 흙탕물도 식어서
> 개펄 반죽 되직하게 가라앉아 있는지
>
> 물새들 알을 낳아 새끼 품는 기슭
> 서해로 질러가는 짠 바람 위로
> 군산 사람 소식 실려 가고 오는지
>
> 안녕들 하신지
> 살기가 전보다 훨씬 나아서
> 일찍 죽은 귀신들만 불쌍하구나

있다.

옛말 내이르며 가슴 훑어내리는지

가봐야겠다
남으로 흘러가는 뒤숭숭한 구름
큰 점 찍듯 하루 날짜를 잡아
소문처럼 실려서
가봐야겠다.

- <안녕들 하신지> 전문

위의 시에서 시인이 궁금히 여기고 그리워하는 것은, 그가 자라난 향토라고 하는 특정한 지역인가? 아니면 벌건 흙탕물이나, '물새들 알을 낳아 새끼 품는 기슭'이나, 피었다가 싸리꽃처럼 부서지는 물갈기, 혹은 개펄과 짠바람 같은 자연과 풍경인가?

이향아가 그리워하는 것은 향토와 자연과 인정과 사건, 이 모든 것을 어우르는 사람의 삶, 그 전부인 것이다. 그리하여 그는 '일찍 죽은 귀신들만 불쌍하구나' 라고 옛말 내이르면서 솟구치는 인정에 가슴을 훑어내린다.

위의 시에 대하여 시인 김종은 다음과 같이 언급하고 있다.

이제 이향아 시인의 시적 표정은 그리운 것들과 궁금한 것들이 많은 세상에 접어들어 손을 내밀면 닿을 것 같은 실감된 시간과 장소에 위치한다. 위 작품의 전체적인 배경은 '서해'이며 그가 궁금해 하는 것은 '금강물'에서 시작하여 '갈매의 파도', '벌겋게 끓어오르는 흙탕물', '물새가 알을 낳아 새끼 품는 기슭', '군산사람 소식', '남으로 흘러가는 뒤숭숭한 구름' 등등이 어떠한가이며 이것들 모두에는 화자가 다다르고자 한 그리움의 열선이 배치되어 있다.

이향아의 시에서 특히 그리운 것들에 대해 펼쳐낸 회상은 사시사철 같은 자리에서 흐름을 이어서 흐름을 보내는 '금강물'까지도 별탈이 없

없는가를 살피는 염려와 연민의 눈길이 잔잔한 여운처럼 번져온다.[29]

　이향아의 그리움은 낭만주의자들의 그것처럼 끓어오르는 열정도 아니며 아련하고 몽롱한 꿈도 아니다. 낭만주의가 사랑, 정열, 동경, 이상, 꿈, 감정 중심의 속성을 가지고 있지만 경우에 따라서는 현실에 대한 극단적인 부정과 현실도피의 절망적 색채를 짙게 드러내기도 한다. 낭만주의의 그리움이 감상적이고 병적인 낭만주의로 기우는 것은 삶을 외면하기 때문이다. 그러나 이향아의 그리움은 집과 가족, 향토와 자연을 근거로 하여 생활의 냄새와 삶의 그림자를 가지고 구체화된다.

<blockquote>

군산에는 공연히 갔었다
시장끼 같기도 하고 몸살 기운 같기도 하다
군산 다녀온 후
속은 하루 종일 비고 삭신도 저려
못 사는 친정 살림 내막만
들킬 대로 들키고 왔다
군산에는 공연히 데리고 갔었다
담이란 담은 죄다 가라앉고
해풍에 시먹은 그때 그 애들
나보다도 되레 겉늙어 버리고
쇠가죽 장구처럼 질이나 있었다
나도 못 떠나고 숨어 살고 있었다
숙제 없는 날
서해 바다 밀물은 중앙통까지 몰려 오고
수박 속처럼 익어가는 여름날 황혼
소라 고동 나팔소리로 전신을 채워

</blockquote>

---

29) 김종, <이향아론 - 충만된 시와 실존적 그리움>, 「시문학」, 2000, 8월호 pp.130 - 145

구석구석 아픈 골목길 뒤지고 다녔었다
누가 날 잡으로 온다
허리춤 바투 틀어잡고 아래 위 훑어 벗기며 쫓아온다
열적은 웃음 발라 기웃거리는 수상한 나그네 깔본다
굵은 북덕베 치마 판백이 적삼 입고
만삭의 여선생님 악을 악을 지르던 운동장까지 따라 온다
바람은 오늘도 몹시 분다
선생님만 복판에 남겨놓고 바람이 돈다
해망동 밖 햇빛은 사금파리처럼 부서지고
외항의 들길, 낯선 대륙으로 솟구치어
어지러워라 멀미 앓는
의지할 것 없는 나를 눈치챘나 보다
나 혼자라면 또 몰라도
군산에는 공연히 몰고 갔었다

- <군산 다녀 오는 길>

　　시의 서두와 말미에 '군산에는 공연히 갔었다'고 반복하면서 강조한 이유
는 무엇인가? 시인은 군산을 방문함으로 노동을 끝낸 후처럼 육신이 피로하
고 고뇌와 슬픔을 견디고 있는 것처럼 정신이 고통스럽다. 시인의 괴로움은
'시장끼 같기도 하고 몸살 기운 같기도'한 느낌, 하루 종일 속이 비고 삭신
이 저린 것 같은 느낌, 아무 의지할 것이 없어서 멀미 앓는 것 같은 느낌으
로 온다. 가난하던 시절 굵은 북덕베 치마에 판백이 적삼을 입었던 만삭의
여선생님의 추억을 비롯하여 시인의 군산 추억은 부유한 삶의 기억이 아니
다. 친구들을 대동하고서 고향이라고 찾아갔었지만 결국은 가난하게 사는
친정 살림살이만 들킬 대로 들킨 결과가 된 것이다.
　　시인이 앞장에서 아무리 집으로 돌아가기를 반복해도 절대의 집인 자신
의 존재 속으로 돌아갈 수 없었듯이 본장에서도 고향에 계속 돌아가지만 고

향을 발견할 수 없었던 것이다.

　이향아가 고향에서 만나려는 것, 고향에서 발견하려고 하는 것은 무엇인
가?

　　　자네도 알지
　　　'데스가부도'라는 사람
　　　군산 사람이면 누구나 알 것이네

　　　해망동 굴 밖 비릿한 뱃고동 소리에
　　　수박덩이만한 머리통을 가누고
　　　비오는 부두에서 군가를 부르던
　　　그 총각
　　　(중략)

　　　'야, 데스가부도다, 미친 놈! 설친 놈!'
　　　조무레기들이 침을 뱉아 팔매질하면
　　　데스가부도는 하얗게 서서
　　　'저리들 가! 느이들 미쳤냐? 미쳤어?'

　　　아! 그의 절규가
　　　헛바람처럼 맴을 돌던 초록 하늘
　　　정녕 아름답던 초록 하늘엔
　　　비행기 몇 대가 날고 있었지

　　　나보다 먼저 죽고 말 것이네, 그는
　　　대추나무 잔 가지로 수액이 뻗히듯
　　　천천한 내 사랑은 전할 길이 없이.....

　　　우리들은 소망대로 어른이 되고

우리들의 어린 것들은 골목에서
흙이 묻어 크네

네 비망록 저 은밀한 곳에서
데스가부도가 억울하게 늙어 가네

- <안부> 전문

시인이 군산을 떠나온 20년 후에도 늘 궁금해서 알고 싶어했던 것은 어린 시절 비오는 부두에서 군가를 부르던 미친 총각 '데스가부도'라고 하는 사람이다. '수박덩이만한 머리통을 가누고 해망동 굴밖 비릿한 뱃고동 소리에 절규하던 광인 데스가부도. 세월은 흘러서 그 시절 어린애였던 우리들은 소망하던 대로 어른이 되었다. 그리고 우리들의 어린 것들이 골목에서 흙이 묻어 크고 있지만 데스가부도는 영원히 은밀한 곳에 숨어 있는 것이다.

데스가부도는 고향의 풍물이었고 슬픔이었다. 이향아의 고향 기억 가운데서 하찮은 광인이 가볍지 않은 비중으로 자리잡고 있다는 것은 그의 범상하지 않은 의식의 일면을 설명해 주고 있다. 그것은 단순히 약자에 경도되는 관심이 아니다. 과연 진정한 광인은 누구인가? 하는 시인의 내면으로부터 솟아나오는 의문, 이것이 유년의 그를 시인으로 성장시키는 요체로 작용하지 않았을까.

아침 일곱 시 이분 전 혹은 삼분 전
라디오는 어김없이 일기예보를 한다
군산 앞 바다 파도 높이 옛날 같은지
만월표 고무신 신고 걸어가던 신작로에
깨어진 사금파리
눈 시린 햇살

유년의 꽃잎 같은 구름 몇 장이
국민학교 게양대에 걸려 있는지

왕벚꽃 흩날리는 오늘 같은 날
그넷줄 잡고 발을 굴러서
어서 크고 싶다고 아이들은 떠들어
다 무고하니 걱정하지 말라고
아침 일곱 시 뉴스를 켜면
라디오는 날마다 군산 소식을 전한다

나는 아침 밥솥 뚜껑을 열며
밥김인가, 안갠가,
구름인가, 꿈 속인가
군산 앞 바다는 순풍이 돌고 있음
세월이 빠르게 지나가고 있음
별 이상 없음
그리움을 축복처럼 실어 보낸다

 - <오늘 군산 날씨>

　이밖에도 <군산 벚꽃>에서는 '이제야 멋을 내고 군산 벚꽃 보러 왔'지
만 이제는 늦었다고, '살기가 고달파도 진작 와 볼 걸' 그랬다고 후회한다.
<군산>에서는 '해망동 굴밖'과 '장항 제련소', '둠배미'와 '콩나물 고개'
등 군산의 고유한 지명을 애정어린 시선으로 돌아다 보고 있다.
　<군산에 가고 싶다>에서는 '갈수록 세상일은 시끄러워지고 다 소용없다
생각될 때면 훌쩍 고향에나 가고 싶다'고, '알아보는 이 없어도 유정한 골목,
가만히 혼자 고향에 닿고 싶다'고 '객지에서 객지로 기웃거리다가' 이름 석
자에 묻은 땟국을 씻고 싶으면 '맨발 벗고 달리던 그 길에 서고 싶다'고 진

한 그리움을 피력하였다.

기대와 그리움으로 군산에 갔으나 아무도 알아보는 이 없고 예전에 살던 사람들이 지금 없음을 읊은 <아무 일 없었다>, 역설적인 군산 사랑을 표현한 <지나가는 길>, 그리고 유년을 추억한 <그날 불던 바람> 등은 모두 군산을 주제로 한 시들이며, 수필로는 <R씨에게>, <그날>이 있다. 이향아는 또 전주에서 살던 9년을 <전주시절>, <전주 추억>에 담아 냈다.

이 시인이 그리워하는 것이 핏줄이든 가정이든 자연이든 향토든 그의 그리움에는 과장이나 허풍이 없다. 그것은 그 그리움 속에 용해되어 있는 진실성과 진지성 때문이다. 시인은 진실에 기울이는 성심을 다음과 같이 고백하여 강조하고 있다.

거짓 노래는 거짓 증언이다.
거기엔 혈맥이 통하지 않으므로 생명이 없고 온기도 향기도 없어서 가화(假花) 조각이 마술사의 손에서 피어나듯이 감동없이 흩날리다가 사라질 것이다.
거짓 증언은 한 가지 일도 해결할 수 없고 그로 인해 나는 오히려 미궁 속으로 빠져들 듯이 답답해질 것이다. 그러므로 만신창이가 되어 모래밭에 누울지라도 나는 '진실'을 깃발처럼 움켜쥘 것이다.
그런데 '진실'이란 것도 태도와 방법의 문제에 따라 달라진다. '진실' 그 자체가 시의 종자는 될 수 있다. 시를 쓸 수 있는 모티브, 부풀어 오르는 감성이 도화선을 만나는 순간, 발아의 눈부신 찰라, 시인의 일상 어디서나 진실은 눈을 뜨고 있어야 한다.
나에게 더욱 밝은 시력을, 사물이 아름답게 반사할 수 있는 투명한 거울, 예민한 악기가 되어 공명하는 가슴을, 아, 내 목숨의 순간순간이 눈부신 감격으로 이어지는 은혜를!
그리하여 '쓰고 싶다'는 이유 하나 때문에 남에게는 물론 자신에게도 하등의 보탬이 되지 못하는 이 명분 없는 작업에 분명한 이름이 붙을 수 있기를!

- 이향아의 <한 시인의 고백>[30] 중에서

2) 삶을 보필하는 공생의 자연

시대가 변천하면서 자연을 바라보는 인간의 눈도 변하였다. 전통적 자연
관에서는 자연을 절대자 혹은 그에 준하는 신성(神性)으로 우러르고 경배하
면서 거기 의탁하여 소원을 빌었다. 자연과 인간의 관계는 종적인 관계였으
며 자연의 지배하에 인간이 존재하였다. 그러던 것이 현대로 오면서 자연은
인간과 대등한 1대 1의 관계를 맺게 되었으며, 인간이 자연을 대수롭지 않
게 보는 시각이 나타나게 되었다. 인간은 자연을 항구여일하고 절대무변하
는 대상으로 보지 않음은 물론 인간의 힘으로 자연을 파괴하여 흉물스러운
존재로 타락시켰다.[31]

현대에 이르러 대두한 비인간화의 자연이라는 것은 비정적이고 냉혹한
자연을 말한다. 자연에 동화하고 투사하여 인간의 심정을 대변하려고 했던
과거의 자연과는 거리가 멀다.

이향아의 시에서 발견되는 자연은 의탁하고 경배하는 전통적 자연도 비
정적 타자로서의 냉혹한 자연도 아니다. 그는 자연을 인간과 가까운 공감자
내지 대변자로 보았다. 이향아의 자연은 자연 그 자체로서 존재한다기보다
인간을 사랑하고 두호하기 위하여 원용되는 자연인 것이다. 자연 그 자체가
고귀하고 신성한 것이 아니라, 그 자연을 배경으로 한 인간과 인간사가 그에
게는 더 소중하다. 이향아의 자연은 인간을 위한 자연이며 인간에 의하여 변
화하는 자연이다. 따라서 자연은 시인의 사상, 시인의 기억, 시인의 삶과 함

---

30) 이향아, www.poet.or.kr/ha(이향아 홈페이지) 장르 메뉴 문학강좌 <한 시인의 고백>
31) 이향아, <시와 자연>,『시의 이론과 실제』, 2001. 국학자료원. p.221 - 222

께 존재한다. 그리고 어떤 경우에도 자연은 시인의 삶을 능가하지 않는다.

> 속리산 가는 길에 패랭이꽃이 많았다
> 한 때는 그 사람이
> 나를 패랭이꽃이라 불렀던 때도 있었다.
> 입대하여 병영의 거친 들판에서
> 나를 본 듯 패랭이꽃을 가지었노라
> 편지에 썼었다
>
> 그 시절 내 나이처럼 여리고 어여쁜 진분홍
> 지금은 쇠어터진 내 가슴을 요동치게 하는
> 저 작은 풀꽃이여
>
> 아직은 내 눈이 밝고
> 귀도 가깝지만
> 명주 실꾸리 만지듯 사려사려 세월을 감을란다
> 숱한 꽃 다 두고 하필 패랭이꽃
> 많은 산 다 두고 꼭 속리산엘 간다
>
> — <패랭이꽃>

시인 자신도 대표작 중의 하나로 꼽고 있는 <패랭이꽃> 전문이다. 시인
은 <패랭이꽃>의 생태나 모양이 좋아서 패랭이꽃에 연연하는 것이 아니다.
'한 때는 그 사람이 나를 패랭이꽃이라 불렀'던 그 어느 날의 추억 때문에
패랭이꽃을 좋아하며, '병영의 거친 들판에서 나를 본 듯 패랭이꽃을 가지었
노라 편지에 썼'던 일을 잊을 수 없어서 패랭이꽃에 사랑을 쏟는다.
시의 제목은 '패랭이꽃'이지만 시의 내용은 한 때 나를 패랭이꽃이라 불
렀던 '그 사람과의 관계'인 것이다. 우리는 인연의 사슬에 얽혀서 산다. '숱

한 꽃 다 두고 하필 패랭이꽃, 많은 산 다 두고 꼭 속리산에' 가는 것도 무심
하지 않게 연루된 관계 그것이다.

　　　사는 일 어리석어 쓸쓸한 날은
　　　강물을 보러 간다

　　　강물에는 먼 산들도 내려와서
　　　멱을 감고
　　　화목한 눈인사만
　　　말없이 건네어도
　　　의젓한 기운 되살아 난다

　　　강물을 보러 간다
　　　옛날, 훗날 함께 엎디어
　　　낮은 데로 낮은 데로
　　　덜어내는 강

　　　사는 일 힘에 부쳐 출출한 날은
　　　강물을 보러간다
　　　수천 수만의 은어떼 같은
　　　저 맑은 강물의 기쁨으로
　　　고달픈 두 발을 적시러 간다.

　　　그 모습 그대로는
　　　돌아오지 못하여라
　　　비 구름 눈 안개
　　　변신으로 입맞추는
　　　강물의 해후
　　　흐느낌으로

내 전신을 헹구러 간다

- <강물을 보러 간다>

　강물은 시인의 삶에 교훈을 주고 있다. '사는 날 어리석어 쓸쓸한 날은 강물을 보러' 가고 '사는 일 힘에 부쳐 출출한 날은 강물을 보러' 가는 시인. 맑은 강물의 기쁨으로 세상사에 지친 두 발을 적시는 시인이다. 과거와 현재와 미래가 함께 만나서 낮은 데로 낮은 데로 덜어내는 강물, 산과 산들이 모두 내려와 모습을 비추면서 화목한 인사를 주고 받는 강물의 교훈에 시인은 귀를 기울인다. 그리고 수많은 강물의 변신과 해후와 흐느낌을 올바로 해설할 줄 알고 있다.

　여기서도 자연인 강물은 강물이요, 인간은 인간이라는 이분적 거리에 있지 않다. 강물은 인간을 품고 인간은 강물을 노래하는 공생의 관계에 있다. 이향아의 일곱 번째 시집은 <강물연가>다. <강물연가>에는 그 표제가 이미 설명하고 있듯이 강물 연작시를 게재하고 있다. 강물에 손을 담그고 혹은 강물을 들여다보면서 시인은 강물처럼 흐르는 인생이야말로 아름다운 순리의 인생이라고 생각한다.

꽃 꺾어 강물에 띄우듯
내 마음 조각내어
실어 보내리

다 가고 어느 날
껍데기만 남으면
별빛을 닦는 사랑으로
무릎을 꿇고
치성하듯 천천히

빈 손을 펴리

손바닥에 반짝이는
물길 몇십 리
내 몸에 길을 내고
흐르는 강물
강물에 기대어
나는 들으리

창세보다 머얼리서
예언 같은 것
죽은 이들 되살아
돌아오는 소리

- <강물에 기대어> 전문

시인은 이미 자신의 전신에 물길을 트고 손바닥의 손금에까지 몇 십리 강물이 흐르게 한다. 물이 흐르는 것은 순환의 법칙이다. 순환은 생자들끼리의 원리가 아니라 '죽은 이들 되살아 돌아오는 소리'까지 듣도록 사자(死者)들까지도 참여시키는 흐름이다.

시인의 육신이 이미 강물을 이루었으니, 세상사는 모두 강물이 흐르듯이 순탄하게 흘러가게 될 것이다.

이향아는 강물을 소재로 연작시를 엮었듯이 '산'을 연작시로 쓰기도 하였다. 이향아의 산은 하나님의 눈길이 멎는 산이기도 하고 산신령이 거주하는 산이기도 하다. 비장한 마음으로 산을 찾기도 하지만 실망하고 개종을 결심하듯이 산으로부터 인간세계로 하산하기도 한다.

산이여, 돌아오리

머리 세는 하늘 아래
이 불면증

눈뜬 그대 날 알아보는
호사스런 대낮에
얼어터진 맨발
묻으러 오리

신경성
만성 소화불량증의
오목가슴 밑에도
어지러워라
어지러워라
날개 돋는 이 한 때
아마도 그대 애물
핏덩어리 되어 오리

- <산에게 2>

이향아의 <산에게>라는 시는 각각 1·2·3의 번호가 붙은 세 편이 있는데 위의 시는 그 중 2에 해당된다. 시인은 언젠가는 산으로 돌아가 묻힐 일을 자기 자신에게 환기시키는 동시에 자신을 수용할 산에게도 확인시키고 있다.

시인은 산으로 돌아가는 일이야말로 더없는 호강스러운 일이 될 것이라고 생각한다. '얼어터진 맨발'을 묻고 '머리 세는 하늘 아래 이 불면증'을 산의 가슴에 묻을 수 있기 때문이다. 그러나 산에게는 자신이 애물단지일 뿐이며, 아무것도 모르는 핏덩어리에 불과하다는 것을 인정한다.

이런저런 산 아래의 문제거리로 인한 불면증과 만성 소화불량증으로 시

달리던 시인은 언젠가 산으로 돌아간다는 것을 상상하는 것만으로도 '날개 돋는 듯' 황홀한 순간을 맛본다.

　이향아는 자연을 특별히 숭상하는 태도를 가지지 않았지만 자연 가운데 서도 '산'을 바라보는 시선은 남다르다. 그의 의식 가운데는 산을 일종의 제단처럼 생각하는 면모가 있다.

　　되돌아가자
　　매운 연기 속으로
　　저 들판 가운데 묶어 두고 온
　　눈 먼 황소한테로 가자

　　살아서 걸어가는 햇살 아래
　　조금씩 죄가 되는 물을 마시며
　　업고 온 산그늘 문패처럼
　　걸어 놓자
　　사위어드는 달 하나씩
　　품고 살다가
　　때 되면 스며들자
　　죽은 듯이 가라앉자

　　눈 딱 감고 되돌아 왔노라
　　묻히지 않는 부끄럼만
　　다시 쥐고 왔노라
　　꺼이 꺼이 황소 울음
　　엎디어 울자

- <하산하면서>

　'되돌아 가자 매운 연기 속으로'라고 시인은 자못 심각한 어조로 말한다.

이것은 세파와 풍진 속으로 돌아가자는 말이며, 이전투구의 전장으로 돌아가자는 말이다. 우리들이 경영하는 일은 들판에 매어 놓은 눈먼 황소와 같은 일인 것이다. 위의 시에는 시인의 세상살이에 대한 미련, 인간으로서 살아가는 일에 대한 끈끈한 정리가 들어 있다. 시인이 사랑하는 것은 살아서 걸어가는 들녘의 햇살이다. 산에서 내려온 다음, 시인은 등에 짊어지고 온 산 그늘을 문패처럼 걸어 놓고 '눈 딱 감고 되돌아왔노라' 어디에도 파묻을 수 없는 '부끄러움만 다시 쥐고 왔노라' 참회하자고 말한다.

이는 시인이 자연을 사랑하되 인사를 더 중히 여김을 보여주는 예라고 하겠다. 그는 고일한 품성의 신선처럼 산에 은거하는 삶을 지향하지 않는다. 오히려 잘못으로 얼룩진 사람의 행위, 꺼이 꺼이 뉘우치는 인간의 울음을 더 가치있게 받아들인다.

이밖에도 <산 위에 서면>에서는 산위에서의 관용과 아량을, <산을 안고 서서>에서는 산과 함께 사는 즐거움을, <산으로 가면>에서는 산이 유일하고도 편안한 위로처임을 고백하였다.

내가 지금 죽으면
꽃이 될 수 있을까요
저녁 꽃밭에 마주서면
꼭 여기쯤에서
나도 꽃이 되어야 한다는
생각
끓던 대낮도
차일 밑으로 돌아앉은
마당 귀퉁이
씀바귀는 씀바귀로
봉숭아는 봉숭아로

황후처럼 천천히
일어서는
저녁 꽃밭
해일 속엔 듯 잠겨서
나도 꼭
여기 쯤에서
꽃이 되어야 한다는
생각

- <저녁 꽃밭>

　자연의 하나로 동화하되, 자연 가운데서도 꽃으로 환생하고 싶은 시인의 소망을 읽을 수 있다. '지금 내가 죽으면'이라는 싯구에는 '지금'이라는 시간까지의 자신의 삶을 뒤돌아보는 태도가 담겨 있다. '꼭 여기쯤에서 나도 꽃이 되어야 한다는 생각'이라는 표현에서 '여기'라는 어휘는 일정한 상황과 처지를 지적한다.

　'지금'과 '여기'라는 시간과 공간 속에서 시인은 목숨의 절정이라고 할 수 있는 꽃이 되고 싶어 한다. '끓던 대낮'처럼 치열하던 생의 한 고비도 지나가고 '씀바귀는 씀바귀로, 봉숭아는 봉숭아로' 이제는 모두들 제 나름과 제 방식대로 피어나고 있다. 그러나 시인은 소박하고 진실하게 피어나되 황후처럼 천천히 품위를 지키면서 일어서려고 한다.

스텐레스 칼날같이
챙챙한 강에
다시금 가슴 헹굴
꿈도 꾸면서

마늘씨 묻어둔

이향아 시 연구　317

양지밭께로
우수절 가까이
술렁대는 하늘이
아랫목 이불처럼
깔려 있어서

요술피리 흉내내는
바람 소리에
알 듯한 옛 노래도
따라한다고

난필 총총
이 소식
전하고 싶네요
나는 기다리기
별 탈 없다고
모처럼 소식 몇 자
쓰고 싶네요

- <소식 몇 자> 부분

　시인은 구름 한 장처럼 가볍게 떠서 소문처럼 실려 고향에 가봐야겠다고 말한다. '마늘씨', '아랫목 이불', '우수절' 등 한국적이고 향토적인 어휘는 이 시인의 개성과 취향을 엿보게 하는 중요한 열쇠가 된다고 하겠다. 위의 시에서 시인은 그윽한 낭만에 젖어서 요술피리 같은 바람소리를 들으면서 그리움의 정서를 유감 없이 띄우고 있다.

　'청청한 강에' '가슴을 헹굴 꿈'을 꾸면서 '알 듯한 옛 노래를' 따라 부르는 시인의 여유는 지금 갑자기 생겨난 예사로운 것이 아니다. '나는 기다리기 별 탈이 없다고 모처럼 소식 몇 자 쓰고' 있는 시인의 느긋한 기다림과 참을성, 이 기다림과 참을성이 그를 계속 키울 것이며 아름다운 시인으로 서게 할 것이다.

그러나 시인을 크고 아름다운 시인으로 서게 하는 것은 단지 느긋한 기다림과 참을성만으로는 완성할 수 없다. 그것은 시인의 이면을 떠받들고 있는 일관성과 진지한 성품, 진실을 추구하는 곧은 정신, 그리고 성실성일 것이다. 이에 대하여는 진순애도,

> 이향아의 시는 진실된 삶을 향한 시인의 강렬한 탐구의식 및 탐구의 자세로 점철된다. 그 탐구의 자세가 단지 서정적 감수성에서 멈춰있는 것이 아니라, 강렬한 탐구의 깊이에 의해 척도되어 있다는 점에서 이향아의 삶에 대한 진실의 깊이를 읽을 수 있다.
>
> 세월의 두께에 묻힌 채 지나온 만큼의 삶을 단지 홧김의 정서에 젖어서 관조하고만 있는 것이 아니라, 그 세월의 두께쯤은 멀리 밀어둔 채 지금도 여전히 생의 한 가운데에서 진실을 탐구하고 있는 그의 강렬한 자세가 한층 감동의 진폭을 넓게 한다.
>
> 생의 한 가운데에 있다는 세부사항 중 하나는 갈고 닦고 닦아도 빛나지 않는 매일매일 되풀이되는 우리의 일상일 것이다. 때문에 일상의 지난함을 탁월한 시적 형상화로 일군다는 일 역시 지난한 일일 것이다. 그러나 이향아의 시적 깊이는 이러한 일상의 지난함을 진부함에서 멈추게 하지 않고 삶의 진실성을 향한 탐구의 대상으로 삼고 있어서 의미 있다 하겠다.
>
> 더욱이 일상적 생활의 소재에 대한 성찰의 자세에서 멈춰 있는 것이 아니라, 사물, 특히 일상적 사물에 대한 새로운 인식의 천착을 보이고 있어서 끊임없이 탐구하는 시인의 시적 자세에 값하고 있기도 하다.[32]

라고 하였다. 진순애가 지적한 '진실된 삶을 향한 강렬한 탐구의식'은 달

---

[32] 진순애, <진실을 향한 진한 탐구>, 이향아 시집『그대라는 이름의 꽃말』, p.149. 작품해설

리 말해서 이향아의 진실성과 성실성이다. 일상이란 바로 지루함이며 진부
함이지만 이향아는 새로운 인식의 천착으로 그 지루하고 진부한 일상에 진
지성을 부여하고 있다고 진순애는 지적하고 있다. 다시 말해서 시의 가치는
표피적인 기교가 아니라는 것을 강조하고 있다 하겠다. 또 유시욱은

> 섬세하고 정교하면서도 옹골찬 내실의 안간힘은 삶의 가쁜 숨소리를
> 내면화하는 데 성공하고 있다. 이러한 자아성찰의 내시안(內視眼은) 아
> 픈 감각을 통하여 서정적 불균형을 균형화하는 데 그치지 않는다. 궁극
> 적으로 어둠과 죽음까지도 수용하는 데 이름으로써 자기실현의 단계까
> 지 미치게 된다.[33]

고 말하였다. 이향아 시인의 긍정적인 정신력, 안간힘으로까지 보이는 삶
의 치열성을 지적하고 있는 것이다. 이 치열성이 자기실현을 이룰 때까지 이
향아는 진지한 노력을 성실하고 진실하게 지속할 것이다.

3. 결 론

필자는 지금까지 시인 이향아의 시에 나타난 그리움의 이미지를 고찰하
였다. 필자는 먼저 그의 시에서 중요한 비중을 차지하고 있는 '집'과 '가족'
을 분석하였으며, 다시 '집'과 '가족'으로부터 한 걸음 나아가 보다 영역을
확장하여, '향토'와 '자연'을 제재로 다룬 시들을 분석하였다. 그 결과 다음
과 같은 결론을 이끌어 낼 수 있었다.

---

33) 유시욱, 앞의 글. pp. 35 - 40

(1) 집과 혈연에 대한 그리움의 이미지

이향아의 집은 첫째 거주의 장소인 동시에 안식과 정착의 집이며, 원형적 상징으로서의 집이다. 따라서 집은 끈끈한 인력으로 시인을 끌어당기며, 시인은 집으로부터 탈출하고 귀가하기를 반복하면서 연민과 사랑으로 상호 관련을 맺고 있다.

둘째 이향아의 집은 안식과 은신처로서 평화를 제공하는 집이다. 이향아는 집을 구심점으로 활동하면서 원심 밖으로 일탈하지 않으려고 노력하고 있다.

셋째, 이향아의 집은 질긴 인연으로 시인을 가두고 구속과 의무를 촉구하는 현실의 집이다. 여기에서의 집은 둘째의 항목에서의 집과 더불어 그를 윤리적 도덕적으로 다스리는 수련의 장으로서 역할하고 있다.

넷째 이향아의 집은 시인 자신이다. 그는 자신을 한 채 집으로 환치하여 두고 객관적 시선으로 세상을 바라보고 있는 시점을 택한다.

이밖에도 이향아의 집은 최상의 공간인 세계의 축이 되기도 하며, 스스로를 던지는 피투의 공간인 동시에 내적 공간으로서의 집이기도 하다. 그리고 이들 상징적 의미는 각기 분류되거나 개별적으로 나타나는 것이 아니라 복합되고 종합된 이미지로 나타난다.

이향아가 '집'을 중요한 시적 제재로 다루고 있는 것처럼, 그에게는 '집'에 기거하는 가까운 살붙이와 피붙이 - '혈연' - 에 대한 그리움을 다룬 작품이 현저하게 많다. 시인의 이러한 경향은 긍정적이고 삶에 성실한 그의 실생활을 반영하는 것이라 보여진다.

이향아의 시가 독자에게 가깝게 다가오는 것은 생활을 진솔하게 표현하고 있을 뿐만 아니라 가깝고 쉬운 소재에 보편적인 진실을 담아내기 때문이다. 그의 시는 바로 그의 생활이기도 하다. 그는 자신이 자녀의 껍데기로 존재하게 된 것을 한탄하거나 슬퍼하지 않으려고 스스로를 길들이고 있다.

이향아가 가지고 있는 자기 긍정의 마음, 그리고 거기 따르는 강인한 의지는 가정과 가족을 소중히 여기는 데서 유발된 특별하고도 비상한 에너지라고 할 수 있다.

(2) 향토와 자연에 대한 그리움의 이미지

향토와 자연은 집에서 벗어난 것으로, 집이나 가족보다 범위가 큰 또 하나의 집이며 가족이라고 할 수 있다. 향토와 자연에서 마주치는 '이웃'도 한 단계 높은 단위의 '가족'이라고 불러도 된 것이다.

이 시인이 토로하는 그리움에는 과장도 허풍도 없다. 그 대상이 핏줄이든 가정이든 자연이든 향토든 마찬가지다. 그의 그리움 속에는 진실성과 진지성이 용해되어 있으며 시인은 거기 성심을 기울이고 있다.

현대에 이르러 자연은 비정적이고 냉혹한 자연으로 변모하였다. 자연에 신성을 부여하고 예배하려고 했던 과거의 전통적 자연과는 거리가 멀어진 것이다.

이향아의 자연은 의탁하고 경배하는 전통적 자연도 아니지만, 비정적 타자로서의 냉혹한 현대적 자연도 아니다. 그는 자연을 인간과 가까운 공감자 내지 대변자로 보았다. 이향아의 자연은 자연 그 자체로서 존재한다기보다 인간을 사랑하고 옹호하기 위하여 원용되는 자연이다.

그에게는 자연 그 자체가 아름답고 고귀한 것이 아니라, 자연을 배경으로서 있는 인간과 인간의 일들이 보다 소중하다. 따라서 이향아의 자연은 인간을 위한 자연이며 인간에 의하여 변화할 수 있는 자연인 동시에 인간이 바라보는 자연이다. 이것은 인간 중심의 시인인 동시에 인생 중심의 시인인 이향아의 한 특성을 이룬다.

끝으로 부연할 것은 이향아 시인이 무엇을 노래하였든지 그는 진실에 접근하려는 성실하고도 꾸준한 노력을 그치지 않는다. 좌우명으로 '思無邪'를 선택하였다고 하는 시인의 말34)을 반영하듯이 그의 시는 표현에 절실하고 진지하며 소박하고 따뜻하다. 그는 삶의 진실을 추구함으로써 문학과 더불어 인생을 완성하고자 하는 시인이며, 이러한 점에서 우리 시대에 희망을 주는 시인인 것이다. - 참고문헌 생략 -

- 光州敎育大學校 大學院 論文集, 2002

---

34) 이향아 시인은 좌우명이 무엇이냐고 묻는 필자에게 '思無邪'라고 말하면서 孔子의 <詩三百 一言而弊之曰思無邪>에 대하여 설명하였다.

이향아 경희대학교 국어국문과 졸업, 동 대학원에서 文學博士 學位 받음. <現代文學> 誌의 추천으로 문단에 나온 이래, 『오래된 슬픔 하나』, 『꽃들은 진저리를 친다』 등 15권의 시집과 『표현은 침묵보다 아름답다』, 『쓸쓸함을 위하여』 등 11권의 隨筆集을 간행하였다. 이밖에 『창작의 아름다움』, 『시의 이론과 실제』, 『한국시 한국시인』, 『현대시와 삶의 인식』, 『문학과의 만남』 등의 문학이론서와 <새를 標題로 한 現代詩의 이미지 研究> 등 수십 편의 논문이 있다. <경희문학상>, <詩文學賞>, <전라남도 문화상>, <광주문학상>, <윤동주문학상>을 수상하였다. 圓卓詩, 기픈시문학회 동인이며 한국기독문인협회, 국제 P.E.N클럽 한국본부, 한국여성문학인회 이사. 현재 湖南大學校 國文科 教授로 일하고 있다.

이향아의 작품 연구 집과 그리움의 변증법

인쇄일 초판 1쇄 2003년 08월 08일
        2쇄 2015년 08월 20일
발행일 초판 1쇄 2003년 08월 20일
        2쇄 2015년 08월 23일

지은이 이 향 아
발행인 정 찬 용
발행처 국학자료원
등록일 2006.113.02 제2007-12호

서울시 강동구 성내동 447-11 현영빌딩 2층
Tel : 442-4623~4 Fax : 442-4625
www. kookhak.co.kr
E- mail : kookhak2001@hanmail.net
ISBN 978-89-541-0094-6 (93810)
가 격 17,000원

*저자와의 협의 하에 인지는 생략합니다.